当代中国最具实力中青年作家作品选

石一枫中短篇小说选

营救麦克黄

石一枫 著

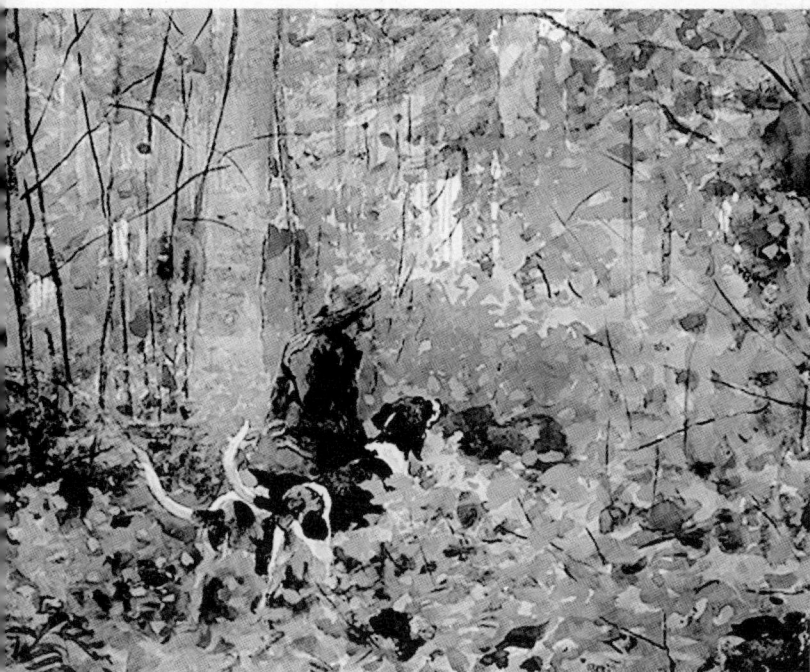

中国言实出版社

图书在版编目（CIP）数据

营救麦克黄：石一枫中短篇小说选 / 石一枫著 .
-- 北京：中国言实出版社，2016.4
ISBN 978-7-5171-1872-5

Ⅰ. ①营… Ⅱ. ①石… Ⅲ. ①中篇小说—小说集—中
国—当代②短篇小说—小说集—中国—当代 Ⅳ. ① I247.7

中国版本图书馆 CIP 数据核字（2016）第 090949 号

出 版 人：王昕朋
责任编辑：胡　明
文字编辑：张凯琳
封面设计：水岸风创意文化

出版发行　中国言实出版社
　　　　　　地　　址：北京市朝阳区北苑路 180 号加利大厦 5 号楼 105 室
　　　　　　邮　　编：100101
　　　　　　编辑部：北京市海淀区北太平庄路甲 1 号
　　　　　　邮　　编：100088
　　　　　　电　　话：64924853（总编室）　64924716（发行部）
　　　　　　网　　址：www.zgyscbs.cn
　　　　　　E-mail：zgyscbs@263.net
经　　销　新华书店
印　　刷　北京温林源印刷有限公司
版　　次　2016 年 6 月第 1 版　　2016 年 6 月第 1 次印刷
规　　格　710 毫米 × 1000 毫米　1/16　10.75 印张
字　　数　176 千字
定　　价　38.00 元　ISBN 978-7-5171-1872-5

目录

张先生在家吗

"这儿现在已经没有人住了。"李小青像领着一个盲人一样牵着我，走在笔直、宽阔的大干道上。我软弱无力地被她握住右手，抬起眼睛望着树梢间流下来的渔网一样的阳光。这个大院里空无一人，即使在大白天穿过它，似乎都能听到远方传来的脚步的回声。我顺着风的方向，让目光越过李小青的肩膀，尽力向北望去，几里开外影影绰绰站着一个无人驻防的哨岗，在刚刚入冬的风中显得摇摇欲坠，仿佛即刻将被吹走一般。

路边挺立着无数棵高大、粗壮的梧桐树，手掌般大小的树叶已经飘落殆尽，在地上一浪接一浪地滚动着，也无人清扫。树后面是一排又一排的灰暗、敦实的苏式二层小楼，有几家临走之前窗户没有关好，已经在昨夜陡然袭来的风中被撞碎，还在摇摇晃晃，磕出空旷的响声，远处听来，好像一个沙哑的嗓音正在断断续续地低语。我还记得半年以前来到这里，空中向四面八方飘荡着军号声，路上的人神色匆匆，尽是整齐划一的警卫连战士和从人家跑出来的哈巴狗，间或有一辆老式日本轿车绝尘而过，车窗里露出一张虚胖、和蔼的老人的脸，却长着一双猛禽一般尖锐的眼睛。现在这些人都不见了。我问李小青说："你们院儿的人都搬到哪儿去了？"

她说："八大处那边吧，整个机关都搬了。"她有些得意地用脚把一堆路牙旁的树叶踢得飞扬起来，"我爷爷他们早就搬了。这儿还有一个来月就要拆掉了，地皮划归给装甲兵了。"

我们在主干道正中间的一幢小楼前停住脚步，李小青从兜里掏出钥匙，打开厚重的铁门。一股年代久远的木地板、家具的味道混着灰尘冲出来，这时外面寒冷的空气显得格外清爽。一楼的大厅干燥而昏暗，乌木家具在里面都看不太清，仿佛一团又一团巨大的黑影。我还能回忆起今年夏天的夜晚，当战士和家属们在南边的大操场看完"主旋律"电影，人声嘈杂地渐渐散去时，我趁着夜色顺着排水管爬到二楼，敲李小青卧室的窗户，茂密的爬山虎蹭得我浑身发痒。等到她开窗让我翻进去之后，才发现大腿和肩膀上被蹭出了大片过敏的红斑。这让我在迈进客厅的时候也条件反射地抖动着上身，把脖子在帆布外套上使劲摩擦了几下。而李小青则在我身前忽然停住，向里屋探头探脑，怯生生地喊道：

"爷爷，奶奶——"

旋即哈哈大笑地跳了起来，迅速把脸扭过来，被门外的阳光镀上了一层闪亮的金边：

"逗你玩呢，他们再也不会回这儿来了。现在这整个大院里一个人也没有，只有咱们俩了。"

我给她捧场一般笑着，走到茶几前翻出半筒遗落下来的"中华"烟点上一根，被过分干燥的烟草味呛得咳嗽了两声。李小青兴奋地跑过来，像狸猫一样把我扑倒在沙发上：

"这下可没人管咱们了，全世界人都嗝儿屁着凉啦。"

我也笑了："就剩咱俩，在这儿姘居。"

这个词儿让她更加激动，简直是在空荡荡的屋里、空荡荡的方圆几里的大院中扯着嗓门大喊大叫。我忽然感到这个声音瘆人起来，就像一只被虐待致死的猫一样，可是李小青一点儿没有察觉。我搂着她向窗外望去，一股疾风刮过几近光秃的树梢，大片的树枝猛然向一个方向歪过去，仿佛空中掠过了一个无形的巨大身影。

一个答应李小青来这里和她同居之前没想过的问题闯了进来，就像外面的寒风穿进空旷的房屋：如果是在夜里，我不会害怕吗？

多少年前，我就是一个时常滑入巨大的恐惧感中的孩子。在神情恍惚中，我经常莫名其妙地害怕起来，仿佛已经被世界暗处的某个飘忽不定而又强有力的事物抓住了一样。这是一种预谋已久但却轻而易举的捕捉，它随时可能从某个电影片断、某张光线诡异的照片、某段不和谐的音乐，或者某个夜晚的出乎意料的梦境中钻出来，瞬间把我裹在里面，让我睁大眼睛眼巴巴地看着与我隔绝的现实世界，内心的力量在孤独和惧怕中消失殆尽。

我从来没有与李小青交流过这种感受，并且一厢情愿地把她想象成了一个没心没肺，拥有所向无敌的肉感的姑娘。我由此羡慕起她来，认为她是无所畏惧的。在这间逐渐变得漆黑，外面笼罩着窸窣的响声的空屋里，我一步不落地紧跟着她，她走到哪儿我就跟到哪儿。我们浏览了楼里的每一个房间：她爷爷奶奶的睡房、警卫员的卧室、书房、厨房。整个大院都停了电，断了水，这里也不例外。家具上的清漆随着时间的流逝完全退掉了光泽，但摸上去仍然像深海鱼一样光滑。我在某间黑屋里点燃了一根烟，瞬间在柜子上看到了自己的影像，模模糊糊，但又五官分明。我被吓得喉头发紧，满嘴苦涩，从小我就害怕在暗处照镜子，那里仿佛不是我，而是一个完全陌生的人。我赶快推着李小青跑出去，摔上门的响声倒把她也吓了一跳。

那天晚上我们吃的是来时带的罐头和面包，喝了两罐啤酒。我们没有想到水电的问题，后悔没带来照明用具，也只能坐在黑影缭绕的客厅里等待睡意。李小青已经没那么兴奋了，话也不多，我察觉到她也有些紧张，这更加加剧了我的担忧。我们眼睛对着眼睛，听着门外的风声越来越大。我一遍又一遍地想着眼下的情况：方圆几里之内除了我们，一个人也没有。恐怕她也正在想这件事情，可谁也不敢把这话再说出来。我禁不住往窗外看了一眼，树杈像一群狰狞消瘦的躯体，正在一言不发地舞动，仿佛它们已经这样跳了几千年，还要继续跳上几千年一样。我忽然感到那些没有头颅，只有张开的手臂的身体正借着跳舞之际向近处移动，所有的那一群，一个紧跟着一个。我的大腿绷得紧紧的，但又不敢轻易跳起来，等到确定它们并没有改变位置，却又发现窗户玻璃上有一个两个的黑影不紧不慢地走过，走过去又走回来，似乎正在寻找进门的方法。我清楚这里没有一个人，但又感到有人要寻机窜进来。这时忽然又听见一下水滴砸到水池上的声音，而此处的水管分明已经干涸半个月了啊。我终于控制不住自己的大腿肌肉，噌地跳了起来，李小青登时高昂起头来盯着我看，脸色在外面射入的光下一片惨白，几缕头发飘散在脸前，挡住了眼睛。

我连忙对她挤出一个笑容说："门外有猫，门外有猫。"

李小青瞪大了眼睛，半张着嘴，仿佛马上就要发出一声戳破耳膜的尖叫。她想叫但又不敢发声。我心里不停地对她说：

"千万不要叫千万不要叫千万不要叫——"仿佛她一出声，恐怖的感觉就要变成现实。这实际是最可怕的时刻。我甚至想到，如果她真的想要叫出来的话，又怎么办呢？我会不会马上扑过去，死死地扼住她的喉咙，看着她的脸一点一点地扭曲，看着她的眼睛翻成纯白色，看着她的牙齿尖利地撕咬着空气？

这个景象让我汗流浃背。我手里的啤酒罐已经不知不觉被捏破，终于有一块铁片划破了我的手。我蓦然惊醒，捂着手去找餐巾纸，李小青也神经质地忙乱着为我包扎。我们羞涩地在黑暗中相互笑了，但又听到对方正在不停地喘着粗气。那天晚上我们不敢到楼上卧室去睡觉，而是把两张笨重的沙发拼在一起当床。我们从未有过地默契配合着做爱，双方都毫无保留，竭尽全力，感到身体正在屋外的寒风中和黑影间夸张地战栗，追求着这天夜里的唯一主题：在销魂的瞬间忘却，然后疲倦地睡去。

第二天，我们对昨夜的事情全都缄口不言。我看着窗外轻柔、明媚的阳光，清俊的树枝，又开始充实起来。我盯着眼前的景色不放，伸手触摸着反光的桌面，尽量认为昨夜的感觉全是虚幻，直到看见那个被捏破的啤酒罐，铁皮上还粘着一丝暗红的血迹。这是恐怖的印记。李小青却轻松了下来，她若无其事地说：

"今天出门，要买一些蜡烛。"

我看着她的神色，甚至感到她在隐藏着一个可怕的阴谋。我们一起出去，没有锁门就走了。回头看着在空荡的路边随风摇曳的铁门，我想，这是一个多么有安全感的象征啊。

但今天晚上的情形并好不到哪里去。虽然我们在天空刚刚发黄就点燃了蜡烛，但随着夜晚来临，烛光仿佛一下子变冷，失去了温度。奄奄一息的光亮只能让窗外变得更加漆黑，更加深不可测，也把昨晚抑郁着的恐怖气氛一下子点燃了，弥漫在整个屋子中间。我和李小青开始还有意识地说着闲话，但忽然听到屋子深处仿佛有人在学着我们的话语。每说一句，就有一个悠远而又迟钝的声音跟着学一句。

"我们学校有一个老头儿——"

"一个老头儿——"

"是不是有病啊那人？"

"有病啊那人——"

我们噤若寒蝉，再也不敢出声，重新变成昨夜那样：神经质地瞪着眼睛，紧张得膝盖发酸，清晰地看到对方脖子上的每一个鸡皮疙瘩。

这样不知道过了多长时间，我们筋疲力尽，但又毫无倦意。时间还是一条河流，但它被冰冻住了。我低头看看李小青的手腕，那上面的"迪奥"手表荧荧发着绿光：

"现在几点了？"

"几点了——"

李小青和那个回声还没有回答，我忽然瞥到窗外有一张人脸，而且凭那一闪而过的印象，感到它居然没有五官，完全是一块白色的椭圆形。我的嗓子被什么东西死死堵住，还没来得及说话，房门已经被沉稳地叩响了。

李小青的声音像弓箭一样破空滑出，歪歪斜斜地喊道：

"谁呀？"

门外没有声音。我竖起耳朵，感到头皮在不断地打战。外面好像有什么巨大的、无形无质的东西即将像流水一样从门缝里涌进来，我抓住桌子的一条腿，等了许久，才又听到敲门声再次响起来，还是刚才那个节奏，我颤声问道：

"你到底是谁呀？"

门外响起一个孩子的声音，听起来很清脆，但又像悲伤地吁着气说话一般：

"张叔叔在家吗？"

李小青飞快地跑到我身边，死死掐住了我的小臂。我很诧异她竟然能有这么快、这么连贯的动作，简直是一眨眼的事儿，而手臂上的痛觉反而消退了一些恐惧，我站起来去开门。开门的一瞬间我马上后悔了：我完全可以不开门的，这里根本没有一个姓张的人。

但此时门却被外面的人拉开了，我几乎没有力气去抗拒它，门就开了。门外的台阶上站着一个小男孩，七八岁的模样，脸异常的白，嘴唇异常的红，脖子上还围着一条红色的围巾，在寒风里飘动，像他的嘴唇一样红。

我们谁也不敢出声，甚至不敢喘气。李小青还掐着我的胳膊，看着那个小男孩。他没有抬起眼睛看我们，而我们也就对他抬起眼睛的景象不寒而栗了。这样沉默了一会儿，寒风让我手指冰凉，那个小男孩终于张开嘴唇，一字一顿地说，声音像是从他身后飘过来的：

"张叔叔在家吗？"

"哪个张叔叔？"我顺着惯性说。

"张——建军。"

"没有。"李小青忽然斩钉截铁地回答说，"这儿没有张建军。"

小男孩什么也没说，转头就走。他走得非常之快，简直像一个被风吹去的魅影，转眼消失在低声呻吟的无穷黑夜之中。

我们迅速关上门，看看表，已经十点一刻了。李小青刚想说话，我一言不发地抱住她，这次还没有赤裸着拥抱在一起，她已经浑身是汗了。

次日早上，我一个人来到门外，沿着那条宽阔的干道走着。冬天来势凶猛，阳光已经变得有气无力。我缓缓地走着，仔细地观察着路边的每一个墙角、每一扇没关好的窗户，好像在寻找着夜晚那些骇人景象的藏身之处。我知道这样是徒劳的，但依然执拗地检查了整条道路，甚至在几幢房前扒着窗户向里张望了半天。没有什么异常的情况，满眼皆是荒凉颓败的景象，过去整洁有序的大院变得杂乱不堪，空气里弥漫着冰凉的人去楼空的味道，催人泪下。

我走了半个上午，直走得浑身发热，内衣湿漉漉地贴着脊背。在回到家门口的时候，我忽然发现有一只猫在高高的院墙上凝视着我。这应该是一只被遗弃的黑猫，现在显得肥胖、丑陋，它在风中一动不动，冷冷地看着我，忽然无声地呻吟了一声，嘴角上挂着奸邪阴险的笑容。我的身上一下凉了下来，扭了三次才扭动门把手，在它的注视下退回屋里。

这一天我都在想着昨晚那个小孩，还有那只猫。唇红齿白的小男孩，丑陋的黑猫，无名无状的黑影。天色越黑，我越感到疲倦、紧张，头痛欲裂，但对周围的气氛却越发敏感，仿佛每一个细微的声响、每一片树叶的飘落都无法逃避。黑夜变得更加阴森，那些黑影更加夸张地时隐时现，而且在呼啸的风中加进了垂死的笑声。我们依然什么事都无法去做，我看到李小青的嘴唇苍白得发亮，分毫毕现地抖动着。我从来不戴表，于是把她的手表要过来，紧紧攥在手中，等着某个未知时刻的最终到来，又不时张开手看看时间，生怕表针在我们的恐惧之中飞快旋转，跨越千年。

这时我听到了一声门响，噌地弹起来，又和李小青面面相觑地呆立在原地。那声音似乎有过，但又听不见了。我走到门前，一横心打开门，登时被冷气裹住，大腿冰凉。门外空无一物，只有风卷着树叶，在地上像一支浩浩荡荡的蚂蚁大军。我们更加提心吊胆地把门关上，正想找点什么话说，门却又响起来。这一次是真的敲门声，节奏和昨天的如出一辙：三长两短，好像一条低声念出的咒语。

我背靠着门不动，门外人又敲了一次。我说：

"谁呀？"

门外沉默了一会儿，昨晚那个声音又响起来，连语调也一模一样：

"张先生在家吗？"

李小青一直目光迷离，此时忽然歇斯底里地大叫了起来：

"哪个张先生？这儿没有姓张的！"

门外的声音又消失了。我们以为这一次他走了，但马上又听到他的声音扬起来：

"张建国，张先生。"

我神差鬼使地猛然转身，一把打开了大门。又是那个小男孩，红围巾还系在他的胸前，衬得比昨天嘴唇更红，脸色更白。我等着他抬起眼睛，但他还是没有。我好像失去了力量，就慢慢地说：

"昨天不是张建军吗？"

他说："我记错了。"

"那也没有。张建军、张建国都没有。他们哥儿俩不在这儿。"

小男孩飞快地掉过头去，脚步踏进波浪滚滚的落叶之中。他走得如此之快，但侧脸却似乎在路上闪着光。我们看着他转眼之间消失，给人的感觉，仿佛他刚一走出我们的视线，就立刻消散于无形，溶解在空气之中了。

我回头看看李小青，她像痴呆一样，两只手握在一起，目光不知所措地扩散着，不知道在看什么。我去拉她的手，却发现那两只手像是冰冷的大理石雕刻而成的，怎么拽也分不开了。

我问自己，也像在问她："这是怎么回事儿？"

她没有说话。

那天夜里，李小青发起了高烧，脸颊滚烫，不停地胡言乱语。她在一段时间内甚至不知道我是谁，也不知道自己在哪儿了。我也无法入睡，孤零零地坐在她身边，和她说话好像是在和一个陌生的天外之人交谈。我打算着明天带她离开这里，可睡着的时候已经是次日早上了，一觉醒来，天又黑了。李小青的烧不但没有退，而且越来越厉害。我用凉水浸湿毛巾铺在她的额头，紧紧握住她的手，等到她体温恢复正常，也只能虚脱地躺在床上了。我拿出她的手表，又到了晚上十点一刻。我没有惊动她，点上蜡烛，一个人走到门口。石英表的秒针像抽搐一样跳动着，我一下一下地数着，但很快又忘记了数字，终于，敲门声又响起来了。

"张先生在家吗？"

"哪个张先生？张建军还是张建国？"

门外很久才答道："张建设张先生。"

我打开门，低头看着那个小男孩。他脸上没有表情，把下巴埋到围巾里面。我感到心里一下一下地揪着，强忍着不说话。小男孩身后的风滚滚不停地掠过，他似乎有点发抖，这反而让我也发起抖来。不要说话，不要先说话，我告诉自己说。他一直沉默着，我有几次想要抓住他的肩膀，或者弯腰捏住他的胳膊，但我的手抖着没有动。我害怕这一把抓过去，摸到的真是一片虚空或者像蛇一样冰凉的身体。他继续不说话，我的心越升越高，胸膛已经装不下了。我想要回到里屋去找李小青。

"没有吗？"小男孩终于说话了。我把手揣进兜里，不敢把眼神挪开，但也不开口。

又过了一会儿，他抬起头来看着我。他的眼睛黑得发蓝，如果在阳光之下，这肯定是一个漂亮的小男孩。我躲开他的视线说：

"没有。这儿没有姓张的，你记住了吗？"

"记住了。"他转身，走下台阶。

我又一次看着他消失在夜风之中，但这一次我没有转身进屋。我估算着他走出三十步开外——如果他还存在着的话——就轻轻关上门，走下台阶，跟了出去。

我沿着干道小心翼翼地走着，周围的气流呼啸而过，头上的树枝噼啪乱响，脚下落叶迅速地从脚面两侧擦过。在夜里，这条大路好像无穷短，也无穷长，十步以外就是一个完全未知的境地。我不知道下一分钟要走到哪里去。我根本听不见小男孩的脚步声，或者他的脚从来不用沾地？或者他只是方才我眼中的幻象？我的恐惧到了极点，但反而毫不犹豫地走了下去。我尽力把脚步迈得很大，但落地时又很缓慢，尽量不出声音。这样走了很久，仿佛走了一千年，才发现这种走法是没有尽头的，于是索性甩开步子跑了起来。跑起来反而不像别的东西了，跑了没有一分钟，就隐约看见前面有一个矮矮的人影。看到他还在，我倒吃了一惊，不由自主地急促呼吸着，脚步也愈发沉重地摔在地上。

小男孩猛然停住，我也立刻站住。过了很长时间，他也没有回头，甚至没有动一下，如果没有围巾飘动的影子，他简直变成了一尊石像。我们就这样一动不动地站着，我死死盯住他，一个声音从我的胸膛里面越升越高，终于冲了出来：

"喂。"

小男孩像是上了发条一样飞快地动起来，他跑到路边解开裤子，一股水流迎风招展开来。我慢慢地、一步一停地走过去，走到他身边，看到他的肩膀正剧烈地起伏着。我伸出手拍了一下他的肩膀，他蓦然扭过头来，让我看到了一张大张着的嘴、眼泪汪汪的脸。哇哇大哭的声音像迟到一样忙不迭地赶来，立刻刺破了夜风。

我倒笑了起来，对他说：

"拉上裤子吧，小鸡鸡要被吹掉了。"

小男孩马上拉上裤子，哭声也小了一些，转而盯住我不放。我看着他强睁着眼，眼泪毫无阻碍地涌出来，就蹲下身子对他说：

"你是不是男孩啊，你哭什么啊？"

他不说话，继续盯着我看，让我不知所措。我看着这个漂亮的小男孩，等到他的哭声被风声隐没才问：

"你怎么回事啊？哪儿来的张先生啊？到底有没有这个人？"

他抽搐着说，说话时手拽紧了红围脖："没有，我编的。我爸让我从奶奶家回去的时候走这条路，他说这条路没车。可是我害怕，我越走越害怕，我觉得我快走不下去了。我想看见个人。"

我明白了。他也害怕，他想看见一个活人。这个院里只有一盏烛光，就是我们。我又问："那你爸呢？他怎么不接你去？"

"他有病，不能见风。"

我心酸起来，站起身摸摸他的脑袋说：

"走吧，我送你过去。"

小男孩一言不发，跟着我走起来。我们在黑夜里大踏步地走着，踩得树叶喳喳作响。我说：

"你会唱歌儿吗？"

"会。"

"会唱什么？"

他说了两首，都是这几年新普及的儿童歌曲，我听都没听过。我说："我不会唱，你给我唱一首。"

他说："我不唱，我走调。"

我听见自己哈哈大笑说："那就算啦。"说完搂住他的肩膀，走得更快了。没过多久，我就看见大院的正门了，马路对面，一间平房开着门，一个男人坐在门口向这边望着。

我拍了一下小男孩的背，他撒开腿跑了过去。我看着他跑到父亲面前，他父亲低下身子检查他的围巾有没有扎紧，但小男孩摇着脑袋躲闪开，他父亲就把它解下来拿在手里，两个人走进门里。

我转过身去往回走，眼前还是那条漆黑的、寒风呼啸的大道。可惜没有人陪我把剩下的路程走完。

营救麦克黄

1

与黄蔚妮的友谊，被颜小莉视为她来到北京之后最大的收获。

俩人初见，是在一家广告公司的面试上。当时颜小莉大学毕业已经半年，因而失业的历史也长达半年。她揣着一张不高不低的文凭，仰着一副不美不丑的面孔，给二十家多单位投过不薄不厚的简历，也接受过七八次不咸不淡的约谈，但结果总是不声不响的拒绝。都没下文了。怎么过上一份不穷不富的日子就有这样难？仅仅因为这里是北京吗？她为什么又偏偏非得留在北京呢？记得上学的时候，颜小莉对这地方也没什么好感啊，总是嫌这儿人多、吵、空气浑浊，一年中有一半儿的时间出门要戴口罩。如今倒好像一个和丈夫并不恩爱的女人即将被逐出家门，却突然焕发出要做贞洁烈女的热情了。

公司招聘的是"行政管理"。接到面试通知的时候，颜小莉的打算是，这次再不成功，那就回西北老家去。有个表亲开了家制作亚克力的小工厂，附近两三个县的餐馆招牌都是他那儿出品：正宗清真、百年老店、老王家老蒯家老魏家，此外还有肥硕得失真的牛和鸡。回去替亲戚管管账，也算学有所用，反正北京的房租是实在支撑不下去了，方便面更是吃得她每天胃里直泛酸水。所以颜小莉走进位于亮马河的那栋玻璃外墙写字楼时，心情几乎是悲壮的，大义凛然的。

仅仅十几分钟后，这点儿气焰就被干净利索地扑灭了。人力资源部的主管通知面试者，职位要求做了临时调整，硕士起步，重点大学优先，关键是还要能说法语，因为将来要和法国总部过来的高层打交道。不符合这些条件的应聘者呢，也不是完全没有出路，前台刚刚空出一个岗位来，有兴趣的话可以去试试。

　　屋子里登时空了大半。行政管理变成前台，坐办公室的变成接客的，这何止是戏耍人，简直是存心侮辱人了。更何况，做前台还有一个无法逾越的条件限制，那就是性别。离开的大多是身穿廉价西服的男生，而颜小莉的身体刚刚抬起来两寸，却一转念，又落了下去。她朝人力总监举了举手，问前台的招聘在哪儿举行。一个是行政与前台的区别，一个是北京与陕西关中小县城的区别，两相权衡，当然是后一种区别的意义更加重大。别管干什么，留下就行。也许她们西北人还真是像北京人所评价的那样，有点儿"轴"。

　　五分钟之后，身穿格子衬衫和灰毛衣的颜小莉坐在了隔壁那群香气逼人的大长腿、黑丝袜和硅胶胸垫中间。姑娘们看着颜小莉，一律是非我族类的眼神，身边的两个人还特地把屁股往一旁欠了欠，仿佛土里土气也是会传染的。这时颜小莉才意识到，刚才的决定可能又是一次失误，将要引发的是另外一种层面上的受辱。她忽然又觉得有点儿好笑：一个月薪四千块钱的工作，犯得着那么争奇斗艳吗？

　　但再想走却为时已晚，面试已经开始。每人轮番上去自我介绍，同时包括全方位的立体展示：举止、形体、化妆水平、普通话与港台腔英文单词的完美融合……轮到颜小莉时，她脑袋里一片杂乱的懵懂，耳朵嗡嗡作响，一句临场发挥的话也说不出来，最后只得面无表情地把简历念了一遍。别人一定都在窃笑，只盼着她把这个过场赶紧走完吧？颜小莉也希望如此。于是她加快了语速，却忙中出错地打了两个磕巴。

　　黄蔚妮就在这个时候走了进来，她大概刚开完了一个什么会，便走到这间屋里随便遛遛。颜小莉只觉得身边一亮，一条斑斓的丝巾从她的余光里滑了过去，丝巾上方是一张精致得像件瓷制工艺品的脸。有人欠身让座，黄蔚妮摆摆手把问好压了下去，就坐在了颜小莉身边的空椅子上，仿佛饶有兴致地看着她。刚好念完了，颜小莉吁了口气，脖子上挂着层汗，痴愣愣地往那道磨砂玻璃门走去。

"你是经贸大学毕业的？"黄蔚妮在身后问她。

颜小莉定身回头，像没听懂对方的话。

"行了行了。"黄蔚妮笑了，"出去等着吧。"

本想出门之后就直接去买火车票的，但人家却让她"等着"，颜小莉只好和其他姑娘们一起坐到走廊里。从磨砂玻璃门的另一侧，传来高高低低的人声，黄蔚妮的略显沙哑的嗓音间或从几个男人的声音之中跳出来，说了什么却听不清楚。十几分钟过后，人力资源部的人就推门出来了。那人扫视一圈，眼睛落在颜小莉身上：

"你跟我来。"

颜小莉就这样获得了她的第一份工作。不要说是公司里的别人，就连她本人都觉得匪夷所思。很快她就听说，自己之所以能留下，与黄蔚妮的意见有着直接关系。人力资源部本来倾向于另外一个女孩，黄蔚妮却插了嘴，说颜小莉"不错"。别人发表异议，指出颜小莉的气质太拘谨了，不适合跟陌生人打交道，黄蔚妮却说拘谨的人都认真，将来不会出差错。别人又说颜小莉的长相不符合公司的形象，黄蔚妮反问，难道公司的形象就是锥子脸和硬挤出来的乳沟吗？又有人挑剔说，颜小莉的口音不是很标准，前后鼻音分不清楚，黄蔚妮就甩着一嘴京片子说，你们刚来北京的时候，有谁的嘴是利索的？总之争了几句。按说黄蔚妮这个销售部副总插手人事上的事儿，是有点儿越俎代庖的，但她手里正盯着几个大单子，又是外国老板跟前的红人儿，并且区区一个前台，也不是什么要紧的职位，众人也就哈哈一笑，随了她的意。

进而又有嘴碎的人补充，以前那个前台就是个积极进取的大胸锥子脸，居然敢跟前来拜访黄蔚妮的男人打情骂俏，所以她这次力挺颜小莉，也是一朝被蛇咬的结果。

不管怎么样，在北京的茫茫人海里，在几乎走投无路的困境中，能有一个陌生人向你伸出援手，这是足以令人感激涕零的。况且援助颜小莉的黄蔚妮又是那样漂亮、干练、受人瞩目，于是那份感激里便不由自主地加进了崇拜的成分。人要有良心，滴水之恩当涌泉相报，这个道理颜小莉是懂得的，尽管她也知道，自己的涌泉难以比得上黄蔚妮洒下来的一滴水。

她能够做的，只有在一些小事情上尽力让黄蔚妮高兴。

每天早上，远远地看到黄蔚妮从电梯间拐出来，颜小莉都会走出前台，亲手为她拉开大门，而这是总经理一级的人物才享有的待遇。公司规定上班时间是不能接快递的，因此别人的东西送来了，颜小莉都会照章办事地挡回去，但只有黄蔚妮的，她会认真替她签收，下班的时候默默地递给她。颜小莉还总结出了黄蔚妮每周会有两天熬夜加班，于是次日早上，她就从楼下的星巴克买一杯拿铁，专门留给她。黄蔚妮是喝不惯那种加了过多的糖和奶的"办公室咖啡"的。

颜小莉不仅是公司的前台，还是黄蔚妮一个人的前台。其他同事提起前台的颜小莉时，也会半开玩笑半刻薄地说："不就是黄蔚妮的那个碎催嘛。"对于这个称号，颜小莉是坦然接受的。公司的重要人物中，有几个没有他们的"自己人"呢？总经理的自己人是办公室主任，财务总监的自己人是会计部的一个出纳，黄蔚妮的自己人就是她颜小莉。她甚至以此为荣。

更让颜小莉感动的是，黄蔚妮也有把她当成自己人的意思。最初是每天上下班碰面时，黄蔚妮会特地朝前台这边颔一下首，露出大而化之却又独具慧眼的微笑。渐渐的，当午饭没有应酬的时候，黄蔚妮就会招呼上颜小莉，一起到楼下的咖啡厅吃套餐，刷她的管理层福利卡。再后来，黄蔚妮周末还会叫颜小莉一起去逛街，带颜小莉见识了许多她敢看不敢试的大牌。

在交往中，颜小莉发现黄蔚妮也爱讲八卦、开无聊玩笑、看低智商的电影，而且尤其热衷于说前男友的坏话。"我第几个前任来着——"那些"可以公开的秘密"总是这样开头，然后就是罄竹难书的罪恶：小气，切牛排的动作像个木匠，号称"最爱阿什肯纳齐演绎的肖邦"，手机里装的却全是凤凰传奇，吃饭吧唧嘴……在黄蔚妮的率先垂范之下，颜小莉也只得声讨起了自己的唯一一个前男友，但却没法儿告诉黄蔚妮，他们分手仅仅是因为那男孩儿找到的工作在南京，而他负担不起每周见面的高铁车票。

"你们到底为什么掰了？"

"他也吧唧嘴……"颜小莉像交差似的说。

黄蔚妮登时同仇敌忾地亢奋起来："吧唧嘴太恶心了，谁都受不了，对不对？"

颜小莉跟着黄蔚妮大笑，好像她们能共同从吧唧嘴的臭男人那里虎口脱险，是一件惊险而值得庆幸的事情。有了这些琐碎的小愉悦，颜小莉也感到黄蔚妮这个人陡然真实了许多。黄蔚妮不仅是她的贵人，而且称得上是她的闺蜜了吧？假如颜小莉一定要高攀的话。

颜小莉还会不自觉地想：如果她也能活成黄蔚妮那样，该有多么美好啊。这个愿望，大概可以成为颜小莉留在北京之后的奋斗目标。

因此，当黄蔚妮突然找到颜小莉，动员她也来加入那支"救狗特攻队"时，颜小莉责无旁贷地答应了。

2

黄蔚妮的原话是这么说的："明天敢不敢跟我去趟昌平？"

当时是周五下午，颜小莉正在整理本周的访客单，准备交到上司那里去备案，而黄蔚妮突然出现，把一条纤瘦的胳膊架在了前台桌面上。听到对方这样问，颜小莉的答复是条件反射的"没问题，蔚妮姐"，然后才生出一点疑惑来。黄蔚妮并不喜欢郊游踏青，她消磨周末的地方，基本上不是"丽都"就是三里屯，怎么突然想起要去昌平了？昌平本身倒没什么，也是北京不可分割的一部分嘛，颜小莉租住的房子还在大兴呢。但黄蔚妮干吗偏偏又要加上一个"敢不敢"呢？

再回想一下，这两天的黄蔚妮的确有点异样。她在公司里仍然衣着鲜亮、处事干练，风风火火地和各路人等打着交道，但只要一闲下来，却往往会不由自主地出神发呆，两眼盯着空气中某个抽象的点，也不知道在想些什么。黄蔚妮仿佛陷入了一种引而不发的焦虑之中，别人没有发现，可颜小莉是看在眼里的。然而看在眼里却也不能主动关切，万一人家根本不打算跟她分享心事呢？那么说深了说浅了都不合适。在黄蔚妮和颜小莉的友谊中，主导权在谁手里是很明确的，被主导的那一方只有逢迎与配合的份儿。

而现在，既然黄蔚妮主动提出了邀请，颜小莉便可以追加一句了："咱们到那儿去干吗？"

黄蔚妮哑着嗓子说："麦克黄丢了，我得去救它。"

颜小莉像警报一样叫了出来："这么大的事儿您怎么不早说？"

麦克黄是一条六岁大的拉布拉多犬，雄性，毛色黄白相间，身高六十厘米，体重二十七公斤。一般的狗类就像明治时期以前的日本人，是只有名字而没有姓氏的，乡下的就叫大黑二黑，城里的就叫妞妞皮皮，但麦克黄不同，它有名也有姓。它的名字是麦克，姓氏则随了黄蔚妮，并且姓和名的排列顺序符合西方惯例。仅从这一点就可以看出，黄蔚妮对于这只狗养得有多么上心。在颜小莉的记忆中，黄蔚妮聊天时提起"她们家麦克黄"频率，甚至超过了她的任何一位前男友：

"我们家麦克黄不认识玻璃，每天都会在阳台门口撞两次头。"

"我们家麦克黄饱受左邻右舍的母狗青睐，但至今还是一个守身如玉的处男。"

"我们家麦克黄曾经获得社区叼飞盘大赛亚军，奖品是一只挂着铃铛的红项圈。"

谈起前男友的黄蔚妮是刻薄的，甚至是有点儿狠毒的，但谈起麦克黄的黄蔚妮就像拉布拉多犬一样"傻傻的很可爱"。并且爱屋及乌，她一发对所有的犬科动物都焕发出了似水柔情。就算公司里的事情忙得不可开交，但黄蔚妮仍然参加了一个以爱狗为主题的公益协会，那些人通过网络联系，定期去宠物医院给小狗义务看病、洗澡，为动物救助站里的流浪狗捐款，还眼泪汪汪地包场观看《忠犬八公》《我和马利》之类的电影。

"你要知道，在这个世界上，大部分的狗狗都生活在水深火热之中呢。"在露天咖啡馆的遮阳伞下，黄蔚妮认真地对蹲在一旁仰望着她的麦克黄说。

"所以麦克黄，你要珍惜现在的幸福生活，不要再把皮沙发给抓破了。"颜小莉附和道。同时她想，在这个世界上，大部分的人还都生活在水深火热之中呢。比如她自己，倒是也想找只皮沙发来抓一抓呢，可是抓破了赔得起吗？

然而上个周末，过惯了幸福生活、连抓破皮沙发也不会受到责备的麦克黄，丢了。

丢失的过程也很简单，黄蔚妮正带着麦克黄在一楼阳台外的自家小院里玩儿，屋里的电话突然响了，她独自跑进去接，等到一个电话打完再出来，麦克黄就不见了。刚开始，黄蔚妮倒也不是很着急，因为类似的情况以前是发生过的，麦克黄很可能是被小区里孩子踢足球吸引，或者干脆看上了谁家母狗，就狗急跳墙地跃过了篱笆。而它在外面遛上一圈儿，很快又会准确无误地找到家门。要知道，拉布拉多虽然长相憨厚，却是狗里面智商最高的，就连当导盲犬都可以胜任。但这一次，黄蔚妮等了半个小时，一个小时，麦克黄却仍然不见踪影。她这才慌了，没换睡衣就跑出去寻找，保安、邻居、小区门口收废品的人都问过了，可却没人能够提供一点儿线索。麦克黄在黄蔚妮的眼皮子底下人间蒸发了。

可想而知，这几天的黄蔚妮该有多么伤感，多么魂不守舍，但她还不能在人前表现出来。公司的一个项目正进行到关键阶段，作为销售环节的主要负责人，如果因为一条狗而耽误了工作，那造成的影响可就太恶劣了。就这么有苦难言地隐忍着，张贴出去的寻狗启事无人回应，接到报案的派出所也明确表示这事儿不大可能认真去管——人丢了还找不过来呢，更遑论狗？黄蔚妮几乎要崩溃了。直到昨天，她才收获了一点儿希望。爱狗协会里的一个朋友告诉她，刚刚得到"线报"，一批近期被盗的宠物犬正准备运往河北。据推测，麦克黄很可能就在其中。

"好好儿的待在小区里，怎么就丢了呢？而且任何人都没发现，明显是被狗贼喂了酒馒头，装进麻袋背出去了。那些家伙惯用这一招的。"那位朋友条理清晰地推断，"干这种勾当的人多数都有上线，就是收狗卖狗的狗贩子。我专门替你查过了，这些天里准备出货的狗贩子，只有老巢在昌平区的那一家。"

"如果是拉到宠物市场上去卖，那倒还好，假如狗贩子的下家是外地的狗肉馆呢？那可就……"另一位朋友不甘落后地分析道。

说得黄蔚妮一会儿心存侥幸，一会儿魂飞魄散。这时她就不是八面玲珑的销售部副总了，而是变回了一个六神无主的弱女子。最后，两位朋友一齐建议，发动协会的力量，大家一起到路上把运狗的卡车拦下来。劫法场，取生辰纲，营救麦克黄。

听到这里，颜小莉却有了疑问："您那些朋友既然消息那么灵通，都弄清楚狗有可能在谁手里了，那为什么不直接联系一下狗贩子，把麦克黄要回来呢？大不了花钱买也行啊，反正对方偷狗不也为了挣钱吗？而钱对于你来说又是……"

"咳，你想得也太天真了，现在已经不是钱的事儿了。"黄蔚妮当初一定是问过类似问题的，这时却用朋友们那种无所不知的口气教育起颜小莉来了，"狗贩子是从来不敢把偷来的狗卖回给本主儿的，因为那样一来，不就等于承认了自己的偷窃行为了吗？要知道，几乎所有狗主丢了狗之后，都会去派出所报案，而几乎所有被盗狗的价值都远远超过了刑事立案标准。那些人贼得很，才不敢冒这种风险呢。"

"原来是这样……"颜小莉嘟囔了一句，眼睛往下垂了一垂。

黄蔚妮发现颜小莉目光游移，立刻不满地问道："喂，你该不是怕了吧？我可是把你当朋友，才找你陪我的。"

说实话，此时颜小莉的确是有几分犹豫的。她在网上看见过类似的报道：北京的爱狗人士联合起来，截下运狗的卡车，强行将狗们放生，使它们免于遭受变成狗肉全席的命运。对于这种英勇行为，网民的评价分成两个极端，支持者热烈拥护，认为狗是人类的家庭成员，吃狗就相当于吃你的父母亲人；反对者嗤之以鼻，说这纯属是穷极无聊发神经，你那么喜欢狗，干脆跟狗过日子去好啦，还要父母亲人有个屁用。也不知为何，两派都爱把狗和父母亲人扯上关系。而相关政府部门的口径，则是公事公办地奉劝爱狗人士保持理智，不要行为过激，并且警告说，危害道路交通是犯法的。颜小莉为黄蔚妮收快递、买咖啡、拎购物袋都没问题，反正她有的是时间和力气，但涉及"犯法"这两个字，她一个外地人就必须得掂量掂量了。黄蔚妮在北京有房子、有高薪，家里还有各种各样的社会关系，因此也就有了一股子对什么都"浑不吝"的劲头，仿佛捅出天大的娄子也兜得住。而颜小莉呢？她可是坐公交让人摸了大腿都不敢喊抓流氓的。

但黄蔚妮的要求，颜小莉又怎么能不答应呢？人家黄蔚妮都已经皓齿红唇地把她"当朋友"了啊。再说没有黄蔚妮，她能留在北京吗，能在外企前台的位置上站稳吗？

因此，颜小莉吁了一口气，模仿着黄蔚妮的北京人的腔调说："瞧您说的，我怕谁啊？这么刺激的事儿，平时还碰不着呢。"

3

直到第二天早上出门，颜小莉心里仍然砰砰打鼓。因为睡不踏实，反而醒得早，连昨天晚上设好的闹钟都没用上。她不到七点就坐上了地铁四号线，换乘倒车，一个小时后到达了国贸附近黄蔚妮家楼下。又等了十来分钟，黄蔚妮便开着她那辆雷克萨斯从地库里上来了。她拉开车门，递给颜小莉一块用保鲜膜包好的金枪鱼三明治。

周六早上不堵车，四环路空荡得铺张浪费。一路上，黄蔚妮都没怎么说话，眼睛倒是空洞地撑大了一圈儿，连太阳穴上的青筋都绷出来了。按照颜小莉的经验，每当黄蔚妮紧张的时候，都会是这种神色。而她这个陪同者所能做的，也只能是不多说多问，埋头吃自己的三明治就好。没一会儿，车子开到城北的一条国道入口附近，黄蔚妮却放慢了速度，将车靠到路边的应急车道上。颜小莉恰好吞下了最后一口动物蛋白和谷物纤维的混合物，这才抬起头来，瞥见路边已经排着五六辆车了。

颜小莉以前从未见过黄蔚妮在单位圈子以外的熟人。因此，当她跟随黄蔚妮下车走向其他人的时候，心情还有那么一点儿小忐忑和小自豪。路边的车有丰田大众，也有宝马奥迪，高高矮矮赤橙黄绿，好像在少见的蓝天底下挂了一串彩色灯笼。开车的人大多站在路面上，有男有女，岁数都挺年轻，面相最老的也不过三十五六岁。他们三三两两地聊着天，看见黄蔚妮，纷纷扬手和她打招呼。

黄蔚妮对大家敷衍了几个微笑，径直走到一辆奥迪车旁，和靠在后备箱上抽烟的男人聊起来。那人长得高、壮且皮肤细嫩，头顶氤氲着腾腾热气，又穿着一件米黄色的条绒休闲西装，因而看起来很像一只刚烤出炉的大号金砖面包。听黄蔚妮介绍，他叫尹珂东，在一家"级别相当高"的日报社当社会新闻部主任，关于麦克黄的线索，正是由他提供的。而尹珂东只对颜小莉略一点头，就把她像一篇通稿一样放了过去，然后两眼主题鲜明、立场坚定地继续锁住黄蔚妮。他还极具新闻敏感性地观察到黄蔚妮"这两天又没睡好"，看来"真是落下心病了"。

继而笔锋一转："你别担心，我已经让手下的记者打听清楚了，再过大约十五分钟，那辆卡车会从小汤山出发奔河北，咱们从这条路追过去，肯定能堵住他们……"

黄蔚妮打断他的喋喋不休："徐耀斌怎么还没来啊？都这个点儿了。"

尹珂东有点儿不自在地顿了顿，就势使了个皮里阳秋的笔法："人家是大忙人，这点儿小事未必放在心上。"

正说着，便有一辆橘红色的保时捷跑车轰鸣着，缓缓插进了车队中间，登时成了五彩灯笼之中最耀眼的那一枚。车窗摇下来，露出一个戴墨镜的黑瘦子，喊了一声："蔚妮！"如果说尹珂东像刚烤出炉的面包，那么这人就像一根炸过头的油条了。

黄蔚妮娉婷地走过去，纤细的手指像弹钢琴似的敲击着保时捷车顶："又换车了？"

"还没上牌儿就被你征用了。"那瘦子大概就是刚才说的徐耀斌了，他抬抬墨镜，向一旁的尹珂东打了个轻佻的招呼，又问黄蔚妮，"干脆坐我这辆吧？"

"你开车太猛，我怕得慌。"黄蔚妮指指颜小莉，"再说我的车也不能搁这儿啊，这位小朋友又不会开。"

颜小莉当真像小朋友一样吐了吐舌头，似乎是为连累了黄蔚妮不能乘坐保时捷而表示歉意。而这时，尹珂东已经露出了十二分的不耐烦："咱们是来救狗的，又不是来看车的，再不走就赶不上趟儿啦。"说完钻进他那辆奥迪，嘭地关上车门。

车队齐整地出发，在路上都打着双闪，如果被路人看到，多半会以为谁家正在办婚事。领头的是尹珂东那辆奥迪，徐耀斌的保时捷则在其他车之间来回穿插，既显摆车，又显摆车技。他还屡屡蹿到黄蔚妮的车前，做出类似于牲口甩尾巴的动作，有两次因为车距太近，吓得颜小莉哇的一声。而一直紧绷着脸的黄蔚妮却终于有了些许笑意，她翘起嘴角，好像在纵容这男人胡闹。

片刻，黄蔚妮的电话响了，徐耀斌的声音传出来："尹珂东给我打电话了。"

"他跟你叨叨什么了？"

"让我安全驾驶，别瞎折腾。这人怎么跟个学校里的团委书记似的？"

"那你就开稳当点儿呗。人家说得对你就得听。"

徐耀斌"切"了一声："成，那我听你的。"

他挂了电话，保时捷却嗡的一声吼叫，声势浩大地从黄蔚妮的车旁超了过去，转眼开到了尹珂东的奥迪车旁，一打方向，别得奥迪车惊慌地往右一偏，看起来像打了个跟跄。接着，尹珂东气急败坏地连声按起了喇叭，而徐耀斌却又跑到了黄蔚妮的一侧，透过车窗做了个"V"字形的手势。

黄蔚妮故意不搭理他，但嘴角翘得更高了。这时候，就连颜小莉也看出了她和尹珂东、徐耀斌的关系，于是把话题引到了黄蔚妮爱听的路子上：

"蔚妮姐，你还是劝劝他们吧，别为了你真闹出车祸来。"

"我哪儿管得住他们啊。"黄蔚妮真真假假地叹口气，心情也终于舒展得能聊起前男友了，"就跟我不知第几个前任似的……有一次真跟人家打起来了。说起来都是三十多岁的人了，怎么那么幼稚。"

"这位徐……大哥是自己开公司的吧？"

"他？就一无业游民。"黄蔚妮说，"不过他们家是做房地产的，在北五环弄了个楼盘。"

正说着，黄蔚妮的电话又响了，这次是尹珂东。对于这个男人，黄蔚妮便拿出了安抚的语气："别生小徐的气啦，他那点儿小孩儿脾气你还不知道？大家都是朋友，都是来给我帮忙的……"

"我才懒得跟他一般见识。"尹珂东鼻子里哼了一声，"我是想提醒你，刚才我们那儿的记者打电话了，那辆卡车马上就要从下一个入口开上来了。一会儿行动的时候，你在后面跟着好了，千万要保持车距，别往前赶，那太危险。"

"谢谢啦，还是你细心——"黄蔚妮的上半句还在润物细无声，下半句却变成了尖叫，"别说了别说了，是不是那辆车！"

果然，道路右侧的匝道上，正有一辆车斗上加装了巨大铁笼子的卡车缓缓驶入。在北京的郊区，人们经常能够看到这样的卡车，车上往往载着几头牛、十几头猪或者几百只鸡、鸭、鹅——如同上法场之前还要游一游街，只可惜动物们喊不出"若干年后又是一只好牛（猪鸡鸭鹅）"之类的豪言壮语。而这辆车的铁笼子里关着的全是狗。大大小小几十条，其中最多的是硕大的"金毛"和"哈士奇"，间或还有"古牧"和"牛头梗"这种少见的品种。狗们一律垂头丧气地夯拉着尾巴，还有的把脑袋伸出笼外，瞪着乌溜溜的眼睛，茫然地与后车的车灯对视。

颜小莉也情不自禁地喊起来："快，快，截住它！"

话音未落，徐耀斌的保时捷已经伴随着更加浩大的轰鸣冲了出去。八气缸涡轮增压发动机可真不是吃素的，一眨眼的工夫，就蹿到了卡车正前方几米远的地方，接着一个急刹车，逼得卡车咯吱一声停下。铁笼里的狗们被惯性拉扯得东倒西歪，挤成一团，但却没有一只张嘴叫出声来，好像奥斯维辛集中营里的囚犯，早已被折磨得纯然麻木了。

卡车司机是个二十多岁的小伙子，鼓鼓的圆脸，又剃了一个厚厚的锅盖头，看起来倒像农村年画上的胖娃娃。然而因为风吹日晒的缘故，这个胖娃娃的颜色斑驳杂乱，脖子上更是黑一道白一道的，尽是被汗水冲刷的泥印子。他从车窗里探出半个身子，操着一副破锣嗓子喊："你怎么开车呢你？"

徐耀斌已经从保时捷里跳了出来，缓缓地走向卡车。很显然，他还陶醉于刚才那记干净漂亮的拦截，因而一举一动都像美国电影里的硬汉一样注重造型。这位一米六五的硬汉摘下墨镜，挥舞着芦柴棒一般的瘦胳膊宣告："我们拦下你，为的是你车上那些狗。"

"狗招你惹你了？"胖小子问。

"这句话应该我问你才对，狗招你惹你了？"徐耀斌反问，"你们凭什么抓它们、卖它们、吃它们？"

"我又没抓没卖没吃，我就是个开车的。"

"开车也不行，拦的就是你这辆运狗的车。"

而两人对话之间，尹珂东已经率领随即跟上来的其他汽车摆好了阵势。他的奥迪和徐耀斌的保时捷并排，堵在了卡车的正前方；左右两侧各有一辆轿车和一辆SUV把守；黄蔚妮的雷克萨斯和一辆大众旅行车则紧紧贴在卡车的屁股后面，为的是防止卡车司机突然倒车逃跑。这个战术，想必是尹珂东事先交代好的。

接着，一辆轿车按起了喇叭，其他车辆立刻呼应。频率各异但一律高亢有力的鸣叫声在公路上空回荡，向茫然失措的胖小子施加压力。救狗别动队的成员们还纷纷摇下了车窗，呼喊起了口号：

"放了那些狗！"

"狗狗是人类的朋友，狗狗是人类的亲人！"

"虐待动物没人性！"

在车声和人声的交错之下，狗们也仿佛蓦然惊醒，争先恐后地哀号起来。大狗嘈嘈如急雨，小狗切切如私语，公狗要撒尿，母狗也要撒尿，便有几股腥臊的黄水顺着卡车斗的凹痕和缝隙渗透出来了。

黄蔚妮一边拼命按着喇叭，一边招呼颜小莉："你帮我看看，麦克黄到底在不在这辆车上？"

颜小莉便瞪大了眼睛，在铁笼子里搜寻起来。然而狗们堆积在一起乱挤乱撞，就连哪只爪子是谁的也分不清，看得眼睛都酸了，也看不出个所以然来。而这时，尹珂东和几个性急的男司机已经跳出车来，冲到卡车车斗下方，试图把那只铁笼子的栅栏门拽开来了。尹珂东干得尤其积极，又高又壮的一具身子挂在拇指粗的钢筋上来回打摽悠。

胖小子急得连声喊："讲不讲理呀？没跟你们说我就是个开车的吗？有什么话找我们老板说去。"

"没那工夫！谁知道这些狗被你们运到外地是死是活。"

也许是占了场面上的优势，救狗的人们便过于托大了。他们只顾着对付笼子，却没想到这么一个束手无策的胖小子被逼急了也会犯混。卡车突然重新发动，一阵颤抖，屁股喷出了两股黑烟，紧接着就往斜刺里窜了出去。这个情急之下的举动造成了两个后果，一是把试图攀上车斗的尹珂东甩了下来，一屁股坐在柏油地上，二是卡车车头把徐耀斌那辆保时捷的后视镜刮得粉碎。也怪尹向东和徐耀斌停车时没把路堵死，给对方留出了两米多的空间，胖小子就开着车，咣咣当当地绝尘而去了。

两个男人同时大喊大叫，一个是屁股疼，一个是心疼。随之而来的，是巨大的愤怒：不止嘴硬，还敢逃跑？不止虐待狗，还敢伤人伤车？他知不知道到医院拍一张尾椎骨的核磁共振要花多少钱？知不知道保时捷换一块的后视镜要花多少钱？关键是，这种顽抗到底、铤而走险的态度实在令人无法忍受。必须得给他一个教训！尹向东和徐耀斌不约而同地上了车，一脚油门踩到底，争先恐后地追了上去。

场面就此失控。以前看到电影里的飙车场面时，颜小莉只觉得那像一场游戏，此时被加速度紧紧地压在座椅靠背上，她才体会出现实和电影根本是两码事儿。黄蔚妮还不算是追赶得最奋不顾身的，她只是不远不近地跟着那辆卡车，但光看着前面的尹珂东和徐耀斌叫嚣躁突的架势，颜小莉的心脏就快要跳出来了。这两个男人简直像疯了一样，轮番奋不顾身地冲到卡车车头的前方，有两次几乎和卡车撞在一起，却怎么也无法把对方再次逼停。胖小子看来是横了心较上了劲，操纵着偌大一辆卡车东摇西晃，每每在围追堵截中夺路而出。而这可苦了后面那些狗，它们像碗里的豆子一样腾越着，滚动着，彼此撞击着，哀号声一阵高过一阵。

你追我赶了几公里，公路侧前方赫然出现了一个岔口，卡车猛打了把方向盘，一头扎了出去。救狗别动队的大部分车都被甩掉了，紧随其后的只剩下了尹珂东、徐耀斌和黄蔚妮。颜小莉别无选择地坐在黄蔚妮身边，紧紧抓住车厢里的把手，张大了嘴，却叫不出声来。

公路追逐转眼变成了山路追逐。这是一条在北京郊区常见的盘山道，路面颠簸而险峻，几乎仅容一辆车通过。不时有嶙峋突出的怪石在颜小莉眼前掠过，轮胎与地面之间的摩擦更是让她闻到了一股糊味儿。不知拐了几个弯，颜小莉就分不清东南西北了，她脑子里唯一清醒的念头，居然是勒令自己收紧括约肌，以免在黄蔚妮的雷克萨斯上尿了裤子。而随着身边黄蔚妮的一声"哎呀"，令颜小莉在此后的日子里追悔莫及的一幕发生了。

前方露出一个急而陡的转弯，卡车又刚刚被一块从山体里凸出的岩石挡住了视线，没来得及减速，眼看就要冲出路面，滑下山坡。幸亏那小胖子的驾驶技术还算过硬，他紧急踩了一脚刹车，让车身贴着一蓬半人高的蒿草转了个九十度的大弯，有惊无险地爬上了一段上坡路。这个激烈的驾驶动作也将狗们再次抛了起来，而铁笼子的栅栏门或许刚才就被尹珂东拽松了，因此有两只体型颇大的黄狗和三四条京巴、博美一类的小狗一齐破门而出，天女散花似的飞到山下去了。

黄蔚妮的惊叫正是为此而发的吧。但让颜小莉感到恐惧的，却是另一个状况。

她似乎看到，卡车在拐弯时，车斗的边角撞到了一个人。红衣服，个头不高，瘦瘦的，好像是个孩子。黄蔚妮的雷克萨斯飞快地跟过了那个转弯，而颜小莉扒着窗户回头再看时，路边却又空无一人了。

4

那场追逐到底是怎么结束的，颜小莉反而记不清楚了。好像是卡车翻过了山，慌里慌张地开上了一条正在施工的断路，这才不得不停了下来，束手就擒。尹珂东和徐耀斌围上来，自然又是一番大肆声讨，他们把开卡车的胖小子从驾驶室里拽下来，你一把我一把地推搡、拉扯着他，这时也不说狗是人类的亲人了，而是一个要去医院，一个要修车，钱都得由胖小子出。

胖小子全然不见了开车时的莽撞，他的脸煞白，结结巴巴地说："你们要是不追我，我也不会跑啊。"

"还敢信口雌黄！"尹珂东声音雄浑地喊道，一张大脸因为激动，更加膨胀了，"你先跑我们才追的。"

胖小子又指向徐耀斌："他要不把我截下来，我还不会跑呢。"

"我把你截下来是要跟你讲理的，你干吗撞我的车？"徐耀斌也吼道。他的长相和身材不如尹珂东有威慑力，因而特地跺着脚跳了两跳。

"我都说了我就是个开车的了，后面那些狗不是我的，你们还非要为难我……你们讲不讲理啊？"胖小子说着，连哭腔都带出来了。

"得了得了，甭废话了，反正也造成事故了。"尹珂东似乎冷静了一点，瞥了瞥变成"一只耳"的保时捷，"咱们还是叫警察来处理吧。我们截你的车，该扣分扣分，该罚款罚款，我们认了。可你在停车的状态下撞坏了人家的后视镜，故意损坏他人财物，这个责任也推卸不掉——咱们都把驾驶证拿出来吧。"

说着，尹珂东首先掏出了驾照。徐耀斌点头称是，也一边掏证件，一边拿出手机就要打报警电话。而这时候，胖小子的神色就更慌张了，他破口而出："不能报警。"

"为什么不能报警？"尹珂东冷笑着盯住对方。

胖小子不说话，额头上冒出了豆大的汗珠。

尹珂东一针见血地指出："你没驾照，对不对？"

这话让胖小子突然崩溃了。他抱着脑袋，蹲到卡车轮子旁边，真的哭了起来，一边哭一边语无伦次地嘟囔："我开车开得好好儿的，谁也没惹谁也没惹，你们干吗非要拦我啊……就为了那些狗吗？狗要活命人也得吃饭呀。"

尹珂东趁势施展出谈判技巧，他又着腿站在胖小子头顶，居高临下地说："无照驾驶可是大事儿，又酿成了事故，起码够得上拘留的了——不过今天的情况确实有些特殊，我们看你又容易，干脆这么着吧——警察我们不叫了，剐蹭的损失呢，也不让你赔了，但你车后面那些狗得归我们。你看怎么样？"

胖小子没接话，只是呜呜了两声。

尹珂东笑了："没有异议就是同意。耀斌，你也没意见吧？"

徐耀斌不满意地插嘴："我这可是新车……"

"将就将就吧。"尹珂东立刻打断他，"反正万把块钱的修车费用，对你来说也就是一顿饭钱。"

徐耀斌往黄蔚妮这边扫了一眼，只好大度地耸了耸肩膀，没再说话。

尹珂东的脸上堆起了一箭双雕的快意：既在黄蔚妮面前抢了头功，又顺带慷了徐耀斌之慨。这个成就让他忘掉了自家屁股上的隐隐作痛，一发跳上了卡车车斗，再度上演了徐耀斌没能演好的硬汉形象——迎风而立梗着脖子睥睨一切，掏出电话呼叫："动物保护中心吗？我们刚刚解救下来一批被盗的宠物狗，请求支援，请求支援！"

直到这时，颜小莉还坐在雷克萨斯的副驾驶上心惊肉跳，两只膝盖不停地哆嗦。而她旁边的黄蔚妮也脸色煞白，两手离开方向盘，撑在座椅上，十只鲜红的指甲恨不得掐进"阿尔卑斯头层小牛皮"里去。

颜小莉叫了她一声："蔚妮姐……"

黄蔚妮如梦方醒地感慨："刚才吓死我了，那么陡的路，那卡车司机还开得那么快，这不是混蛋吗？"

尹珂东却在极具英雄气概地招呼黄蔚妮了："快来找麦克黄啊——是不是吓掉魂儿了？我早就让你别跟着了，女人开车就是不行。"

俩人只好定了定神，一前一后跑到卡车旁边。黄蔚妮一边在铁笼里辨认，一边颤声呼唤道："麦克黄，麦克黄！"尹珂东和徐耀斌也凑了过来，一人捡了一根树枝，帮助黄蔚妮把"金毛"和"古牧"轰开，露出藏在狗群里的拉布拉多，同时你一言我一语："是不是这只？"

"我觉得这只像，麦克黄的脑门上不是有一块白吗？"

几个人团团乱转，只有颜小莉的心思不在狗上。她绕着卡车车斗，像要证实什么似的，用手指轻轻触碰着锈迹斑斑的铁皮。在车尾右侧，果然粘着一小团暗红色的液体，明显是血，血里混着几根狗毛。那么这究竟是人血还是狗血呢？颜小莉的心再次狂跳起来，只觉得两腿发软，站都要站不住了。

而从车斗的另一侧，一阵轻轻的抽泣声传了过来。颜小莉的眼睛穿过几条狗腿，看到黄蔚妮正捂着脸，肩膀一耸一耸的。他们已经辨认了两遍，仍然没有发现麦克黄的踪迹。被迫接受这样的事实，无疑让她失望到了极点，也接近崩溃的边缘了。

两个男人却还在如火如荼地抢着风头，轮番软言软语地安慰黄蔚妮。尤其是尹珂东，他仗着胸怀够博大，还试图揽着黄蔚妮的肩膀，把她搂起来："没事的，没事的，这次找不着还有下次。麦克黄会等着你，我们也绝不会抛弃它……"

黄蔚妮一把甩开尹珂东的手："尹珂东，你提供的什么破情报！自己还没核实清楚就把我叫来，简直就像你们那家报纸一样不靠谱！"

尹珂东尴尬地搓起手来，徐耀斌倒快意地无声冷笑。至此，营救麦克黄的行动以失败告终。

那天晚上回到住处，颜小莉已经是人困马乏，累得连澡都没洗，就把自己拍在了床上。然而直到凌晨三点，连隔壁那对一到周末就熬夜上网的小情侣都没了声息，她仍然没有睡着。追车。急转弯。一个红色的瘦小身影。漫天乱飞的狗。车斗上的血迹。这些场景像一部剪辑极其混乱的电影，在她的脑子里无休无止地乱晃。

症结还是出在卡车那个惊险的九十度大转弯上。到底有没有撞到人？那一瞬间的镜头起码被颜小莉"重放"了几十次。在有一些镜头中，路边是空空荡荡的，只有一蓬在尘土里摇曳的蒿草，但在另一些镜头中，蒿草丛中却明明站着一个孩子——不辨年龄，不辨男女，只记得轮廓是瘦的，颜色是红的。是不是她眼花了，或者出现了幻觉？但她的幻觉为什么不能是一群鸟、一棵树，而偏偏是一个人呢？

基于迷乱、慌张、无法确定是真是假的记忆，颜小莉却开始进行理性分析了：没撞到人倒还罢了，假如真的撞了人，将会产生什么后果？那孩子会死吗？他家里人或者其他目击者会报案吗？警察会不会顺藤摸瓜地追查到卡车司机，进而再找到尹珂东、徐耀斌、黄蔚妮以及自己头上？那个脏兮兮的胖小子没有驾照，人又是他的车撞的，看似要负主要责任，但他有个道理讲得也没错：你们不追我，我会跑吗？这么一来，当时在路上追逐的所有人，就都和一桩人命案件扯上关系了。哪怕颜小莉没有开车，她也是涉案人之一，并且"间接促成了案件发生"。她在电视里的法制节目中听到过类似的台词。

人命啊，想到这个字眼，颜小莉浑身打起寒战来。她飞快地把自己的头蒙进被子里，又咬紧牙关才没叫出声来。

一夜几乎没睡，起床之后自然是昏昏沉沉的。这天正好是周日，这套位于大兴黄村的三居室里，除了颜小莉之外空无一人。与她合租的室友们大概是出去踏青了，大家平时都忙得要命，每个礼拜就指着周末透口气呢；而他们所住的这片城乡接合部还保留着一块半干半湿的河滩，带张桌布一篮子食物过去，不花钱也能消磨一天。窗外的天色有些阴沉，使得空旷的房间更显得静谧了，就连门外电梯的开门关门声和有人上下楼梯的脚步声都清晰可闻。这些声音又让颜小莉不由得心惊胆战。

窗外还有警车或者消防车驶过，当时颜小莉正坐在马桶上发呆，听见那尖利的鸣笛，她本来呆滞的思绪立刻产生了无数联想。颜小莉捂着脸把头扎进双腿之间，终于被自己吓出眼泪来了。

她老实了二十多年，从来没跟父母顶过嘴，从来没逃过学校里的一节课，从来没让男朋友把手伸进内衣底下过，怎么一摊上事儿，就有可能是天大的事儿呢？

中午泡了方便面但也没吃两口，颜小莉看着一只油腻的碗，坐在她那间十平米不到的朝北卧室里发呆。这时手机突然响了，是黄蔚妮。颜小莉迟疑了好一会儿，终于还是接听了。

"昨天累坏了也吓坏了吧？"黄蔚妮的口吻仿佛比往日更亲切。当然，是那种轻巧的、保持着俯视姿态的亲切。

"还好……"

"看你的脸色不好，还以为你晕车了呢。"

"我只是在挂念着——麦克黄。"

"我硬拉着你去，也是为难你了。我早就看出你这人……心眼儿很好，跟公司里那些两面三刀的家伙不一样。"黄蔚妮似乎叹了口气，又说，"不过拜托你，咱们去找狗的事儿，千万别告诉不相干的人，你知道，我手里的这个项目很重要，合作方也相当挑剔，公司的高层要求我全力以赴。这时候如果传出这种小插曲，谁知道又有什么人要站出来说怪话呢……"

"这个您放心。"颜小莉本想对黄蔚妮说，我也有件事儿想跟你谈一谈，但她咬了咬嘴唇，还是没说出口。

黄蔚妮却突然咯咯一笑，情绪转变之快，像被一只电灯开关操控着："还有个小事儿，我倒想听听你的看法呢。"

"您说。"

"尹珂东和徐耀斌这俩人怎么样？别深琢磨，只需要说你的第一感觉。"

"都挺好。"

"好在哪儿？"

"有钱……徐耀斌比尹珂东更有钱吧？"颜小莉的脑子里充满了嗡嗡响的杂音，连那两个男人到底谁是胖子谁是瘦子都记不清楚了。

"俗了，颜小莉你要这么想就俗了。"黄蔚妮嘴上奚落她，音调里却透出一股难以压抑的欢畅，"关于他们俩那点儿破事儿，我回头再跟你讲吧——昨天我没睡好，今天晚上还被总经理抓差，要去参加一个酒会，所以明天中午帮我买杯咖啡提提神吧，还是拿铁。"

黄蔚妮挂了电话，又把颜小莉抛回没着没落的空旷之中。看来黄蔚妮是没有看见卡车撞到人的，没有看见虽然并不意味着没有发生，但在自己也尚未确定事实的情况下，却足以降低撞到人那种可能性的概率。颜小莉像绕口令一样宽慰着自己。而且你看人家黄蔚妮是怎么活的，工作、狗、男人，三条战线同时作战但却都处理得轻车熟路、游刃有余。难怪人家是黄蔚妮，而你只配当个颜小莉。

但颜小莉终究不是黄蔚妮，羡慕也没用，学也学不来。到了晚上，她又开始失眠了，白天已经从脑子里赶走的镜头，再次颠三倒四地浮现了出来。简直像个主打午夜恐怖片的电视台，你越怕什么它越要播什么。这一次的心理负担更加沉重，颜小莉只觉得脑子里面有根锈迹斑斑的锯子在来回拉扯着，再锯就要断了，可却总也锯不断。

这件事必须得找人说说，哪怕是为了分担自己的压力也好。颜小莉做了这个决定，而她能找的人首先就是黄蔚妮。

5

第二天中午，颜小莉端着两杯咖啡，站在办公区等待黄蔚妮。已经过了午饭时间，黄蔚妮才从密闭的会议室里出来，画了淡妆的脸上带着一片愠色。她大概是又和设计部或者客服部的头头儿吵架了吧？这种事儿经常发生，但黄蔚妮有一项独门功夫，就是吵架挂相不挂心，转眼就能嘻嘻哈哈，嘻嘻哈哈完了马上又能接着吵。

果然，黄蔚妮从颜小莉手里接过咖啡，立刻眉开眼笑："还是你贴心，咱们的售后要是能做到你的一半儿，也就不会天天被客户追着骂了。"

这话是说给客服部的经理说的，那男人气鼓鼓地哼了一声，扭着水桶腰走开了。

颜小莉问黄蔚妮："您要不要吃点东西？现在咖啡厅还有咖喱饭。"

"不吃，让他们那些人气也气饱了，正好减肥。"

这也是黄蔚妮的独门功夫之一，越忙越不饿，越不吃精神头越旺盛。于是俩人坐到休息区的沙发椅上，各自捧着塑料杯吮咖啡。

哪怕是给黄蔚妮添乱添堵，哪怕被黄蔚妮说成"脑子秀逗了"，昨天计划好的话该说还得说。毕竟，那有可能是人命关天的大事儿啊，凭什么憋在心里，由自己一个人承担。颜小莉这么鼓励、敦促着自己。

但说的时候又得讲究策略。一惊一乍地宣布"出人命了"，反而会让黄蔚妮觉得自己是在信口雌黄。于是还是从狗说起：

"那天救下来的狗，已经在动物保护中心了吧？"

"是啊。保护中心的车来的时候，你不是看见了吗？"黄蔚妮说。

"以后它们会被送到哪儿去？"

"能联系上主人的联系主人，联系不上的只好另找人家。"

"唉……可惜麦克黄不在车上。"颜小莉看了一眼黄蔚妮，略微加重了语气，"那些狗贩子也真可恶，偷了人家的狗还敢顽抗，还敢逃跑，而且居然还是无照驾驶——假如出了车祸可怎么办？"

黄蔚妮阴着脸没接话，看起来是又沉浸在对麦克黄的思念中了。

颜小莉又跟上一句："多险啊，万一要是车翻到了山下去，或者撞到了什么人……"

黄蔚妮拿眼睛挑了挑颜小莉："你别胡思乱想了——自己吓自己。早知道你这么胆儿小，那天就不该叫你去。"

"不是胡思乱想！"颜小莉脱口而出，但又顿了一顿，声音急剧地衰弱下去，"蔚妮姐……有件事儿我不知该讲不该讲。"

"讲吧。都拐弯抹角说到这份儿上了，不讲不把你憋坏了？"黄蔚妮终于以认真的姿态面对颜小莉了。

"我亲眼看见……可能真撞到人了。"颜小莉的嘴巴反倒不利索了，刻意矫正了几个月的前后鼻音不分又暴露了出来，"当然，不是咱们的车撞的，更有可能是我看错了……你知道，我的眼神儿一向不太好的，连现代和本田的商标都认不清……"

她终于把在脑海中反复萦绕的那一幕描述了出来，尽管语无伦次，但却一五一十。讲完之后，颜小莉的心情果然轻松了许多，看来天塌下来，就是得找个高个儿来一起分担。她咕咚一声，咽了口已经变冷的咖啡，眼巴巴地望着黄蔚妮。

黄蔚妮的反应却是毫无表情，但眼睛瞪得更大了，又在太阳穴上绷出了两条淡青色的血管。她和颜小莉对视片刻，平静地开口："你一定是看错了。"

"可我明明看到卡车拐弯的时候，有一件红衣服……"

"你怎么确定那是红衣服而不是红布条、红油漆、红塑料袋呢？"黄蔚妮说，"你说过你眼神不好的。"

颜小莉立刻积极地点起了头："是啊，那些山上的农民就是喜欢乱扔垃圾的。"

"所以说你就是自己吓自己嘛。"黄蔚妮更加笃定地说，"当时我也坐在车里，从我的角度看过去，可什么都没有发生——什么都没有。"

那天和黄蔚妮谈完，颜小莉一度有了如释重负的感觉。黄蔚妮都没有看到嘛，没看到就是没发生。她反复在心里强化着这个想法，并且尽力使自己像黄蔚妮一样平静、干练、自信。这个世界上的确会有意料之外的惨剧发生，但发生的地点都是电视新闻里那些正在打仗或者暴乱的动荡地区，或者是突然遭受到地震和海啸的灾区，再或者就是像颜小莉老家那种贫困荒凉之地——她记得，以前邻居家有个孩子，父母都出去打工了，爷爷奶奶又管不住,就任由他满世界地瞎跑瞎转,结果有一天从附近厂矿的煤堆上滚下来,被活活埋在里面了。而如今颜小莉已经留在了北京,在东三环最繁华的地区上班,接触的尽是如同从时尚杂志上剪下来的人物,身处在这种环境中,她的生活理应变得光鲜明丽、稳固安宁,不是吗?

因此下班的时候,她的脚步重新变得轻快而有弹性,脸也仰了起来,璀璨地迎向地铁站外那片聚积了新一轮雾霾的灰蒙蒙的天空。回到三居室里的小北房,她还特地给自己叫了一份大号的红烧鸡腿饭,坐在电脑前一边看台湾综艺节目,一边响亮地吧唧着嘴,犒劳自己因为茶饭不思而受了委屈的胃。跟黄蔚妮吃饭的时候,她是从来不敢吧唧嘴的,并且把吧唧嘴的罪恶转嫁到了前男友的身上,但黄蔚妮又怎么能了解,吃饭吧唧嘴其实是多么畅快,多么尽兴啊。

然而这样的好状态仅仅持续了几个小时。"那一幕"被从清醒的状态中驱逐了出去,却从梦里钻了出来。刚刚入睡不久,颜小莉就梦到自己回到了营救麦克黄的那天上午:刹车、转弯、摇晃的蒿草、漫天纷飞的狗、被车斗撞下山坡的一团红色。而这一次,她还清晰地看到那团红色就是一件化纤运动服,半新不旧,松松垮垮,衣领上方是一张充满惊惧的孩子的脸。

颜小莉噌地从床上坐起来,满身是汗,大口喘气,如同刚和什么人进行过一番殊死搏斗。黄蔚妮说没看见,就能等同于没发生吗?要知道,虽然当时两人都坐在车子的前排,但驾驶席和副驾驶席的视野不尽相同。再说黄蔚妮正在紧张地开车,因为山路的陡峭而自顾不暇,她凭什么那么斩钉截铁地替颜小莉的眼睛和记忆做主?

而一旦惊醒,就再也睡不着了。假如说麦克黄的丢失是黄蔚妮的心病,那么山上的那一幕就成了颜小莉的心病,并且她病得比黄蔚妮要严重得多。要想除去这块心病,光跟别人商量是不够的,颜小莉必须亲自做点儿什么。

第二天,颜小莉破天荒地请假了。她捏着鼻子给后勤部门的主管打了电话,谎称自己患上了严重的感冒。前台虽然是最微不足道的职位,但却是实打实的一个萝卜一个坑,上司自然满腔不乐意。于是颜小莉又抬出了黄蔚妮,说是没穿外衣就去替"蔚妮姐"买咖啡才受了风寒。好说歹说,总算磨出了一天的假期,颜小莉出门坐上了一辆9字头的长途公交,再次去了昌平。

那天拦截卡车的路线倒还记得清楚，只是开到国道入口，公交车就要往另一个方向去了，附近又在找不着其他站牌，颜小莉只好一咬牙，花一百块钱雇了辆咣咣乱响的黑车。沿着国道一路向北行驶，她把头靠在车窗上，两眼死命辨认着每一条岔路，认错了一次又掉了两回头，这才终于拐上了卡车司机曾经夺路而逃的那条盘山道。

但还没往上开出多远，已经满嘴唠叨的黑车司机却停下了车，死活不肯再走了。他指指坑坑洼洼的山路，说路况太差，他那辆夏利本来就很旧了，硬开上去没准儿会散架。司机又说，这条路以前是从山里往外运石料的，现在早已废弃不用，一个小姑娘非要往这里去做什么。颜小莉只好付钱下车，徒步往山上走去。

那天坐车风驰电掣了几分钟，如今换成两只脚，却足足走了一个多小时。山景本身是称得上俊秀的：嶙峋瘦骨，长满了苍翠的松柏，不时有飞鸟和松鼠一类的动物在林间戚簌地惊起，花岗岩被日晒雨淋成了近乎橙黄的颜色……但因为揣着一个噩梦，颜小莉也没心思驻足观望。她气喘吁吁地爬到一处突兀的弧形弯道，望见了路边的那一蓬蒿草。

没错，就是这里。颜小莉再次确认了一遍之后告诉自己。她壮着胆子走到道路外侧，看见下面是几米深的一道山沟。身边的蒿草中，有几株断了头，只剩下风干了汁液的草杆。该不会是有人落下去时情急之下拽断的吧？这个念头让颜小莉的心狂跳起来。而几秒钟之后，另一个发现更是让她眼前一黑。

那是一只白色的运动鞋，歪斜着躺在山沟深处的两块碎石之间。这么说来，除了那天追车的当事人之外，这地方的确是有过其他人出没的。在"一定要把事实弄清楚"的冲动下，颜小莉鼓足了气力，弯下腰，扒住岩石突出的棱角，一步一试探地往山坡底下爬过去。

这样的举动对于电视里的攀岩运动员来说算不了什么，但对于习惯了在前台后面一坐一整天的颜小莉而言，就是充满危险的挑战了。爬到一半，她忽然岔了气，肋骨下面一阵生疼，然后手一滑，像只掉下桌面的猫一样四肢乱挠着坠落在泥土地上。幸亏就势打了个滚，并没有听到咔嚓的骨头断裂声，但再挣扎着爬起来时，身上的衣服已经没有一处干净的了。

她顾不得许多，跑过去捡起那只鞋。国产品牌"361度"，30码，橡胶鞋底的花纹磨损严重。颜小莉记得自己八九岁的时候，也穿这个尺码的鞋，并且也是底儿都快磨破了家里才给买新的。为了早点儿换一双新鞋，她还在上学下学的路上故意用脚底摩擦地面，她妈发现了，就揪着她的辫子狠狠地掐她的脸。那么手里这只鞋的主人身上，究竟发生过什么呢？颜小莉抬头看了看头顶的公路，把自己的记忆加了进来，试图糅合成一幕完整的坠山过程，但却只觉得慌乱不堪，整个儿心思都是空的。

就这么发了许久的呆，她才被一股回旋的山风吹醒。两人多高的土坡，是不可能再爬上去了，好在坡底还有一条弯弯曲曲的小径，通向刚才走过的那段公路。颜小莉忍着周身的酸疼，在杂草丛中缓缓行走着。她想的是顺着公路找到山里的村镇，最好有个派出所什么的，那样就可以打听到最近有没有孩子受了伤。

但假如真有，而且恰恰是被车撞下来的呢？她敢承认自己也是事故的当事人之一吗？对于这个问题，颜小莉是不敢触及的。

回到公路上，拐过那个大弯，又往上走了十来分钟之后，颜小莉终于碰到了一个人。那是个三十多岁的农妇，黑而糙的脸，像被烟熏过的腊肉，背上背个竹筐，框里半满不满地装了些酸枣。来的路上，颜小莉见过有人在路边摆摊卖这东西。

俩人照面，似乎都是一惊。颜小莉随即意识到，那只旅游鞋还拿在自己的手上，而对面的女人正直勾勾地盯着它。

女人向她开了口，说的却是一嘴河南话："你做啥呢你？"

"什么也没做。"

"我问你拿俺家娃的鞋做啥？"

颜小莉脑袋里轰隆一声，痴了一般，把鞋递过去："捡的。"

女人接了鞋，往背后的框里一扔，掉头往山上就走。颜小莉鼓了一口气，追上去："这鞋是你家孩子的？"

"对。"

"你家远吗……我刚才摔下去了，想洗洗手，最好能再给我口水喝。"

女人没说话，继续爬坡。颜小莉像吃了一瘪，脚步不由得畏缩地停下来。但还没落后多远，她便看见那女人转过身来：

"跟着。"

盘山道一路向上，不多久，又分了一个苲。往左走，就是那天卡车逃窜的方向，颜小莉知道那里是断路，而女人却背着筐走向了右边。复再前行两里，一圈低矮的院墙从路边的树丛里露了出来，院子里是两间红砖瓦房，看起来摇摇欲倒，房顶上盖着一块斑秃似的塑料布。

　　跟着女人进去，颜小莉见到了那个名叫郁彩彩的九岁女孩。

　　女孩躺在窝棚版的偏屋里，身下是一张砖头和木板垫成的床。她瘦小的身体上到处是伤：额头上扎着一圈纱布，一边一块农村红的脸蛋上涂着大团的紫药水，右手虎口缝了几针，手指头上尽是凝结的血痂；最严重的是左腿，裹着厚厚的一层石膏，翘起来，挂在从房梁垂下来的布带上。虽然屋里光线昏暗，但颜小莉还是看清了女孩身上穿着一件暗红色的运动服，以及女孩有一双大而明亮的眼睛。

　　正不知所措，农妇已经端了一盆水来，放在小院当中。颜小莉蹲下去，用力地搓洗自己的脸，仿佛如此就能遮住煞白的脸色。洗完了，一只搪瓷缸子便递了过来。她小口抿着热水，尽量不让嗓音打战，装作随意地和对方聊起来："孩子怎么受伤了？"

　　"让车撞了，滚到沟里了。"

　　"哪天的事？"

　　"上礼拜六。小孩儿在家呆不住，非要到山底下的学校参加课外活动，走到一半就碰上了车。那路平常是没车的，山那头修了隧道。摔下去腿就折了，动不了，嚎到晚上，才被赶羊的人听见了。"

　　"骨折了也没住院？"

　　"花不起那钱。外地人，又没单位，在北京没医保。"

　　"腿没大事儿吧？"

　　"打了钢钉接上了。但说膝盖也伤着了，有块小骨头碎了，得换个零件。一个羊拐子似的铁疙瘩，说是进口合金的，大概要三万块钱。我们哪有这钱？她爸以前是采石场的工人，给老板放炮炸山，后来政府把厂子封了，只能再找活计。上半年被一个山西的矿上雇了，说过去先干一段，等稳下来再接我们。"那女人的脸一直木讷着，但一说到自家的事情，就浮现出了苦楚的神色。她的每句话都很短，句子与句子之间留有很大的空隙，颜小莉每每以为她要说完了，下一句话却又突兀地蹦了出来。进而又说到了女孩的父亲干活儿辛苦而且危险，有两次碰上了哑炮，正想过去查看，突然就响了，幸亏人离得远才没有送命；还说到女孩在学校念书不怎么样，跟不上北京的课程，学校警告她说要取消她的借读资格；又说今年野酸枣倒是不少挂果，拿到国道边上卖给郊游的城里人，一斤可以赚上七八块钱，可这生意只有周末能做。

颜小莉又把话头转回女孩的腿上："如果那三万块钱的零件不换……会怎么样？"

"腿吃不住劲，就变成拐子了。"女人简洁地答道。

两人说话时，女孩就躺在门后静默地听着，不言不语。

颜小莉终于问出了那个最让她提心吊胆的问题："被车撞的时候，有没有看见车牌号什么的？"

"车开得太快，根本没看见。也报了警，可警察就说让等信儿。"

女人说完，院子里忽然安静下来。颜小莉本来觉得可以松一口气的，但她的心却反而悬了起来，同时感到一阵难以忍耐的酸楚。她下意识地将手伸到口袋里，上上下下地摸，最后只掏出两百来块现钱，一把塞进女人的手里："拿着给孩子买点儿吃的吧。"

"你这是干吗？"女人的声音高扬起来，"咱们又非亲非故……"

"我是孩子学校的老师。"颜小莉扯谎，"就是山下的镇上那所……"

女人念叨了几句，总算把钱接了，又抹了两把眼角。而这时，女孩的嗓音却清晰地传了出来："您是老师，我怎么从来没见过您？您教几年级？"

"我刚分配过来，也没见过你呢。"颜小莉答道，接着问了女孩的名字。

女人又进屋拎出暖壶来续水，颜小莉却已经趁着这个空当，恍恍惚惚地出了小院，顺着原路往国道的方向走回去。天已正午，阳光普照，松柏与杂草都闪耀着油脂一般的绿光，但这景象在颜小莉看来，却是苍凉而凄楚的。以前在历史课本上学过，北京北部的山区自古以来就是战场，只要越过这道屏障，少数民族就可以畅通无阻地跃马中原，因而几次著名的惨烈鏖战都发生于此。现在，颜小莉的心里也打起了一场战争。

6

既然事实已经很清楚了，那么现在，纠结在颜小莉心里的问题也一目了然：那个"间接与她有关的责任"，负还是不负？不负当然可以，女孩和她的家人至今不知道撞人的汽车是哪儿来的、谁开的，因此她和所有参与追逐的人都是安全的。况且就算要负责任，她颜小莉负得起吗？工作不满一年，工资仅高于保安和清洁工，每月除去租房子和吃饭、坐车的花销，能省下几百块钱都是万幸。想想存折里那个上下波动但却长期没有质的飞跃的四位数字，她所要考虑的就不只是趋利避害，还有量力而为了。

然而理智地想要"把这事儿翻过篇去"，颜小莉却发现自己根本做不到。新的场景又开始在她的脑海中反复回旋起来，这时就不是撞人的那一幕了，而是那女孩闪烁着一双大眼，挂着沉重的石膏，躺在阴暗的小平房里的样子。她叫郁彩彩，九岁，在山下的某所小学借读，上五年级，来北京已经三年，从没去过天安门和王府井，最爱吃麦当劳的薯条但迄今只吃过两次，一次是跟她妈去昌平城区卖柴鸡蛋的时候，另一次是她爸出车带回来一包。这些信息都是她妈断断续续地告诉颜小莉的。一旦对某个人建立起了琐碎而生动的印象，你就没法觉得这人与自己无关。通过郁彩彩，颜小莉还一发不可收拾地回忆起了自己小时候。在八九岁的年纪，她们是一样的瘦，一样脸上挂着农村红，一样怯生生的沉默寡言。谁又知道十几年后的郁彩彩会不会变成另一个颜小莉呢？但她的腿如果真的拐了怎么办？颜小莉还听郁彩彩她妈提过一句，要给膝盖安装那个合金零件，是有时间期限的。如果两个月后损伤定了形，就算花多少钱也补救不回来了。一个拐子，就算上了大学又能干什么？站在前台，人家还会以为台面歪了呢。

颜小莉不仅失眠，还开始了头疼。疼痛来无影去无踪，疼起来连气都喘不上来，同时眼前一片一片地冒金星，简直像在放礼花。好几次正在前台端坐着，她突然就弯下腰去，用指关节死死地顶住太阳穴，嘴里呜咽出来。路过的同事问她怎么了，她还得立刻挤出一脸笑，说自己在捡东西。

在这种情况下，颜小莉第一次深切地后悔起来。她想，如果那天没去参加营救麦克黄的行动就好了。说起来，她还和狗有仇呢。家乡那种小地方的狗和北京的狗可不一样，基本上都是其貌不扬的土狗，既脏又野，而且因为食物匮乏，往往焕发了狼的天性。记得上初中的时候，一天颜小莉骑自行车上学，突然从巷子里冲出一条黑狗，照着她的小腿就是一口，血淋淋地扯下一块肉来。虽然被同学第一时间背到医院去打了针上了药，但伤口至今蜿蜒在她腿上，令她夏天也不敢光着腿穿裙子。既然如此，她为什么还要答应黄蔚妮？她知恩图报得还不够多吗？干吗这种事儿也要上赶着掺和？

颜小莉，你贱啊你。

而所有的前思后想，又归结为一个决定：这件事情还得找黄蔚妮谈一谈。在北京，她只认识黄蔚妮一个人，对于颜小莉来说难如登天的事儿，对于黄蔚妮就变成了小菜一碟。她想起黄蔚妮向她展示过一块卡蒂亚"蓝气球"手表，光那东西就不止三万块钱呢。

但恰好在这个时期，颜小莉发现，黄蔚妮对自己的态度变了。数一数，她已经几天没和黄蔚妮说上话了？自从上次谈话之后，黄蔚妮上下班经过前台，就不再和颜小莉笑着打招呼了，而是径自昂首快步经过。她也不再找颜小莉一起吃饭，周末更不会打电话叫颜小莉出门了。就在今天，颜小莉买了黄蔚妮加班之后照常要喝的咖啡，等在销售部办公室门前想要送给她，黄蔚妮却朝外面瞥一眼，立刻就转身回去，再也没出来了。

黄蔚妮烦她了？不把她当朋友了？还是因为她贸然说了有可能撞到人的事情，把黄蔚妮吓到了？颜小莉只觉得心里一寒。然而她终究无法像黄蔚妮对她视若无睹一样，对郁彩彩的那条左腿视若无睹。于是这天下班之后，颜小莉特地没走，像尊泥像似的站在前台后面，等候黄蔚妮。

管理层还在开会，已经过了八点钟。期间有人出来抽烟透气，还有外卖公司的人把十几份日式"定食"送进来。颜小莉饭也没吃，怕的是出去一趟再回来，黄蔚妮已经走了。就这么一直耗到了九点，门里的会议室终于轰然一响，总经理和几个高层人物簇拥着一个外国老头儿走了出来。颜小莉立刻溜了进去，远远地就看到黄蔚妮一边和人谈笑，一边吩咐销售部的人把做演示的电子投影系统关掉。

一歪头，黄蔚妮看见了颜小莉，但仍然没跟她说话，扭身往卫生间走去。颜小莉咬了咬嘴唇，埋头追上去，一边追，一边朝那个窈窕的背影喊道：

"蔚妮姐，蔚妮姐。"

几乎要追进卫生间，黄蔚妮才蓦然回过头来，脸上冷冷的："有事吗？"

"那天的事，我还想再和你说一下。"

"什么事？"

"救狗那天，卡车的确撞到人了。我还去过被撞的孩子家里，她叫郁彩彩，才九岁。如果您不相信我，我还可以带你也去看一下……"

"你别来烦了我好不好？"黄蔚妮的眉毛突然挑起来，声音尖利地上扬，"什么狗啊狗的，你知不知道我现在在忙什么？知不知道这个项目对公司有多重要？知不知道我现在的每一分钟每一秒钟值多少钱？我有工夫管你那些破事儿吗？"

颜小莉哑口无言。这时，后勤部门的负责人恰好从卫生间出来，立刻甩着一双湿手赶过来，呵斥颜小莉："你怎么回事儿？说闲话也得有时有晌，知不知道现在是特殊时期？"

然后堆了笑安慰黄蔚妮："蔚妮，你别生气，回去好好休息，明天还有个会呢。"

"管好你手底下的人。"黄蔚妮撩下这句话，连卫生间也没上就走了。

上司又把颜小莉揪到办公室里好一通骂，说得她的眼泪没忍住，汩汩流了出来。公司的业务部门拿后勤的人发邪火，这是再常见也没有的事情了，销售副总指责一个前台，更是天经地义。以前还有别人对颜小莉做过更鄙夷、更欺负人的事情呢，她也都忍辱负重地扛了下来。但这次不一样，和她翻脸的是黄蔚妮啊。颜小莉只觉得心里堵得慌，一团愤懑像包在纸里的火一样燃烧、膨胀。她再也按捺不住，和上司拍了桌子：

"你不了解情况就别乱说好不好！"

上司愕然，随后暴跳起来："你还想不想干了？"

颜小莉却耸着肩膀，像只斗架的公鸡一样走了出去。次日上班的时候，她只等着上司来通知她收拾东西走人。事实上，她已经为自己的失态而后怕、后悔了。新一轮的大学毕业季行将结束，今年的就业形势更加惨烈，听说就连海归都不好找工作了。如果失业的话，她一个被炒了鱿鱼的前台又能干什么去？她那点儿积蓄又够坐吃山空几个月的？

但一整天却都风平浪静。没人多看她一眼，大家继续把她等同于摆在公司门口的那几柱盆栽——还不是富贵妖娆的蝴蝶兰，而是其貌不扬的巴西木。又过了两天，颜小莉才听说，自己能够躲过这一劫，仍旧是多亏了黄蔚妮帮忙。上司本来是卖乖献好，向黄蔚妮表示，决不让颜小莉留到下个月初的，没想到黄蔚妮淡淡地回了一句："人家小孩儿不是干得挺好的吗？比你以前挑的那几块料强多了。"还专门叮嘱，千万别拿那天晚上的事情小题大做，毕竟大家都在精神紧张的状态，都有责任。

这么说，黄蔚妮还是念及交情的。照理颜小莉应该感动，甚至应该再洒下两滴涌泉相报的热泪。但这次也不知是怎么回事，她只觉得心里怪怪的。异样的感觉如芒在背，如鲠在喉，如九岁女孩郁彩彩膝盖里的暗伤，看不见，但却抹不掉。

心里的战争还在硝烟弥漫，颜小莉又想到了那天见到的两个男人，尹珂东和徐耀斌。

追击运狗的卡车时，除了黄蔚妮和她自己，在场的就是这两个人了。况且他们还是表现得最积极、最疯狂的，尤其在山路上，恨不得要把对手挤下悬崖方能后快。如果不是他们穷追不舍，卡车司机也就不会被迫以那么快的速度转弯，更不会留意不到路边有人了吧？假如要负责任，尹珂东和徐耀斌比黄蔚妮还要难辞其咎。如此一想，颜小莉便再次燃起了希望，她掏出屏幕都磨花了的国产手机，划拉起电话本里的人名来。

只找到了尹珂东的。那天从昌平回到城里吃饭时，只有尹珂东还算活泛，并且和颜小莉互留了电话。而徐耀斌压根儿没理她，那副脸色，恨不得把她当成黄蔚妮家的小保姆了。趁着公司里的人都在忙，颜小莉躲进卫生间里，拉上隔扇，谨慎地按下了拨号键。

响了几声没通，片刻变成了"您所拨打的电话无人接听"，颜小莉只好挂了电话往外走。但才走到走廊，电话就响了起来，正是尹珂东的回拨。颜小莉赶紧冲回卫生间，重新把自己封闭在几张木板之间，像秘密接头一样"喂"了一声。

"小颜吧？有事儿吗？还是蔚妮有事儿找我？"尹珂东居然记得她。当然，这要拜智能手机发送名片的功能所赐。

颜小莉称对方为"尹主任"，首先为自己的冒昧道歉，然后又拿出了那天和黄蔚妮喝咖啡时的策略，试图从狗的事儿迂回到人的事儿上。她倒是好意，怕对方一时接受不了事实真相。

尹珂东却打断她："我刚开完一个会，又有几篇稿子要审，你还是有事儿说事儿吧。是不是狗找到了，要不就是狗死了？"

"跟狗没关系。"颜小莉吁了口气，尽量平静而郑重地把撞人的事情说了出来。

尹珂东果然沉默了，半晌才说："真的假的？我怎么没看见？"

"也许您正忙着开车，就没往路边瞧吧。但的确是真的，我还去了那女孩她们家……"

"你还去她们家了？"尹珂东低声叫了起来，"那你说什么了没有？"

"没有……"

"那还好。"尹珂东喘了口粗气，沉吟半晌，"这事儿是有点儿棘手。"

"所以我才来问您啊。"

"恐怕还得实地调查一下再说。"

尹珂东没有像黄蔚妮一样矢口否认并且置之不理，这就是一个好迹象。颜小莉立刻请他确定"实地调查"的时间。

当天又是周五，俩人便约好了周六早上见。第二天，颜小莉乘上地铁四号线，在宣武门换乘二号线前往崇文门外的幸福大街。北京几家有名的报社都在这一带。刚从地铁站出来，就在约定的路口看见了尹珂东的奥迪车。上车之后，尹珂东阴沉着脸，像是一只放冷了的金砖面包，嘴却不停不歇，反复询问着颜小莉所目睹的一切，就连她自己曾经坐的那辆黑车的司机是本地人还是外地人这样的细节都没有放过。这大概是新闻记者的职业习惯吧，颜小莉这样认为。

然而半个多小时以后，当车越来越接近那天拐上山去的岔路口时，尹珂东就突然闭了嘴。他往前伸着脖子，歪着脑袋，朝道路的斜上方一个劲儿地打量。颜小莉提醒他，路口开过了，尹珂东却不搭腔，掉头向南再掉头向北，又是那么伸着脖子歪着脑袋，把两公里长的一段国道巡视了一遍，才终于驶出主路，往山上驶去。这次上山，他就把车开得极其小心了，简直是走走停停，奥迪车在陡峭的山路上反复"坡起"，发动机发出嗡嗡的吼叫。

接近出事的弯道时，颜小莉说："就是那里。"

尹珂东却停下了车，揉了揉因为一直保持着鹅的姿态而酸痛的脖子说："不用看了。"

"被撞的那个女孩家就在上面不远……"

"我说不用看了。"尹珂东嗓音浑厚地说，"我已经确认过了。"

"您确认什么了？"颜小莉狐疑地扭过头去。

"从岔路口到山上，一路都没有摄像头。"尹珂东说，"也就是说，没人知道我们曾经追车追到这里，更没人看到那天的事故——假如你说的是实话。"

原来尹珂东所说的"实地调查"，指的是这个。那么他做得可真够缜密、真够专业的。颜小莉豁然睁大眼睛，惊诧地盯住了对面那张白白嫩嫩的胖脸："我说的当然是实话。"

"这可就不好说了。"

颜小莉的口气有了一丝恼怒："您的意思是我在骗您？我为什么要骗您？"

尹珂东却和蔼地笑了，他把一只胳膊搭在奥迪车的门框上，换了个更加舒服的坐姿，然后用一种循循善诱的口气对颜小莉讲解起来："小颜你别激动，我当然不是说你在骗我。我的意思是：一件事情到底有没有发生过，那是要由证据来决定的。警察办案得讲证据吧？没有证据不能乱抓人；对于我们做新闻的，证据就更重要，没影儿的消息胡乱发出去，惹出的乱子更大。我们甚至可以说，一件事如果没有确凿的证据支持，那么就相当于没发生过。你所说的那场车祸，其实就是这种情况。你硬说那天撞了人，但我怎么没看见啊？还有黄蔚妮和徐耀斌，他们怎么也没看见啊？可见主观证据本身就不够充分，更重要的是，客观的证据也不具备，那就是我刚才说的摄像头……"

"可那孩子断了一条腿呀，我亲眼见的，我亲耳听的……没钱治，孩子就残废了。"颜小莉打断他说。

听了这话，尹珂东似乎顿了一顿，能言善辩的嘴打起了磕巴。但他仍然像要把一篇发言稿念完似的，继续说道："小颜……你年纪还太小，社会经验不丰富，好多事儿你根本不懂。首先，有路就有车，这条路虽然偏僻一点儿，但来来往往的车恐怕也不止我们那几辆吧？天知道你说的那孩子是被哪一拨儿过路车撞到的。其次，就算跟我们有关，但直接撞到人的并不是我们之中的任何一辆车，而是那辆卡车，卡车司机才是第一责任人，可他现在人呢？没准儿早跑了！他才不会蠢到故地重游自投罗网的地步。再其次，如果我们承认了跟那起事故有关，给那孩子出了治腿的钱，谁知道那家人会不会接着再要损失费、补偿金，那可就不是几万块钱的事儿了，而是十几万，没准几十万，这不就把咱们讹上了吗？我是做新闻的，这种事儿我听得太多了……"

颜小莉的心凉了下去，比原先听到黄蔚妮的矢口否认还要心凉。她再次打断他："你别说了。"然后拉开奥迪车的车门，跳下了车。

尹珂东往她这一侧探过来："你要干吗去？"

"你自己走吧，我不想坐你的车。"

"你别太幼稚了好不好……"尹珂东的胖脸涨红了，眼神仍然躲着颜小莉，"你让我来不就是问我该怎么办的吗？现在问题已经解决了，你还有什么不满意的？"

颜小莉犯倔似的梗着脖子，侧过脸去不看他："把徐耀斌电话给我。"

"你要找他？行行，跟他说去也好，省得再来麻烦我……反正他有钱，高兴了随手就能甩给你几万。"尹珂东气哼哼地拉开汽车储物箱，拿出一张名片来，揉成一团扔过了窗户。

颜小莉弯腰捡起那团纸时，尹珂东的车子已经轰鸣一声，掉头往山下开去，扬起的尘土呛得她直咳嗽。她面无表情地展开名片，拿出手机，缓慢地拨了上面的号码。说实话，对于徐耀斌，她已经不再抱有什么指望了。那人给她的印象还不如尹珂东，更不如黄蔚妮，并且，谁知道他还记不记得自己这个人。

"谁啊？"徐耀斌的声音懒洋洋地传出来，周围还有嘈杂的音乐和喇叭鸣叫声。他大概在车里。

"徐先生，我们见过的。"颜小莉想了想，索性免去了自我介绍，径直问道，"一个多星期……确切地说是这个月的十号，星期六，您那辆保时捷的后视镜是不是被撞坏了？"

徐耀斌的声音警觉起来："你什么意思？"

"我想告诉您的是，那天因为你们追车，还造成了另一起交通事故，有个小女孩被撞伤了，骨折，现在需要做手术……"

颜小莉像小学生背书一样，急切地交代着情况，但还没说到一半，就听见徐耀斌咯咯、咯咯地笑起来。她只好停下来，想等徐耀斌笑完。

徐耀斌却兴致勃勃地问："知道我想对你说什么吗？"

"什么？"

"去你妈的，滚你妈的，操你妈的。"那男人欢快地、尖声尖气地曾经在网络上风行一时的"三妈体"，随后咕咚一声，连电话都懒得挂断，就把手机扔到了一边。

他的车里有人问："怎么回事？"

"现在的骗子真够敬业的，编瞎话都编得有鼻子有眼。"徐耀斌的声音模模糊糊地传出来，"连我什么时候撞过车都知道。"

"那肯定跟是汽修厂的人串通好了的。"旁边那人说，"你开的是保时捷，对于骗子来说也是优质信息。"

"操，以后不去那家修车了。"

"操。"

保时捷里的音乐声被陡然调高，震得电话另一头的颜小莉耳朵都疼了。她茫然地听了好一会儿那个名叫 fifty cents 的黑人满嘴脏话的说唱，才茫然地挂了电话，抬头望着远方空旷、苍凉的山景。

7

颜小莉沿着山体踽踽攀登。来了第三趟，路早已走熟了，心里想着哪里该有块岩石，哪里果然有块岩石，哪里该有丛酸枣树，哪里果然有丛酸枣树。至于那个急而陡，下面就是几米深的山沟的拐弯，更是还没望见就在心里估算出了距离。过了拐弯走上一条岔路，就是郁彩彩家孤零零的小院了。

走到院门口，颜小莉的心又揪了起来。她害怕看到女孩闪着一双大眼躺在小黑屋里的景象。然而来都来了，她无法过门不入。院子里还是那么寂静，郁彩彩她妈蹲在墙根的空地上，规整着一小堆蜂窝煤，背影像一只正在挖洞筑窝的穴居动物。煤大概是从山下的镇上买来的，这两年，北京的农村也推行了煤改气，但山上散落的人家仍是顾及不到的。颜小莉叫了一声"郁婶儿"，女人回过头来，绽开了一脸的笑：

"老师又来啦。"

"正好路过，顺便来看看。"

"您太费心，又没教我们家孩子那个班……"

颜小莉瞥见门口的水缸盖上，放着一堆吃食：苹果橘子，两箱牛奶，还有巴掌宽的一条五花肉。她便问："孩子她爸回来了？"

"哪有，还在山西呢。"郁彩彩她妈说，"来的是过去采石场的同事，说是跟着她爸干过两天。不过我也没见过。"

正说着，就从屋后走出一个人来。矮胖的身材，两手沾满了黑乎乎的煤渣，锅盖头下顶着一张被晒得斑驳陆离的娃娃脸。颜小莉一眼认出，是那天开运狗卡车的那个司机。

胖小子迎面撞见颜小莉，也怔住了。两人紧张地对视，像一对心怀鬼胎的人正在用眼神互相试探。

郁彩彩她妈的心情却比那天见时爽朗了许多，她打了盆水来吆喝胖小子洗脸，又沏了一碗碎末状的花茶请颜小莉喝。他们懵懵懂懂地被这女人摆弄到屋里坐下，一个攥着毛巾，一个端着茶碗，连讪笑也挤不出来。

等到郁彩彩她妈又出去忙活了，颜小莉才对胖小子开口："你怎么来了？"

"你怎么来了？"对方反问她。

颜小莉又问："孩子的腿……你知道了？"

胖小子仍是反问："你也知道了？"

"那天就看到了。"

"……我也是。"

屋里复归沉默。郁彩彩她妈洗了几个苹果送进来，又往外走去，说中午要给他们做饭，烙葱花饼："家里半年也不来客，今天一气儿来了俩，我还占着手不能陪你们……你们聊，你们聊。"看着她去院外的一畦菜地里拔葱了，颜小莉才重新和那胖小子说起话来。她问对方叫什么。

"姓于，于刚，你就叫我小于得了。你呢？"胖小子说。

恐怕不是真名，颜小莉想。哪个无照驾驶的肇事司机会向目击者坦白姓名呢？但她又想起了尹珂东的分析：哪个肇事司机会蠢到自投罗网的份儿上呢？而这胖小子偏偏来了——只不过像她颜小莉一样隐瞒了身份罢了。

"我叫黄……莉。"颜小莉迟疑了一下，给了对方三分之一的真名。

俩人互相点了点头，仿佛知道了对方的称谓，心里就能踏实一些。然后不知是谁提议，他们一起站起来，走到偏房外，隔着一道半掩的木门看郁彩彩。女孩睡着了，头发披散在脸上，更衬得面无血色，嘴唇发紫。一条断腿还挂在从房梁垂下的布条上，随着呼吸的颤动吱吱呀呀地打晃。她睡得倒踏实，但看的人却越发心思凌乱：膝盖损伤，合金零件，三万块钱，拐腿……颜小莉仿佛再次看到了小时候的自己，一个处境更惨、运气更差的自己。她的心里忽然有什么东西豁然开裂，扯着那个自称于刚的胖小子回到院里，四下张望两眼，压低了声音问：

"我折子上还有六千，你有多少？"

于刚木然地回答她："我没了。"

"真没了？你别骗人。"

"真没了。我骗你干吗，要有钱我早给他们了。"于刚像受了污辱似的，气呼呼地说，"上次丢了客户的狗，老板扣了我两个月的工资……就算没扣也没用，离三万差远了。"

这句该是实话吧。颜小莉懊丧地用鞋底蹭着地面。除了懊丧，她心底还涌出一股厌恶的情绪，厌恶自己只是个前台，厌恶对面这个连驾照都没有的卡车司机，厌恶女孩郁彩彩必须得走几里山路才能到学校去。归根结底，她在厌恶他们共同的特点，那就是穷。而有了一个穷字打底，所有的纯良的、善意的、温情脉脉的东西都变成了自欺欺人。塞给女孩家人的那两百块钱是自欺欺人，摆在门口的肉和水果是自欺欺人，就连颜小莉和这个自称于刚的胖小子在此处不期而遇，也是自欺欺人。

这时，于刚却带着三分宣泄七分自怜，对颜小莉打开了话匣子。他说自己是赤峰人，两年前职高毕了业，就跟着堂叔出来跑长途，从内蒙古往秦皇岛拉煤。那活儿很苦，堂叔开夜车时爱犯困，一犯困就拿烟头烫自己的胳膊。为了能有个人替手，他教会了于刚开车，路上碰到警察检查，俩人就赶紧把座位换过来。然而从今年年初开始，拉煤的生意突然不好做了，煤矿减产，连窑主都有破产上吊的，于刚的堂叔便把车一卖，回家开了个小卖部，却把于刚推荐到北京的一个朋友那儿，在一个物流公司当装卸工。没过多久，物流公司的老板发现于刚车开得不错，便开始在司机人手短缺的时候给他派活儿。当然，因为他没有驾照，跑的都是"安全系数相对高"的短途。这么干了几趟，本来平安无事，可终于还是在替一个狗贩子送货时惹出了事端。

"早就想考个本儿的，可工资都没发下来，也没钱上驾校……你们把我拦住，我怕招来警察就慌了，慌了就只想赶紧跑，跑就不知怎么跑上了那条路……转弯的时候，我从后视镜里看见撞上了人，但更不敢停车……后来的几天，天天晚上做噩梦。今天壮着胆子来了一趟，找人一问，才知道真撞了，还是个孩子……可我眼睁睁地看着她那条腿，就是不敢承认自己就是那个混账司机，有几次话都冲到嘴边了，愣给硬生生地咽了回去……我是不是没用啊？"

于刚说着，伸出一双与娃娃脸好不相称的长满了茧子的大手，攥住颜小莉的肩膀摇晃起来。一边摇晃，他一边重复着，鼻涕先于眼泪流了出来："你说我是不是他妈的没用啊？"

颜小莉却一发狠，霍地挣脱了于刚的手，还推了他一个趔趄。然后她像负气一样，掉头就往外走。走出院门，正碰上郁彩彩他妈攥着一把小葱几条黄瓜进来，问："老师去哪儿？"她也不理，迎着无缘无故飞扬起来的尘土，直往山的更高处攀爬上去。她的步履飞快，喘着粗气，使得余光中的山石树木日光云朵颠倒着混淆成了一团，像小时候在邻居家看过的万花筒。这时她心里的念头只剩下了逃跑：既然没有财力应付那三万块钱的手术费，也没有心力面对郁彩彩的那条残腿，不逃还能怎么样呢？还在人家家里假惺惺地赖着干嘛啊？

人家黄蔚妮、尹珂东和徐耀斌能够高度理智、意志坚强，她颜小莉为什么不能？她之所以留在北京，不就是打定了主意想要变成他们那样的人吗？

而太阳透过一棵树投下的光影一晃，她才发现自己想逃却逃错了方向。本来应该往山下去的，怎么倒走了上坡路？真是昏了头了。颜小莉揉了一把脸，有些疲倦地转过身来，却看见了于刚胖乎乎的身影。他一直不吭声地跟在颜小莉后面，这时才抬起胳膊，扬手向她打了个招呼。

于刚的脸色是尴尬的，或许还有一丝古怪的笑意夹在其中。他这么穷追不舍的，想要和颜小莉说些什么？是继续渲染自己的难处，求她千万不要把撞人的实情透露出去吗？或者干脆会威胁她，恐吓她，甚至于在这荒无人烟之处把她灭了口？

无论是报纸上的法制新闻还是电视上的警匪片，都有过这种熟悉的情节。颜小莉不禁心惊胆战起来，身上也发起了冷。真是一步错步步错，人要是昏了头，那就只能自认倒霉。

没想到，于刚的手臂挥动了几个来回，忽然指向了颜小莉身后，脸上的表情变得比颜小莉还要紧张："当心——"

颜小莉一凛，下意识地回过头去，看到一团毛茸茸的东西朝自己疾奔过来。那是一条狗，硕大而强壮，浑身的毛脏兮兮地打着绺。小时候被狗咬过的记忆立刻浮现了出来，颜小莉本能地尖叫了一声，但随即却发现那狗分外眼熟：一只成年拉布拉多，黄白相间，目光友善，脖子上挂着一条红项圈。那是社区叼飞盘比赛亚军的奖品。

"麦克黄！"颜小莉叫道。

麦克黄一跃半人多高，亲热地伸出舌头，在颜小莉的手上舔了起来。

8

那个计划在颜小莉的脑海中迅速成形，但她犹豫着，没有立即付诸行动。

那天他们还是回到小院儿，在树荫下吃了葱花饼。于刚毕竟是个小伙子，人又胖，所以尽管愁眉苦脸，却不影响饭量。他一人吃了脸盆大的一张饼，仍然眼馋似的盯着桌上所剩无几的两盘菜。郁彩彩她妈见状，忙叨着到鸡窝里去掏蛋，又把放凉了的饼端到饼铛子上去贴一贴。趁着这个空当，颜小莉用筷子敲了一下于刚面前缺了口的大海碗，指指在空地上奔跑撒欢的麦克黄，小声问：

"那天你把狗装上车的时候，有没有见过这一只？"

"狗都长一个样，我怎么记得清楚。"于刚摇头，但定睛看了两眼又说，"不过这只红项圈好像是见过的。老板还说这种狗一看就娇生惯养，如果不赶紧卖出去，没准儿会得病。"

那么麦克黄来历大概是弄清楚了，它还真是像尹珂东所说的，被狗贩子抓走，装上了于刚的那辆卡车。颜小莉记得卡车拐弯的时候，曾经把几只狗凌乱地甩出铁笼，落到了山坡底下去，麦克黄必定正是其中之一。而它不仅没有摔断脖子和腿，还能在山野里流浪了几天之后恰好出现在颜小莉面前，这不能不说是一个小小的奇迹。也许正如黄蔚妮所夸耀过的，拉布拉多就是聪明，无论是求生能力还是认人能力都比一般的狗强很多。

"你们就是为了它才拦我的车吗？"于刚突然又有点儿气呼呼的了，瞪了一眼麦克黄。

麦克黄对他也没有好声气，前腿伏地，低吼了两声。

颜小莉小口喝着水，嗯了一声没再说话。

这时，女孩郁彩彩也睡醒了。她一眼看到麦克黄，喜欢得不得了，虽然下不了地，但还是一个劲儿地逗它，还把葱花饼掰成小块儿丢出门外。颜小莉记得，以前麦克黄是除了某个牌子的进口狗粮之外什么都不吃的，但如今尝过了挨饿的滋味，别说是油汪汪的烙饼了，就是馊了的残羹剩饭故计也吃得下去。它使出了空中接飞盘的技巧，上下雀跃着，每次都能将食物稳稳接住。

郁彩彩她妈端着盘子出来，说了一声"糟践粮食"，又伤感起来："孩子跟着我们住在这个偏僻的地方，也没个玩伴，闷坏了，才会一大早往山下的学校跑……"

"那就把它在这儿留两天吧，反正是捡来的。"颜小莉说。

郁彩彩惊喜地问："真的？我能给它起个名字吗？"

"我都起好了，就叫麦克黄。"

"干吗叫这个？我本来想管它叫红脖子呢。"

"一看就是城里的狗，得起个洋气点的名字……我又姓黄。"

"那行，就跟老师的姓。"郁彩彩咯咯笑了，低头叫，"麦克黄。"

麦克黄熟练地汪汪答应了两声。

颜小莉却突然放下筷子，站起来起身告辞。于刚正往一张饼里卷着鸡蛋，看到她要走，也只好声称自己也还有事。郁彩彩她妈将他们送出好远，感激地叮嘱了几句"再来啊"，才慢慢地走回家去。留下两人愣神回望着，倒好像客人反过来要送主人似的。

于刚突然闷声问："狗你们不要了？"

"反正也不是我的狗。"

"那……咱们还来看孩子吗？"

"来，当然得来。"颜小莉回过神，不假思索地说。然后示意于刚掏出手机来，要和他交换电话号码。

于刚紧张起来："你该不是要向警察举报我吧……我知道我错了，不该无照驾驶更不该逃跑，可我不能坐牢……我爹岁数大了，我娘身体不好，他们还指望着我供养呢。要不我赔钱吧，现在赔不起将来赔，找着工作以后每个月的工资先给郁彩彩寄一半……"

"你就算说到做到，可也远水解不了近渴，到时候孩子已经残废了。"颜小莉呵斥了他一声，随后声音却和缓了下来，"看来你还真是不懂法——你跑不也是因为我们追你吗？算起来大家都有责任，谁都不是清白的。把你举报了我也得跟着交罚款，而且还得丢工作，我为什么要举报你？"

"那你要我的电话干吗？"

"有事想让你帮忙，不过现在还不能告诉你。"颜小莉说完，抬头望了望连绵起伏的远山。她想，她应该和黄蔚妮再谈一次。

又是一轮工作日。头两天，颜小莉没有见到黄蔚妮。公司的项目进入了冲刺阶段，国外的大老板亲自督战，相关人员都被关进了郊区的一家酒店。到了第三天，听说合同签了，百十号人一齐松了口气。等到做项目的人回来，开香槟的开香槟，摆花的摆花，比过节还要热闹。颜小莉站在前台，不住地往办公区里面打量。

令颜小莉出乎意料的是，她还没找去黄蔚妮，黄蔚妮倒先来找她了。中午公司包了家"金钱豹"举办庆功宴，颜小莉正端着盘子在角落里默默地吃，就看见黄蔚妮一边接受着同事们或真心或酸溜溜的祝贺，一边迈着相当招摇的步子朝她走了过来。两人对视了一眼，颜小莉固然有些尴尬，毕竟已经有日子没见过黄蔚妮的笑脸了。黄蔚妮却春风满面，不由分说地坐在颜小莉的对面，以闺蜜的口吻娇嗔地抱怨："这两天累死了。"

"您应该多休息……"

"就是个劳碌命。"黄蔚妮耸了耸肩，突然朝颜小莉凑近了两寸，"你找过尹珂东了？"

黄蔚妮的态度竟然来了个一百八十度的转变，主动谈起那件事了。颜小莉惊奇地迎着对方的目光，点了点头。

黄蔚妮继续问："你还带他去了山上？"

"蔚妮姐，我不是成心要捣乱……"

"这个我相信。可你有没有想过，你那么做给我带来了多大的麻烦？麦克黄丢了，我心里本来就已经很难过了，公司的那个项目又忙得焦头烂额的。你倒好，不给我解忧，反而还尽给我添乱。"黄蔚妮既撒娇又责怪地嘟起了嘴，"颜小莉，咱们不是朋友吗？我对你也还算不错啊。"

"这个我明白……"

"但你表现得可不像个明白人啊。"黄蔚妮轻叹了口气，忽然握住了颜小莉的手，声音是动情而且娇滴滴的，"算人家请你帮个忙，那件事儿就这么过去了行吗？我不希望它影响咱们俩的关系，也不希望它影响到你的我的还有别人的生活。"

颜小莉和黄蔚妮对视着。黄蔚妮的眼睛清澈活泼，眸子明亮，眼角没有鱼尾纹，今天带了蓝色的美瞳，配合着富有立体感的脸型，呈现出异域美女的风情。她有多大岁数了？对于这个问题，公司里流传着各种说法，有人说都快"奔四"了，有人说才二十五六。而黄蔚妮最让人佩服的本事，就是能用她那明星级别的保养和演技来掩饰年龄。在颜小莉看来，她有时干练冷酷得像个饱经沧桑的成人，有时又天真烂漫得像个未经世事的孩子，并且该干练冷酷的时候干练冷酷，该天真烂漫的时候天真烂漫，分寸时机拿捏得炉火纯青，分毫不差。这就叫"人精儿"，快成了精的人。

而现在的黄蔚妮处于哪一种状态呢？大概是两者之间的过度环节吧。或者说，她想用天真烂漫来掩饰自己的干练冷酷。

但颜小莉却不能任由这场对话再被黄蔚妮主导了。时间有限，机会难得，她一定要把该说的都说清楚，否则黄蔚妮长袖善舞完了，心里受折磨的还是自己。

于是她突然问："到现在，您还确信自己什么都没看见吗？"

"看见什么？"

"就是救狗那天，在山路拐弯的地方……"

黄蔚妮却笑了，随即打起了太极："这跟相信不相信没关系，也跟看见没看见没关系。"

"怎么可能没关系……就算你没看见，我可看见了！"负气的感觉又在颜小莉的心里翻涌起来，她平放在桌上的两手不自觉地攥成了拳头，几乎无法在这人来人往的环境中压抑住自己的声音，"不仅看见了，而且全都证实了！那可是一个活生生的孩子，才九岁，因为车祸，她的腿很可能会落下残疾……你们对狗都可以饱含深情,为什么对人却能漠不关心?蔚妮姐,这可就是良知的问题了。"

说出最后一句话的时候,颜小莉为自己的态度而心惊,但居然也有几分豪壮的快意。那么黄蔚妮会作何表示呢?她是会拍案而起,还是会以嘲弄的态度反唇相讥?在公司里,黄蔚妮的那张嘴可是从来没吃过亏的。但这一次,黄蔚妮却半天也没开口。她只是静默地看着颜小莉,忽然浮现出一丝苦笑来。接着,她站起来,对颜小莉说:

"到外面去吧……既然挑明了,那就索性说清楚。"

说完起身就走,步履飞快。颜小莉的膝盖像条件反射,将身体弹了起来,跟随黄蔚妮走出了餐馆大厅。俩人穿过曲折的走廊,来到一片空无一人的天台上。十层楼上的回旋气流立刻将她们裹挟了进去,耳边呼呼尽是风声。

黄蔚妮一直走到水泥护栏边上,才突然转过身来,拢了拢凌乱的头发,对颜小莉重新开口:"那天卡车撞人,我也看见了。"

颜小莉如同挨了一锤,脑袋里浩大地轰鸣一声。黄蔚妮看见了撞人这件事,她以前也有过隐隐的猜测,但却无法确认,更没想到对方会毫不遮掩地对自己坦白了出来——语调还是如此平静。

这反而令颜小莉措手不及了:"既然看见了,那您为什么要装成什么事儿也没发生……哪怕和我再到山上去一趟也好啊。"

"去干吗?承认我们就是那起事故的罪魁祸首?你对我倒够大义凛然的。"黄蔚妮从鼻子里冷冷地哼了一声,"可听尹珂东说,你自己不也没承认吗?"

"那是因为我……没钱。但那些医疗费对你来说根本不是大数目,你一个包儿不都要两万多吗?"

黄蔚妮却像刚认识颜小莉一样,又仔细盯了她一眼:"颜小莉,你是真傻还是假傻啊?"

"我不懂您的意思……"

"不懂没关系,我可以告诉你。你刚才不是提到了那个什么——良知吗?那好,咱们就说说良知。"黄蔚妮的脸完全阴了下来,彻底变成了那个干练冷酷的黄蔚妮,"颜小莉你得知道,良知这玩意儿也是有价码的,而且对于每个人来说，标价都不一样。对于你来说无非是几万块钱的事儿，但对于我来说，良知的价码就要高得多，已经不是区区一点儿医药费和赔偿金的问题了。我在外企干了十多年，换了几个公司，为了工作连婚都没结，一步步地从小业务员干到了副总监，完成这个项目之后马上就要升总监成为合伙人了——那么好，假如我如你所愿，在这个节骨眼站出来把这事儿扛了，而那家人又知道了我的背景、我的身份，他们会不会要求我负担更多的责任？他们会不会到法院起诉我危险驾驶，到公安局举报我肇事逃逸，再到网上去诉苦，煽动一群好事之徒来人肉我？而你也知道，咱们这种外资公司，从来是看重社会形象的，如果真闹到那一步，我的事业不就完了吗？这么高的价码我也负担不起啊。"

颜小莉无言以对。道理从黄蔚妮的嘴里讲出来，的确是情有可原、无可争议。不仅对于她，对于尹珂东和徐耀斌也是如此——假如那两个男人也看到了车祸的一幕的话。都说光脚的不怕穿鞋的，但人一旦穿上了鞋，从此最怕的就是打赤脚了。颜小莉不得不承认，自己并不比黄蔚妮他们"有良知"到哪里去，她只是还没得到什么也就无法失去什么，因此尚未具备人家的深思熟虑与高度理性罢了。

那么，她打算理解黄蔚妮、体谅黄蔚妮了吗？但黄蔚妮再有苦衷，比起马上就要落下永久残疾的郁彩彩来说，又算得了什么呢？黄蔚妮身上没有皮肉之苦，郁彩彩受的却是骨髓之痛。尽管没有黄蔚妮的话，颜小莉就得不到眼下这份工作，尽管黄蔚妮是颜小莉留在北京后交上的为一个朋友，但在黄蔚妮和郁彩彩之间，颜小莉只能选择后者。

她似乎无法控制自己。

于是颜小莉对黄蔚妮摇了摇头："蔚妮姐，再大的理也大不过天理，再重的事也重不过人命啊。"

黄蔚妮脸上的温度已经降到了冰点："颜小莉，你这人也太轴了。"

"不是我轴，是我实在看不下去……"

"看不下去的事儿多了，但你还是先想想你自己吧。"黄蔚妮强挤出一丝笑来，"顺便再跟你透个底，这次项目做下来之后，公司的业务会发生很大变化，以前的总监将要派驻上海，销售部会由我来具体负责，并且还要补充新鲜血液——趁这个机会，我可以把你招进来……"

从前台变成销售，这可谓是一步登天。如果是在几天之前听到这个消息，颜小莉一定会感恩戴德得恨不得把自己的心肝儿都掏出来，热气腾腾地捧给黄蔚妮。但现在，她看着对面那张漂亮得像假人似的脸，却读出了另一种意味。黄蔚妮的笑容似乎是诚恳的，但同时又是胸有成竹的，她仿佛看穿了颜小莉：你想要的不就是这个吗？你装腔作势满嘴良知之类的大词儿，不就是等着我开出一个价码来吗？

　　颜小莉的嘴唇发抖："你收买我？"

　　"也可以这么理解。"黄蔚妮毫不避讳。

　　颜小莉脑袋发晕，一股饱受侮辱的悲愤涌了上来，转化成表情却是充满挑衅的鄙夷："黄蔚妮，我看不起你。"

　　也正是这句话，让黄蔚妮彻底丧失了冷静。她的整张脸都扭曲了，右手扬了起来，像风中干枯的树杈一样挥舞，仿佛随时会一巴掌抽在颜小莉脸上。但她最终没有打下来，只是用手指指着颜小莉的鼻子说："看不起我？你有什么资格看不起我？别忘了，你的工作相当于是我给的，没有我，谁知道你在哪儿混着呢，没准儿都到燕莎桥底下站街去了！亏我还把你当朋友，你这时候到跟我摆起谱儿来了！我算是看透了你们这种人了，就是蹬着鼻子上脸，要钱没钱，要地位没地位，还特迷恋于站在道德的制高点上俯视别人——颜小莉你装什么大尾巴狼啊你？你配吗你？"

　　黄蔚妮的话音清脆急促，在颜小莉听来，犹如成串儿的玻璃器皿噼里啪啦地坠落、碎裂。至此，她终于和她感激的、崇拜的、想要变成对方那种人的黄蔚妮翻了脸，恩断义绝。但颜小莉却并不为此痛心，她只是忽然发现了一个事实：在黄蔚妮的眼里，"我们这种人"和"你们这种人"从来都是分得很清楚的，就像北京的昆玉河与她们家那条饱受污染的臭水沟一样，永远不可能合流。那么黄蔚妮当初帮助自己，除了培养一个听话的小跟班之外，或许也是为了通过施舍来满足她那高高在上的优越感吧？

　　"我不配……但我知道人要为自己的行为负责。"颜小莉犟嘴似的回答。

　　"那你自己去负责吧，你高尚你伟大行了吧？"黄蔚妮甩下颜小莉，回身就走，走了两步突然又转过头来，"但别以为你的话就是有用的。尹珂东已经保证路上没有摄像头了，所以即便你把事情全都抖出来，我们也不会承认那天追过卡车更不会承认卡车撞到了人！徐耀斌家开的那个度假村会给我们作证，说我们那天上午去他们那儿烧烤了，动物保护中心的人也是尹珂东的朋友，他们不会告诉警察那车狗的信息是我们提供的——你想一个人跟我们所有人作对吗？先掂量掂量自己的斤两吧。"

敢情人家早就串通过了，而且做好了应付"最坏情况"的打算。另外，虽然黄蔚妮没说，颜小莉这份前台的工作恐怕也干不了几天了吧。到了月底，那个本来就得罪过的上司一定会趾高气扬地来通知她走人。颜小莉听着黄蔚妮的高跟鞋声咯噔咯噔地消失在天台尽头，惨然笑了一声。这可是你们逼我的，蔚妮姐，颜小莉想，你们把所有的路都堵死了，除了执行那个计划，我再也拿不出别的办法来了。

颜小莉又回忆起了女孩郁彩彩那张苍白的脸。她希望以此为激励，让自己把事情做得更绝一点儿，更理直气壮一点儿。

9

先看到那段视频的并不是黄蔚妮，而是她手下一个姓齐的销售代表。那人四十多岁，前两年刚在北京买了房，又被房贷压得透不过气来，头顶上的毛发都剩不下几根了。人一旦压力过大，就会染上一些令人费解的癖好。老齐不抽烟不喝酒，专爱在网上看一些重口味的、暴力的内容，尤其以虐待动物的为主。什么"大皮鞋踩小白兔""微波炉烤猫""活剥水獭"，类似的东西塞满了老齐的网页收藏夹，只要手头没事，就会打开来偷偷看上两眼。

这种人当然遭受了以黄蔚妮为代表的动物保护主义者的集体排斥，但老齐却也振振有词："那些事儿又不是我干的，我就是批判地看看，这也不行吗？"而这天中午吃完饭，销售部的人都围在新任总监黄蔚妮的身边聊天，只有老齐偷偷溜到办公桌前，打开了电脑，点开了一个链接。嗷嗷乱叫的声音立刻传了出来。

"你再看这些玩意儿的时候别出声行不行？"一个女孩抗议道，"午饭都快吐出来了。"

老齐倚老卖老地哼了一声，不情愿地插上耳机。然而没过一会儿，他嘀咕了一声："怎么看着那么眼熟啊？"

因为带了耳机，他的声音格外大。便有一个胆子大点儿的女孩好奇地凑了过去："你又看什么恶心东西呢？"

她在电脑前扫了一眼，立刻哇地大叫一声，然后转过头来："麦克黄……蔚妮姐，麦克黄！"

黄蔚妮跑到老齐的电脑前，脸色随即变得煞白。进而，她的两腿开始发抖，一屁股坐在了旁边的转椅上。

屏幕上是一只拉布拉多，浑身上下这儿一块儿那一块儿的污痕，只有脖子上的那条红项圈还算鲜亮。它的四条腿都被绑得结结实实，嘴上带着专用的口罩，一只粗壮的、生满老茧的手从镜头外伸了进来，扯起一条狗腿，按在一张木板上，另一只手拿出一根又细又长的钉子，对准狗爪子。

所有人胆战心惊地屏住了呼吸。一个女孩说："别……别！"

当然没人听她的，几秒钟之后，一只锤子抡了下来。钉子穿透了狗爪子，钉进木板。

然后，又是第二根钉子，还是那只爪子。老齐也不知出于什么心态，这时突然拽下了耳机，于是麦克黄的哀鸣充满了整个儿办公室。黄蔚妮半张着嘴，急促地喘息起来。

屏幕上的酷刑仍在继续，开始钉另一只爪子了。看来那个没有露脸的、手臂粗壮的男人是想把它牢牢地钉在木板上，做成一只会叫会动，只是不会走的活标本。被钉了两根钉子的爪子果然紧贴着木板无法离开，脚趾缝里流出了殷红的血。

随着黄蔚妮一声呜咽，有人赶紧抓过鼠标关了视频。大家看见，这段视频名叫"令人发指！这样对待流浪狗惨无人道！"仿佛加上一个义正词严的标题，网站就可以放心大地得用这种内容博取点击率了。

那天下午，黄蔚妮声称身体不舒服，连一个重要会议都没开就请假回家了。隔了一天，她才脸色憔悴地出现在公司，而同事们虽然围过来嘘寒问暖，但都带着一副讳莫如深的表情。尤其是那个老齐，讪讪地躲着黄蔚妮的眼神，但又好像有什么话不得不说。

等到黄蔚妮打开电脑，就瞒也瞒不住了。新的一条虐狗视频登上了她常用的那个邮箱网站的首页，题目是："活拔狗牙，人性何在？"

这段视频的主角还是麦克黄。它的四只爪子已经被钉死在了木板上，浑身的关节中只剩下脖子可以扭动。仍然是那双粗壮的、长满老茧的手，夹着它的脑袋，硬掰开它的嘴，把一只锈迹斑斑的老虎钳子伸了进去。一扭两扭，伴随着咔吧一声脆响，一颗弯钩状的犬牙便淌着鲜血，活生生地拔出来了。

麦克黄的眼泪，从它那小姑娘一般纯良的大眼睛里滚了出来，黄蔚妮的咖啡杯随之落在了地上。

接着，她猛地弯下腰，对着废纸篓声势浩大地干呕了两声。当黄蔚妮抬起头来，精致的脸上已经挂满了眼泪以及其他别的什么汁液，她掏出手机，拨了个号码，当着办公室所有人吼叫起来：

"尹珂东吗？你他妈的一定要把那段视频的罪魁祸首找出来，我要把他千刀万剐！你再告诉徐耀斌，这件事儿你们俩谁办成了，我就陪谁睡觉！你们一天到晚死皮赖脸地跟我这儿起腻，为的不就是这个吗？"

然后身体像没了骨头，缓缓地顺着办公椅滑了下去，嘴里已经开始胡言乱语了："麦克黄，妈妈来救你了……妈妈又自私又没用，所以才会把你丢了落到坏人手里……"

见黄蔚妮简直要有精神失常的迹象，公司的人赶紧冲进她的办公室，掐人中的掐人中，灌凉水的灌凉水，又有人给大楼里的医务室打电话。直折腾了一个上午，连隔壁办公室的外国人也惊动了。本着人道主义精神和狗道主义精神，老板当场给黄蔚妮放了长假，允许她"什么时候解决了自己的问题，什么时候再来上班"。

这相当于刚升了职就自动"靠边站"了。围绕着黄蔚妮那十几张殷殷关切的面孔底下，谁知道藏着多少庆幸以及蠢蠢欲动的心思。

而正是这一天，公司里还有一个不显眼的小人物提出了辞职，那就是颜小莉。

那两段令黄蔚妮魂飞魄散的虐狗视频当然和她有关，而且还是她和于刚两人亲手拍摄，再上传到一个重口味论坛上的。麦克黄的哀鸣至今还在她的耳边回荡呢。把辞职信递到上司办公桌上时，颜小莉紧张得像被人掐紧了脖子，连气都喘不上来了。她生怕别人看出自己那双死鱼一般的眼睛里流露出的心虚和恐惧。然而没人在意她。颜小莉和黄蔚妮闹僵了的事实，身边的人都看得一清二楚，没有了唯一的靠山，谁都知道她待不长。自己走还算识相的，要是等到被撵走，那就丢人丢大了。

要收拾的东西不多，凌乱地塞进一只帆布书包，就算把位置腾了出来。走出公司坐电梯下楼的一路上，也没人跟她打招呼，甚至没人多看她一眼。颜小莉站在玻璃外墙大厦的门口，远远地看着黄蔚妮被人护送上了一个同事的车，这才走向大街，隐没在公交站牌底下南来北往熙熙攘攘的人群中。

她没回大兴的住处，而是换了两趟车，过了中午才赶到山上的小院儿。进了门，颜小莉把专门在路上买的一包吃食放在地上，和女孩的妈聊了两句，便进屋来看郁彩彩。郁彩彩仍然下不了地，但前两天刚被于刚背到医院做了复查，腿上的石膏换了层新的。她静静地躺在床上，脸上浮现出与年龄不相称的忧愁神色。

颜小莉捧起床头的课本，本想尽一尽"老师"的义务，女孩却突然问："麦克黄还好吧？"

"还好……"颜小莉把脸藏在书里，"上次领它走的时候，不是告诉过你，已经找到它的主人了吗？"

"北京那么大，怎么找到的？"

"上网啊。丢了狗的人肯定着急，我们在网上把消息一发布，人家自己就联系过来了。"

"可惜它吃不上我妈烙的葱花饼了。"

"人家那种狗，都是吃进口罐头的。"颜小莉不自然地笑了笑，"放心吧，它的日子过得可滋润了。"

女孩果然欣慰地点了点头，突然又问："我的腿会瘸吧？"

"你别听人瞎说。"

"医生说的。检查的时候，我听见他在催我妈，说再不做手术就耽误了。"

"你妈说什么？"

"我妈什么也没说。"

颜小莉摸了摸孩子的脸："耽误不了。一个小手术，一点儿也不疼。"

小屋门外的天空里，大团流云正被南风催赶着，朝山的另一边涌去。

这天回城的路上，被颜小莉调到最大音量的手机终于响了一声。是于刚发来的短信。出于谨慎，自从开始执行那个"计划"，她就要求对方只用短信跟自己联系了。于刚待的地方人多眼杂，他又是个响亮的破锣嗓子，保不准那句话就泄露了行踪。

第一条短信的内容简介：他们找上我了。

颜小莉回信：怎么说的？

随后这条就要详细一些：刚开始威胁要报警，我说那你们就等着给狗收尸吧；然后他们主动提出要把狗赎回去，问怎么联系我，还问要多少钱。

颜小莉回道：把我给你买的那个新手机的号码告诉他们，别在网上聊了。

公交车绕着四环路，开到大兴，才一进门，短信就又响了。仍然是于刚：打电话了。

你没被听出来吧？颜小莉回信问道。

没有，我捏着鼻子说话的。于刚说。

跟你说话的是那个女的吗？

是个男的，大粗嗓子。

果然是尹珂东。颜小莉的心沉了一沉：要是徐耀斌的话，或许更容易对付一点。但事到如今也顾不得许多了，她给于刚发短信：怎么说的？

没怎么说，就是谈价钱。我按照你交代的，要三万。他说贵，我说那就算了，我们杀狗。他说要再商量商量。

让他们商量去。颜小莉回道，他们肯定会答应。

发完这条短信，颜小莉出门买了份快餐，细嚼慢咽地吃了，等到室友把卫生间空出来，又进去仔细洗了个澡。一切忙活完，已经晚上九点多了。平常的这个点儿，她大都会歪在床上看看杂志，或者到客厅和大家一起追两期综艺节目。但今天，这些娱乐都无心进行了，她打开自己那台嗡嗡乱响的老款笔记本电脑，点开了最近一条虐狗的视频。

视频底下，已经跟了上千条留言，网民们的言辞何止是谴责，简直把做那种事的人的祖宗八代都骂遍了。还有人信誓旦旦地宣布，如果虐狗者被他们抓住，就要以其人之道还治其人之身，也施以钉手、拔牙等等酷刑。进而又有人分析，这起虐狗事件的实施者一定是比前些日子虐猫、虐兔子的那几个女人更加心理阴暗而变态，因为他们甚至不敢在网上露出真面目，这说明其目的不是为了宣泄情绪，而是折磨公众的神经。

这就有点儿过度阐释了，颜小莉针对的并不是什么虚无缥缈的"公众"，仅仅是黄蔚妮一个人而已。至于不露面，也是因为根本没那个必要——黄蔚妮或者尹珂东只要在网上查找出最先发布那两段视频的论坛以及登录账号，就可以和守候在城市中某个网吧里的于刚取得联系。随后的事态进展，果然和她所料想的一样，威胁、谈判、互相试探，并将最终以颜小莉这一方一口咬定决不让步的那个价码成交。

手机上的时钟跳到了十一点，于刚又发来了短信：他们答应了，说明天就要见面，一手交钱，一手交狗。

颜小莉回他：让他们中午十二点到亮马桥东北角那幢写字楼的停车场地下三楼。

那地方离于刚所在的位置不远。黄蔚妮大概绞尽脑汁也猜想不到，麦克黄就关在她公司斜对面那幢老旧住宅楼的地下室里。而颜小莉之所以这样安排，是为了避免于刚带着狗上街赶路，碰巧被看过那段视频的人认出来。

二十分钟后，于刚发来了最后一条短信：你确定要这么干？

颜小莉回他：开弓没有回头箭。

然后她和衣躺在床上，枕戈待旦。那个计划虽然早在脑海中有过一闪念，但真走到这一步，还是让颜小莉有了不可思议的感觉。她甚至觉得生活是神奇的、疯狂的——短短的几天之中，她经历了"速度与激情"式的飙车，拒绝了一个让人眼馋的职位，眼下又摇身一变成为了一个变态虐狗狂、一个勒索犯了——而且还是那种"有组织、有预谋"的犯罪分子。

这还得感谢麦克黄。如果不是它在恰好的时间出现在了恰好的地方，颜小莉实在不知道事情该怎么了结。假装什么都没发生过吗？她明白自己做不到。如果郁彩彩的腿就此残了，也许颜小莉一辈子剩下的时间都要伴随着噩梦度过。她还年轻，不想也不敢背负与一个孩子一生相关的心理包袱。那么豁出去了，向警察自首并举报那天救狗行动的所有参与者呢？假如那些人真像黄蔚妮所说的那样集体串供、矢口否认，那么在拖延和扯皮的过程中，背负责任的只剩下了于刚这个身无分文的傻小子。把一个走投无路的人再往绝境里推一把，这种事儿颜小莉也做不出来。

但现在，颜小莉找到了一条在夹缝中突围的小径。虽然事情的面目变得邪恶而惨烈，并且闹到了满城风雨的地步，但她也只能走一步算一步。

那夜因为失眠，睡得很晚，第二天一睁眼，已经九点多钟了。颜小莉爬起来，草草吃了几口面包，在十一点之前到达了公司大楼。她进门之后拐进了安全出口，沿着逼仄、潮湿的楼梯连下三层，来到了那片处于大厦最底层的停车场。因为消防设施不达标，这里自打建成以来就没有投入过使用，而接近正午时分，头顶的两层也不会有什么人停车或者开车出去，地点和时间都有利于悄无声息地完成她的计划。

颜小莉到了一会儿，于刚才背着一只塑料绳编织而成的大号麻袋出现了。他得趁着大厦保安们去吃饭时绕过门岗，把麦克黄搬运进来。麻袋鼓胀胀的，不时耸动一下，可见是活物儿，但因为把嘴困住了，叫不出声响来。麦克黄，你受委屈了。颜小莉无声地拍了拍它。

于刚从怀里掏出两只滑雪帽，分给颜小莉一只。俩人带上，看着对方蒙住了整张脸只露出两只眼睛的模样，扑哧笑了。

"怎么跟电影里的银行劫匪似的……"

"也像绑架份子。"颜小莉说，"干什么事儿就得有什么样。"

然后，两个有模有样的反面角色一起抬起麻袋，将它搬到停车场把角的一根水泥柱子后面。从那里，可以大致看清整个儿停车场的概貌，同时不容易被别处的人发现。然后他们背靠着柱子坐下来，谁也不再说话。

长得像一个星期似的一个小时慢慢流逝。还差几分钟就要到十二点的时候，脚步声在停车场里回荡起来。颜小莉侧头窥探一眼，看见一个高而胖的男人走在空空荡荡的水泥地上，一边走，一边掏出打火机点了根烟。火光照亮了尹珂东白白嫩嫩的脸，他的手上还拿着一只超市的购物塑料袋。

颜小莉捅捅于刚，后者从滑雪帽下发出深重的喘气声，霍地站了起来，从水泥柱后面绕了出去。

两个男人在阴暗的光线里逐渐接近，相隔不到两米时几乎一齐站住，相视而立。许多警匪片的结尾都是在这样俗套的环境俗套的氛围中上演的，但正因为是俗套，紧张的情绪才在各自的心中得到了加倍的渲染。尹珂东与于刚像头一次见面一样互相打量着，刺探着对方的眼神。

过了半晌，尹珂东才开口了："帽子这么厚，热不热啊？下次换丝袜吧。"

为了不暴露声音，于刚必须掐出一幅假嗓子，这使他无法像对方一样通过废话来缓解情绪、增强气势："钱呢？"

尹珂东扬了扬手里的塑料袋："狗呢？"

"先看钱。"

尹珂东嗤笑一声，敞开袋口，露出方方正正的几叠百元大钞，复又紧紧攥住："把狗带过来吧。狗要是死了，你们一分钱也拿不到。"

于刚没再说话，转身走回水泥柱子后面。他朝颜小莉点了点头，单手拎起犹在无声耸动的麻袋，肩膀向右倾斜，颇为吃力地走回尹珂东所在的方位。

终于走到最后一步了。只要交接完成，即可万事大吉。

停车场里忽然响彻一声哀鸣，是狗叫，凄凉而悲惨。难道口罩绑得不够紧，被麦克黄挣脱了吗？

随即，一个女人尖厉的声音传了出来："麦克黄！"

伴随着一人一狗的两声惨叫，颜小莉听到了更加浩大的声音：奔跑声、咒骂声、棍棒与地面的摩擦声……几条黑影从停车场的楼梯间中蜂拥而出。领头的是徐耀斌，他挥舞着孱弱的瘦胳膊，在两名剃板寸带金链子的壮硕男人的簇拥下勇猛无比，两眼放光地朝刚扑过来。

颜小莉从水泥柱子后面跳出来，大喊："快跑！快跑！"

为时已晚。对方人多，又早早堵死了唯一通向地面的出口，跑是跑不掉的。先引蛇出洞再一网打尽，这样的战术也是尹珂东与徐耀斌他们早就有所计划的吧？颜小莉不得不绝望地承认，自始至终，她都身处在一个不对等的游戏之中。虽然她自以为戳到了对方的痛点，但不论是在财力、智力、人力还是意志力方面，她和于刚"这种人"都处于绝对的下风。

场面混乱但又毫无悬念，于刚慌里慌张地东逃西窜了几个来回，轻易地被按倒在地。紧接着就是一顿气势汹汹的、充满了正义性的群殴。徐耀斌等人把他的脑袋牢牢地按在水泥地上，胳膊反剪到背后，令其动弹不得，同时用拳头捣他的肋骨，用皮鞋踢他的大腿，还用木棍对他施以杖刑。一边打，一边像喊劳动号子一样宣誓：

"虐待动物，天理不容！"

"没有人性，不配做人！"

"打死偷狗贼，打死勒索犯！"

"狗狗是人类的好朋友，是人类的亲人！"

颜小莉闭上眼，不忍再看像沙袋一样闷声不响的于刚。然后，她只觉得肩头一紧，两脚悬空，就那么蜷缩着，被人像捉小鸡一样从角落里拎了出来。

再睁开眼时，四周都是人腿。她歪在地上，看着一双纤细的、踩着高跟鞋的女人的脚从远处缓缓而来，步履轻盈，姿态优雅。不管是女侠、女王还是女神，都要选择最恰当的时刻登场，从而保证她的光芒童叟无欺地照耀每一个人。

人们给黄蔚妮让开了路，她低着头，面无表情地盯着头戴滑雪帽的颜小莉。一侧的于刚又挨了两脚，终于吭吭叽叽地哭出声来。

"这时候装起可怜来了，你想过被你们虐待的狗有多可怜吗？"徐耀斌作势又要抬腿。

"别打了。"黄蔚妮说。

"我就是气不过……麦克黄都被他们折磨成什么样了。"

"打人也解决不了问题。"黄蔚妮似乎有点烦躁地呵斥道。她的冷静让其他的人叹服：以暴制暴，这不就把我们这些爱狗人士的档次降低到和虐狗的人一样了吗？这就是情怀，这就是素养，这就是境界。

"那这事儿怎么办？把他们送公安局？"徐耀斌问。

一直在旁边深沉地冷笑的尹珂东突然开了口："公安局当然是要送的。不过我想，在报警之前，我们还有一件事要做，就是用手机把这两个人的真面目拍下来，也上传到网上去。我们得让网民都知道，麦克黄被我们营救出来了，而且残害它的罪魁祸首也被绳之以法了……"

他的提议立刻得到了赞同，有几个人已经掏出了手机："对于这种人，就应该把他们曝光，让他们遗臭万年。"

于刚挣扎着扯住脸上的滑雪帽，哭得更响亮了。颜小莉却呆滞地昂着头，长久地与黄蔚妮对视着。她突然从黄蔚妮的眼里发现了某种极其复杂的、一言难尽的况味：愤怒、嘲讽、迷惑、伤感、心如死灰……

一只手抓住了她头上的滑雪帽，唰啦一声，真相大白。参加过第一次营救麦克黄的人全都愣住了。

黄蔚妮却丝毫没有惊讶的神色，她慢慢地蹲下来，一寸一寸地贴近颜小莉的脸，直到两人都可以清晰地看到对方眼珠中自己的投影，然后才说："我早就知道是你。"

颜小莉咬了咬牙，沉默不语。

黄蔚妮继续说："你辞职的时候我就猜到了。在公司楼下，你根本不敢看我的眼睛。也只有你才会挑选这样一个地方来让我们交钱。"

颜小莉仍不说话。

黄蔚妮的声音却突然嘶哑了，眼角几乎开裂，想要迸出血来。她一把攥住颜小莉的衣领，猛烈地摇晃着她叫道："你为什么要这么干？你只要直接告诉我麦克黄在你手上不就行了吗？不就是想要钱吗？我会给你的，要多少给多少！你干吗要虐待它？想通过这种事儿来折磨我吗？那我告诉你，颜小莉，你的目的达到了，现在你可以满意了吧！但麦克黄有什么错？它招谁惹谁了？它比你比我比所有的人都要善良得多，你不也标榜过善良标榜过爱心吗？现在瞧瞧你干的事儿，简直不是人，是魔鬼！"

黄蔚妮的表现把所有人都惊呆了，他们看着这个突然之间情绪失控不能自已的女人，居然比看到那两段虐狗录像的时候还要心惊胆战，手足无措。他们也不知道应该上来安慰她，还是和她一起同仇敌忾地指责颜小莉。然而颜小莉的表情却越来越平静，越来越安宁，嘴角甚至滑出一抹近似于笑的表情来。

"她他妈的还挺得意……"不只是尹珂东还是徐耀斌嘟囔了一句，因为声音太低，连粗嗓子和细嗓子都难以辨别了。

颜小莉握住了攥在她领口上的黄蔚妮的手，轻轻一拉，那双手就松开了。她慢慢地站了起来，动作优雅，仪态端庄，像极了当初毫无预料地走到她身边的黄蔚妮。颜小莉想，黄蔚妮说得没错，如果只是想要钱，那么只要发两副麦克黄的普通照片给她就能实现，那两段骇人听闻的虐狗视频的确是多此一举。她为什么要那么做呢？黄蔚妮感到无法理喻但在颜小莉这里却不难理解，那就是：她突然涌起了强烈的惩罚欲望。她想要惩罚黄蔚妮，她认为自己有资格惩罚黄蔚妮，她感到通过惩罚黄蔚妮，就能够对女孩郁彩彩做出钱以外的、某种道德意义上的补偿。

但她的预想实现了吗？现在的颜小莉却感到了茫然。或者说，她有什么权力决定该惩罚谁，该怎么惩罚？

好在事情已经接近收场了。

颜小莉走近刚才被于刚丢下的那只麻袋，蹲下来，有条不紊地解开了扎口的绳索。麻袋里的耸动更激烈了，像蛋里的新生命正要破壳而出，并伴随着一声比一声响亮的哀鸣。然后，绳索与麻袋一齐褪去，麦克黄露了出来。它陡然看见了光，仿佛有点不能适应，然后紧张地打量着围拢过来盯着它审视的那些认识的不认识的人。

最后，它看到了黄蔚妮，欢呼一声扑了上去，一头扎进她的怀里，摇头晃脑地嗅着她身上久别重逢的香味。

不仅是黄蔚妮，在场的所有人都看到，麦克黄毫发无损，全须全尾。

10

颜小莉沿着山路往下走。刚下过了一场小雨，但脚下的土路并不泥泞，身边的树木却被冲刷得格外嫩绿，有些矮树的枝头还开出了一团一团无名的花。到这山上来了几次，颜小莉才第一次有心情看景色。

刚过去的那件事还在她心头回荡。她想起上午去看望郁彩彩的时候，女孩还专门问起了麦克黄："它现在好吗？"

"很好，好得不能再好。"颜小莉说。

"它回家以后会想我吗？"

"当然会。你也是它的朋友嘛。"

"但我们也只能把它送回去，对不对？"郁彩彩似乎有点忧郁，又问，"它的主人见到它，是不是很高兴？"

"感动得都快哭了……人家还说谢谢你。"

郁彩彩欣慰地笑了。而此时的颜小莉想起黄蔚妮，竟不知是一种什么样的感触了。就像黄蔚妮在地下三层停车场看着颜小莉时，同样百感交集。

视频里那条狗当然是麦克黄，只不过它的爪子是被用双面胶粘在了木板上，钉子是从趾头缝之间钉进去的；从狗嘴里拔出来的当然也不是狗牙，而是颜小莉拆了自己的一串动物牙齿造型的塑料项链。这两个伎俩结合拍摄角度的变化，再搭配用番茄酱调成的鲜血，在电脑屏幕里就足以乱真了。而麦克黄的哀鸣也很配合——哪只狗被人摆弄来摆弄去，都会呜呜大叫。

别人仍要把颜小莉他们扭送到公安局去。虐狗是假，勒索是真，一样罪责难逃。

颜小莉垂头看着脚下，一副听凭发落的样子。

但她却听见黄蔚妮低沉地说："算了。"

"干吗算了？对这种吃里爬外的人就不能同情！"尹珂东插嘴，"再说我们好不容易才……"

黄蔚妮像没听见他的聒噪，继续对颜小莉说："你走吧，以后咱们谁也不认识谁。"

于刚已经捂着肚子爬起来，趁机拽了颜小莉一把。旁边的人反复被黄蔚妮这反常的神色举止慑住了，也痴痴愣愣地让出一条路来。

颜小莉和于刚往外没走多远，背后的黄蔚妮忽然又说了一句："这个拿着。"

颜小莉回头，一只塑料袋抛了过来，里面装的是那五万块钱。

这些钱，她在看望郁彩彩的时候，偷偷塞在女孩床头的小书桌抽屉里了。

走到那天出事的拐弯，于刚在那里等她。俩人也没再唏嘘，径直往山下走去。一会儿到了国道旁，颜小莉才问："你去哪儿？"

"回内蒙古。亲戚又帮我在锡林郭勒找了个工作，说是当司机，还能送我去考驾照。"于刚说，"你呢？"

"还在北京。明天有个招聘会。"

俩人互相点了点头，就此各奔东西。颜小莉横穿过国道，很快就拦到一辆出租车，上车后一回头，马路对面的于刚也不见了。车子轻快地行驶了几分钟，道路便拥堵了起来，再往前蹭一段，便发现是一辆卡车占据了内侧车道，开得又慢，挡住了后车。出租司机嘟囔了一句"怎么碰上这么一面瓜"，然后也像别人那样小心翼翼地并线，从卡车的一侧超过去。

颜小莉清楚地看到，那辆卡车的车斗也被改造成了铁笼，笼子里面装的都是狗。那是一些毫无品种可言的菜狗，一个个蔫头耷脑的，却也不声不响，仿佛对即将到来的命运毫无怨色。这种狗就算被送到狗肉馆里去，八成也不会有人来救它们吧。

颜小莉凝神与其中一只黄白相间的狗遥相对望，竟感到那狗有些许言语想对她说。

小李还乡

1

　　早就听说小李要回来，乔薇却还是有种始料未及的感觉。那天她在学校上完最后一堂课，正在收拾课本，就听见袁兔兔在对同学们吹牛。袁兔兔的长相人如其名，他很矮很胖，偏又长了一对硕大的门牙，抿着嘴也藏不住，再加上两只乌光锃亮的豆眼，像极了一只圆滚滚的兔子。因为学习成绩和体育成绩都不好，这孩子平时总受别人欺负，欺负完了就找乔薇来告状，让她去给主持公道。然而现在，袁兔兔可有了话语权，他的豆眼撑大了一圈儿，两颗门牙在小肉嘴里钻进钻出，正在描述他的小舅。看我小舅给我买的耐克鞋，深圳的；看我小舅给我买的西铁城手表，香港的。小舅跟我妈说，深圳的早饭可以吃到中午十二点，那叫早茶；小舅还跟我妈说，深圳的房子贵也贵不过香港，深圳论米卖，香港论尺卖，一尺就要几万块的，因此那边的人就算有钱，房子也大不到哪儿去，他去香港的一个老板家里玩，坐在客厅的沙发里，伸伸脚就能踢到电视了……

　　袁兔兔是小李的外甥。不过在乔薇的记忆中，他们家过去和小李的联系并不紧密。事实上，自从袁兔兔的妈嫁给了县城里的农药公司采购员，对寡母和弟弟就是唯恐避之不及的了，每年春节都是从初一到十五全在婆家过，娘家这边仅仅托人捎来两只鸡、一条腊肉就算了事。而那鸡和腊肉，几乎是小李母子一年到头最荤的几顿饭了。

回忆到这儿，乔薇却不愿再往下想了。她有些害怕被带进过往的时光中去。她迅速绕开学生们，到车棚开了自行车锁，想要赶紧回家。还没偏腿上车，就听见袁兔兔隔着窗户对自己喊：

"乔老师再见！"

他的声音很明亮，像鼓号队的喇叭，这就让她感到有几分故意的成分在里面了。他这么一喊，其他学生也纷纷扭头："乔老师再见！"

乔薇只好对那些小脑袋们说再见，蹬上车就走。骑到校门口，她径直从看门老头的面前飘了过去。在以往，她是对"出校入校"要下车这个规定最以身作则的。

中心小学的新址选在了离镇上几公里远的半山腰，因此乔薇每天下班回家，要走一段崎岖的山路。柏油路两旁是看惯了的一片苍翠，不时有飞鸟从她肩膀上方惊起。因为是下山路，家里又有一堆事儿等着，这条路她从来是走得很快的，然而今天却有意无意地放慢了，屡屡在拐弯处捏住闸，看似在望山景，实际却是发呆。风在身旁鼓动，让她的头发与衬衫下摆轻轻晃动，但却并不凉快，脸上身上不知不觉出了一层汗。

虽然走走停停，但也无法拖延预料中的场景发生。当她骑车进了镇子，就听见商店与卫生院门口的闲人正在议论纷纷。不用说，话题就是小李了。经过镇上最大的"湘村情"酒家时，就看见门前停了两辆车，一大一小。大的是辆十几座的丰田面包车，小的是辆黑色的奥迪。此时还没到饭点，已经有一群满嘴油光的男人从屋里出来。他们打开面包车的后背箱，从里面搬出一人多高的大卷毡布来；一个头目样子的男人打开奥迪车门，从里面拿出一张单子，又打手机，向什么人汇报什么事情。

这群人里却没有小李。乔薇默默地扫了他们一眼，赶紧低头走开，从巷子拐进了自家的小院。一边开门，她一边又觉得自己可笑：小李没来呀，她慌什么。还有，假如小李来了，她究竟是希望，还是不希望小李看见自己呢？

乔薇的胡思乱想随即被打断。母亲正在一楼查对这两个月的医院单据，二楼则传来父亲的呻吟。当了半辈子语文老师，半辈子小学校长，父亲的呻吟也浸染了文气和古风，听起来一波三折，所用的感叹词也仿佛不是"哎哟，哎哟"，而是"嗟夫，嗟夫"，如同过去给学生们朗读"唐宋八大家"。这音调把一幢二层小楼烘托得更加凄凉败落了。曾几何时，这里可是镇上最显赫的住宅之一呢。乔薇和母亲对视一眼，见母亲没话，她也没话，径直到厨房去烧饭了。父亲下周又要做透析，照例要熬几天粳米粥喝，此外中药也不能停，煎药的小炉子刚好坏掉了，吃完饭得到街上买一只新的。

做完饭，乔薇和母亲对坐吃了两口，仿佛没怎么动筷子就都饱了。父亲的饭则是用托盘端到二楼的卧室里去。这几天，他的脚踝和大腿肿得下不了地，脖子几乎和脑袋一边粗了。好歹把一顿饭糊弄过去，乔薇就从客厅的五斗橱里拿钱，想到杂货店去。然而拉开抽屉，发现里面只剩下几张零票。

这时母亲才说话："又空了。"这说的是放钱的抽屉。

乔薇说："我下个礼拜发工资。"

母亲说："我下午跑过医院，医生说，往后透析就要加到一周一次了。"

乔薇茫然地点头，一把把零钱攥在手里，看起来简直像要逃跑。而母亲话一开头，就停不下了："三个人都挣钱，却填不满一个窟窿。"

"听说许多城市透析是能报销的，这个政策为什么还不在我们这里执行。"

"要是当初不听陈老师的怂恿就好了，那二十万不进股市，可以在镇上开一家商店，我一个人完全照应得来。可是你爸不听，现在好了，全套住了……"

过去母亲说这些话，乔薇总会宽慰她几句，然而今天却只感到口干、疲惫，开一开嗓子的力气都没有。当她拢好头发要出门时，母亲忽然又唤住她："乔薇……"

这一声叫得郑重而意蕴深长，仿佛要和她谈一件很不好谈的事情。乔薇身子不由一颤，回过头来凝视母亲。但母亲却已经低下头去，继续查对账单了。在那一瞬间，乔薇甚至以为自己幻听了。

正是巷子里的街坊出来纳凉的时间，乔薇出了门，分明能感到气氛不一般。人人带着紧张和好奇，似乎正在经历什么大事件。再往自家院子东边的空地一看，刚才那两辆车就停在过去小李家的两间小瓦房门前。房门已被打开，工人们小心翼翼地将屋里的家具器皿搬出来。那些东西都是乔薇过去看熟了的：小李老娘的木床、陪嫁箱子、他家漆面斑驳的饭桌、补过两回的米缸……它们被搬运到在几十米外的榕树下，码放得错落有致。又有人将早准备好的毡布罩了上去，一层不够，直盖了三层，而后再用钢丝扎牢。看那仔细的架势，仿佛收拾的不是破烂家具，而是什么易碎的精细物件，甚至是有历史价值的文物，一定要做到绝对的防风、防雨、防紫外线才行。

屋里搬空了，那个工人的头目又拿出手机，向不知何方神圣汇报工作："……已经转移好了，我嘱咐他们小心，一定保存完整。明天一早就可以测量地势……设计图是您早就首肯过的，下个月就可以动工了。李总放心，占谁家的地，补偿款都是要先谈好的。不留后患，不找麻烦。"

这人一手拿手机，一手叉着腰的姿态非常豪壮，加上声音洪亮，底气充足，这通电话就不完全是私人汇报，倒像是对镇上居民的郑重宣告了。男女老少瞪大了眼，捕捉着有可能与自己发生关系的信息。听到"动工"时，人群里浮动起一声"哦——"，再听到"李总"，"哦"就变成了感慨的"唉——"。又听到了"占地"和"补偿款"，却鸦雀无声了。众人的眼睛随着工头的眼睛，顺着小李家老屋的外延在周围打转，将邻家的房屋看了个遍，同时脑海里默默地测量、规划、估计、盘算起来。

只有乔薇想的不是这项从天而降的工程。她的目光追随夕阳的最后一缕余晖，顺着敞开的窗子，往小李家的老屋深入进去，再深入进去。她看到了大片脱落的墙皮和挂着蛛网的房梁，仿佛还闻到了屋里弥布着的尘土味儿和霉味儿。这味道带着一种怀旧的气息，让她的念头再也遏制不住，一条线地往旧时光里穿回去。她想起了小李走的那天晚上，自己从自家院墙里翻出来，扶着他瘦削而坚实的肩膀跳到地上。当时两人就站在这片空地，好不容易见了面，却又谁也不看谁。男的抬头望天上的月光，女的低头看地上的月光，月光都是银白如锦缎，天上地下却大不相同。这一番独处，仿佛是为了让两人适应从此以后的分别。

静默良久，小李就说："那我走了。"

当时的乔薇对小李说："你走——好。"

此时的乔薇鼻子一酸，几乎涌出眼泪来了。

2

俩人好上又分开的事儿，大约发生在七年以前。其间的过程很常见，是许多人都曾经历过的。最开始，他们都在县一中上学，是寄宿制。来自同一个镇子，又是房前屋后的邻居，总会互相关照些。乔薇长得清清秀秀的，小李刚好也清秀，乔薇的成绩中等偏上，小李比她还要好一点。天长日久处下来，眉眼间便带了不比常人的亲昵，外人看来也分明是一对青梅竹马。

中学的时候有高考的压力，老师又像防贼一样盯着，自然不太敢公开。而上了大学就自由了，两人考上的又是省城里的同一所师范院校。上那所学校，对乔薇而言有女承父业的意思，对于小李，则是因为可以减免学费，还有生活补贴，否则以他的分数，应该可以考到北京或者上海的大学的。如今回想，他们正经八百谈恋爱的日子，只是在大一大二的那两年。恋爱的过程，也是寻常学生情侣的标准动作：一起吃饭，一起散步，一起去图书馆，周末去礼堂看一场电影，谁病了另一个人就去照料……因为已经熟了十多年，男孩女孩都没有表现得太兴奋，当然也不会因为性子不合而吵架。就像一部拿过龙上好油的自行车，蹬上去就能骑，平平稳稳的，很熨帖。要不是每晚把乔薇送到宿舍楼下，小李会轻轻拥抱她一下，借机耳鬓厮磨个两秒钟，很多人都会把他们当作一对表兄妹呢。

在记忆里，小李的性格格外的温和。他不言不语的，一个男孩儿，脸上总挂着腼腆的笑，两个人在一起，常是乔薇在说话，他耐心地听。不但听，而且能记住，比如一个月前乔薇说江心公园的桃花要开了，下个月，他就从饭盆里省出两张门票钱，带她去看桃花；再比如乔薇说过一次她不喜欢闻炒菜的油烟味儿，以后每次去食堂吃午饭，他都会先占好一个靠窗通风的位置等她。可见他对乔薇的话是多么认真呀。有几次，乔薇故意对小李耍脾气，明知道自己不讲理还非要把不讲理坚持到底，小李也平平静静地依着她，连受了委屈的表情也不往脸上摆，最后弄得乔薇倒先不好意思了。在一个人的时候，乔薇时常会总结性地想一想两人的关系，她觉得在大学里能谈上一场和睦的恋爱，真是挺幸运的——没看别人都是五天一大吵，三天一小吵，甚至要闹到自杀的地步吗？而这份和睦，多半是小李的功劳。

　　和小李谈恋爱的事情，乔薇没有告诉她父母。是有镇上的人到省城办事，在江边桥头看见他俩手拉手地闲逛，这才把消息传了回去。那时乔薇的父亲刚被委任为中心小学的校长，正在负责校舍建设的事情，两栋教学楼一个操场的工程，都得由他全盘操持。人有了事儿也有了权，状态就很风风火火，白天要接待县里的视察领导，晚上又要被建筑公司的人强拉去赴宴洽谈，忙得不可开交，也不再牢骚"百无一用是书生"了。他觉得自己的用处可大了。因此得知女儿恋爱之后，乔校长最初是一幅不太上心的样子，只是打了个电话，让乔薇"把握好"，别耽误学习。

　　乔薇答复父亲："您放心。"

　　这时她还以为和小李的事情就此顺顺当当了呢，直到那年暑假回家，才发现远非如此。当时她刚一进巷子，还以为走错了路：原先的三间平房不见了，一栋贴着瓷砖的二层小楼赫然拔地而起。小楼的样式和当地其他有钱人家的宅子大同小异，只是门口贴了一副乔校长亲手写的对联，便有了"诗书传家"的意味。早就听说家里筹备盖房，只是没想到盖得那么快，估计是那些建筑公司在兴建小学之余，就顺手把校长家的工程效劳了。乔薇脸上挂着喜气四处张望，本以为父母会先向她介绍新家的装修和设施，没想到父亲的第一句话却是："上来，谈谈你的个人生活。"

　　如今和父亲谈话，需要爬两段楼梯，才能进到他专门的书房兼会客室。这个铺垫更使谈话平添了几分郑重。在沙发上坐好，仰视着大班椅上的父亲以及父亲身后那套胡桃木书柜，乔薇的心没来由地沉了下去，随之脖子也僵了。

　　乔校长的意见很简单：不同意。然而毕竟是教育工作者，他知道强硬地压服女儿，也许会有适得其反的效果。于是他迂回隐晦地启发乔薇：人的一生很漫长，今天看起来割舍不掉的情感，放在以后回想，多半是意气用事的结果；然而一旦为了意气用事打断了设计好的生活轨迹，那么将来多半会后悔；你觉得他这也好那也好，那些都是在无事一身轻的状态下看出的"好"，如果陷入繁琐、庸常的生活里，你还会觉得他好吗？日久天长，他还会对你那么好吗？如果不好了，这个人总得剩下一些别的可取之处吧，他有吗？

至于不同意的原因，也很简单：小李家穷。仍然很符合教育工作者的身份，乔校长把"穷"也分成了有条有理地分了等级，概括出"一般性的穷"和"不一般的穷"。他叹了口气说，要是一般性的穷，那也罢了，顶多是自己受罪，可是小李家的情况，真是在穷里都要垫底，是还要连累别人的穷。他爸是在鞭炮厂的仓库里点火盆取暖被炸死的，打那以后，他们家借过多少外债呢？恐怕自己都数不清。就这样，厂里的损失还没有赔偿干净呢。哪年春节没有人堵在门口要账？街坊四邻都看习惯了，恨不得听不到小李家门口哭天抢地一番，都不算过年了。他姐姐自从嫁出去，就和娘家断了联系，这是在干什么呢？在躲穷啊。人都有自己的日子，谁甘愿永远被拖累下去？

说到这里，乔校长脸上有些尴尬。他大概认为自己讲得有些过分了，不太符合一个读书人，尤其是读过几年古书的人应有的立场了。于是他话锋一转，又把立场"拗"了回来：我之所以持这个态度，可不是嫌贫爱富，而是爱女心切啊。为了爱女心切，我宁可被指责为嫌贫爱富。现在咱们家里是什么态势，你也看到了吧，蒸蒸日上啊，而我对你的期望比蒸蒸日上还要绚丽，最好有一飞冲天的效果。你的学业不应该只念一个本科就结束，将来工作的地方也不应该是在这个镇上、县里、市里。听说如今出国留学在大城市的年轻人里已经很普及了，你也可以往那个方向努力一下嘛。费用不必担心，家里已经开始筹备了，基本不成问题。从这个角度想一想未来，再想一想眼下……做父母的苦心你懂了吧？

乔校长当语文老师的时候就是好口才，干了一段时间的领导，更是把自己培养成了演讲高手。对女儿的这一番教导，他说得入情入理，甚至可以说是贴心贴肺。最后，简直是神来之笔一般，他的口吻忽然转入了凄然和无奈："小李这孩子，我也算是对得起他的了。从小学到中学，我个人出钱给他垫付过多少回书本费？他考上大学那一年，他们家亲戚都没表示，还是我这个启蒙老师给他掏了路费……这些事情我都没告诉过你。"

说到这个份儿上，乔薇心里再疼，也不得不站在父母的角度考虑问题了。她当时没答复，父母也不再施压，允许她"再考虑两天"。然而此后乔薇再出门去，就感到背后盯了两双眼睛，他们分明是提防她又去找小李。

这时乔薇便会隐隐生出一丝愧疚来，觉得对不起父亲给她设计的美好的未来，也对不起这个焕然一新的家。这个职位和这栋房子，都是父亲苦熬了半辈子才熬出来的啊。

于是乔薇和小李见面的次数就少了。刚开始，小李那边并没有什么反应，一来因为他假期都要去县里找零活儿干，赚几个钱贴补家里，二来两人本来就不习惯在老家公开地出双入对。夏天转眼过去了大半，山林深处吹过来的夜风带了半分秋意，那种异样的感觉才在他们之间生长出来。小李想找机会和乔薇说点儿什么，乔薇却不是闷在家里，就是到别处去走亲戚，再不就干脆陪乔校长出门应酬。屡次三番躲躲闪闪，再傻的人也能察觉到点儿什么了。这时小李心里也发了狠，索性反过来把乔薇给搁下了。有几次乔薇自己忍耐不住，晚上转到小李家门口站上一会儿，小李却装作看不见她了。

乔薇没有想到小李那么一个温厚的人，骨子里却是这般硬气。从事态上讲，两人其实已经获得了就此断开的契机，但郁积在心底的伤感却越来越浓厚，简直到了不可遏制的地步。乔薇开始大白天的发呆、恍惚，脸色憔悴，夜里也不知做了个什么梦，就一个人哭醒了，可是想要回忆那个梦，偏又空空如也的无迹可循。并且，在家里的日子还是好挨的，毕竟有一扇大门和一对门神似的父母给她挡着，乔薇更害怕回了学校之后。到那时候就必须直接面对小李了，而她又该怎么面对小李？

恰巧在这时候，又横插进来一档子大事。小李的妈去世了。据说是一天晚上下雨，她举着伞去迎干活儿回来的儿子，在石板路上滑了一跤，就脑溢血了。等到小李回来，看见母亲横在路边的水泊里，赶紧奔卫生院喊来医生时，人已经凉透了。镇上的人都感叹这妇人命苦，一辈子没过过两天好日子，又感叹寡母一亡，李家就算彻底散了。办丧事的钱还是乔校长出面，从镇政府支取了一部分，又牵头联络几户殷实人家，共同补上了余下的缺口，总算把过场走得像模像样。出殡那天，小李久未露面的姐姐也回来了，却抱着儿子缩在丈夫身后，和披麻戴孝的弟弟保持着距离，明摆着不把自己当家里人。充作灵堂的南屋门口，站着几个满脸愁苦的男人，他们既不进门吊唁也不和亲属讲话，只是你一根我一根地抽着烟。众人知道这些都是债主，生怕落得个人死债销的结局，便要在今天讨一个说法。

在亲戚和冤家的围绕之下，小李垂手立在母亲牌位一旁，看起来孤单极了。而乔薇跟在父母身后，只觉得他离自己非常之远，直远到隔了几重山、一片海。她隔山隔海地望着小李，又心惊胆战，害怕他从山海那边对自己投来一瞥。还好小李始终机械地肃立、答礼，就连乔薇去给他妈鞠躬时，眼睛仍然扎在地面上。这让乔薇吁了一口气又提了一口气。

作为镇上热心公益的头面人物，又是小李的启蒙恩师，乔校长率领家人留到最后才走。当宾客渐渐散去，堂前只剩下几个跃跃欲试的债主时，乔薇看见父亲沉吟一下，缓缓地向小李走过去。他拍了拍小李的肩膀，将这个年轻人引入了偏房。两人就在那里低声说话。乔薇等在外面，从虚掩的门里望着父亲的一边肩膀，还有小李半条胳膊。她已经料到两个男人在谈论什么。因为和自己相关，只觉得整个儿身子都在运劲，腿绷得紧紧的，膝盖不住发抖。不一会儿，她又看到父亲的半边肩膀动了动，一条手臂在门缝里现身，捏着一个信封往小李的手里塞。小李的手没做阻挡，僵硬地接了。这时，乔薇的心里便涌上一股怅然和释然混杂的感觉来。

于是便有了小李离乡时，乔薇去送他的那一幕。当夜，两人除了事务性的交代，再也没说别的。就连一句珍重惜别的话也没有讲。小李告诉乔薇，他已将老宅抵给了债主们，仍然是不够还账的，但也只能等他在外面挣到了钱再说。乔薇父亲给的三千块钱，是他南下广东的盘缠和本金。他忘不了乔校长的恩情。乔薇提议，她返校后可以去向老师解释情况，争取为他申请保留学籍一到两年的政策。小李则说不必了。

小李转身上路以后，乔薇在树下望着他的背影消失在夜色中。行色匆匆，薄薄如纸片一般的身体轮廓，被风一吹就彻底不见。此后，乔薇却仍然没有回家。她独自在镇上蹀了两圈，又走了出去，到山路旁坐了不知多久。她想找个地方哭一场，但是意识到随处都可以哭的时候，眼泪却干涸不见了。凄凉之中竟又生出几分没趣，只听得到狗们东一声西一声地闲叫。等到精神彻底疲惫了，她才往家走去。这时天边已经浸出一层湿淋淋的白亮，再过一会儿，鸡都叫了。乔薇想：小李赶上夜车了吧。

回到家里，看见父母已经起来，或许是根本没睡。他们正在说话，看见女儿就住了口。乔校长凝视乔薇几秒钟，干咳一声上了楼。乔薇低了低头，不好解释什么，径自往房间里走去。这时母亲跟了上来，话里带着恼怒："不是就在镇里吗？后来又去哪儿了？"

乔薇说："又到公路边上……不远的，没上山。"

母亲说："你一个人去的？"

乔薇没说话。

母亲的声音陡然压低，脸上带了莫大的警惕："除了送他……你们没干别的什么吧？我本来想把你叫回来的，是你爸不让。他怕邻居听见。"

听到这话，乔薇心里咯噔一声，像是有一根簧断了，牵引得双肩一震，身子差点儿塌下去。时至此刻，她对父母的怨念才一览无余地泛了上来，恣肆横流。她的脸也冷了，一派凛然，横了母亲一眼，砰地关上了自己的房门。然后，整夜不见踪影的眼泪也探出了头，但是这眼泪的意味已经不一样了。

3

乔薇自认为是一个逆来顺受的人，而在这种性格的反作用之下，她对生活的心理反应也变得迟钝了。当她意识到自己受了伤害时，一起受伤害的小李却早已经和她天各一方，一年、两年不闻音信。家里人都认为那件事情"翻过篇儿"去了，然而只有乔薇知道，自己正在承受绵延不绝的创痛。在情感方面，她甚至觉得自己类似于一只史前的巨型动物，食草恐龙什么的——因为神经传输缓慢，反应总是慢半拍，决心抵抗天敌的时候，已经被咬得体无完肤了。

这些年来，她只要独自发呆，脑子里都会填满后悔，还有惭愧。怎么当初父母让她和小李断，她就真断了呢？竟然连反驳的意愿也没有。后悔和惭愧在她心里发酵变质，形成了一种说不清道不明的古怪态度：失落，孤僻，还有近乎破罐子破摔的自我惩罚。以前她的话就不多，后来愈发沉默寡言，给人的感觉，一天到晚除了吃饭嘴就没张开过。以前她也挺勤奋的，后来却对什么事情都心不在焉。这导致乔校长对她的殷切期望落了空。大学毕业时各科成绩只是勉强及格，别说北京上海的高校了，就连本校的研究生都没考上。出国留学更是连申请都没申请，乔薇的解释是"错过日子了"。那年的就业形势又格外严峻，在招聘会上碰了几回壁，还没到头破血流的地步，她自己却先泄了气，最后终于回到镇上，到父亲一手建起的中心小学当了一名英语教师。领着她报到的时候，父亲的神色是怅然的，而乔薇却生出一丝快意来。

温顺并且迟钝的人，还有一个相生相伴的特点，就是会在某件事情上格外执拗。教了两年书，亲戚朋友开始给她介绍对象。那些男青年的条件，在本地都算相当杰出的了，有新提拔的副乡长，还有县里厂子的供销科长。然而乔薇不是不见，就是一见面便给人家甩脸子，仿佛生下来就跟男人有什么仇。几个回合下来，她落下了脾气古怪的名声，保媒拉纤的也不再登门了。父母着了急，乔校长揣测女儿的心思，认为她是不甘心在小地方窝一辈子，便拉下老脸，拜托自己那些在大城市工作的得意门生，问问人家有什么合适的资源。照片寄过去，还真有一见钟情的。有个武汉大企业的年轻工程师也不知是犯了相思病还是心血来潮，居然开着一辆雪铁龙，千里迢迢地过来相亲。这人祖籍东北，三十出头，长得仪表堂堂，而且说话开门见山，非常直爽。他向乔校长保证，如果乔薇愿意跟他，结婚之后不用担心工作的问题，可以享受"杰出人才"家属的待遇，调进厂子里的附属小学继续当老师。可是这么大的一番诚意，不要说获得乔薇的青睐了，她就连看也不正眼看人家一眼。父母留工程师吃饭，她干脆躲到学校里去。这就近乎于无礼了，乔校长夫妇尴尬得要命，除了一个劲儿地给客人夹菜，再也说不出什么。工程师嘴里塞着油汪汪的土鸡土鸭，摇头苦笑道："权当自驾旅游一趟了吧。"

乔薇就这么拖到了二十八岁，已经成了名副其实的老姑娘。而这时，她的婚事就不再是家里的主题了。坏事一窝蜂地涌了上来：离退休还有三年，乔校长忽然查出患了尿毒症；股市大跌，家里的二十万曾经变成过五十万，一转眼却连五万也不剩了。病人是个无底洞，一点积蓄却又填进另一个无底洞，如今的局面，只能靠乔薇一个人撑着。她倒是处变不惊，上班讲课，下班尽孝，辛苦是辛苦，但也一切井井有条。都说女大不中留，留来留去成冤家，可是乔家的女儿却是家里的恩人。父母那边早从埋怨变成了感激与愧疚，乔薇自己却是庆幸的：要是当初考学考走了，或者嫁人嫁走了，家里这个样子可怎么办呢？多亏留了下来。但她又会再往前多想一步：自己是怎么就留了下来呢？是因为小李吗？此刻她已经不再纠缠于谁是谁非，谁对得起谁谁对不起谁了，她只是在蓦然回首的时候感到惊叹：自己竟然"守"住了七年。七年啊，可是当初也没人让她"守"呀。小李走时，她记得他们算是清清白白地断了呀。

而现在，小李又回来了。

小李回乡的阵势，就像山间夏季的雷阵雨。山雨未来风满楼，人还没有露面，四处八方都传来他的风声。据说他人还在深圳，就已经把欠款——打到了过去债主们的账上，不仅连本带利如数还清，而且为了赎回自家老宅，还另添了几万块钱的"保管费"。大家都知道那两间房当初是抵给鞭炮厂的，厂子里还不情不愿，觉得亏了，如今效益不好濒临倒闭，得靠小李的这笔钱才能结清上半年拖欠的工资。接着，又听说小李人已经回到了县里，之所以耽搁住了，是因为县领导把他当成了重要的投资商，正在一个宴请接着一个宴请地"做工作"。然后又传来了消息，说小李联络了一批深圳和香港的老板，准备合股在老家开设一间大型陶瓷制品厂，眼下正在马不停蹄地到处考察。

这个小李，真是今非昔比了。而对于小李是怎么发迹的，一时间各有各的说法。什么贵人相助，什么走通了上层路线，什么混黑道拿命搏来了第一桶金，每个版本都够得上一出传奇故事。不过大致的情节还是雷同的：他到深圳去打工，干的是装修这一行，刚开始也很苦，但因为肯干又有心计，不久就拉了一队人马，开起了自己的公司；在这个节骨眼上，恰逢其时地来了几个大单，从此就一发不可收拾了。而小李的厉害之处还在于有眼力，赌性大。装修干出了起色，他立刻转型，用全部资本盘下了一家陶瓷厂，给大品牌的卫生洁具做代工，又是三两年过去，摇身一变，就真成了大老板了。

袁兔兔那边吹得更具体也更邪乎，对同学们说他小舅的厂子有上千人，每天早晨集合点名唱《感恩的心》，声势比校运动会可大多了。还说有一次小舅在深圳喝多了开车，前面有辆"本田"走得太慢，他一发脾气把"悍马"的油门踩到底，将对方的三厢车撞成了两厢，然后从窗户里甩出一叠钱：修车去，别挡道。而小舅没结婚没孩子，因此最疼的就是他了，不出两年，他袁兔兔就要去深圳，去香港，去国外了，他要跟在小舅的身边，将来继承小舅的事业。乡下孩子眼皮子浅，几个同学对袁兔兔的远大前程信以为真，立刻巴结上来，表示"以后就跟兔哥混了"。袁兔兔竟然从受气包变成了孩子王，带着一伙手下今天欺负这个，明天欺负那个，闹得沸反盈天的。乔薇看不过去，本来要管管这孩子，但是每次想说，却又每次都开不了口。她知道这是中间横了个小李的缘故，她隐隐地怕自己和他过去的事情被扯出来，更害怕直接面对今天的小李。他是应该大变样了吧，他变成什么样了？

　　该来的事情绝对不会因为害怕而拖延。到了这个星期五的中午，校长忽然找到乔薇，让她下午不用上课了，带着同住在一个镇上的学生一起到从县里过来的公路边集合，有重要任务。乔薇猜到是什么事，心里一紧，条件反射地问能不能让别人去。

　　现任校长以前一直是她父亲的手下，被铁面无私地压了那么些年，因此现在对乔薇就更加铁面无私。他瞪了瞪眼："就你家近，你让谁去？"

　　没有办法，乔薇只好带了袁兔兔他们十几个人，前往镇上水泥路与县上柏油路的交会口。他们连饭也没吃，赶到地方却发现另一些人早已候着了，是镇长率领着大多数"班子"成员。镇政府那辆"江淮"面包车横在路中间，两边的后视镜上还各挂了一朵红花，不是以前表彰会用剩下的，而是簇新的，正在迎风猎猎抖动。两支队伍会师，也不搭话，只是默默地继续等待。一直干站到下午两点多钟，孩子们饿得哼哼成一片，镇长那边才接到一个电话，说客人又被下到县里来调研的市委副书记临时接见，这时刚在县一级领导的陪同下启程上路。一干人抱怨"上面"行程有变，为什么不早点打个招呼，学生们更是四仰八叉地坐到地上。只有乔薇仍在尘土里伫立，脸皮发僵，嘴唇干枯得丧失感觉，仿佛结了一层角质的壳儿。

　　好在这个镇子离县里很近，只要上了路，说到也就到了。正午的太阳刚往西滑了小小一截，几辆汽车组成的队伍便缓缓出现在柏油路上。镇长把香烟往地上一扔，招呼起来："到了到了。"两个工作人员随即从面包车里扛出一挂本地特产的十万响挂鞭来，就在路口摊开点燃，如同一条躁动不已的红蛇。硝烟弥漫中，学生们也不能闲着，他们在袁兔兔的带领下拉着手，雀跃着，用电视里庆典上的少年儿童们的表情高呼："欢迎欢迎，热烈欢迎。"

　　那车队便在这浩大的声势中刹住，每辆车上都下来一两个人。前面的是副县长和县政府办的几个领导，后面就是小李和他带来的投资商了。镇领导自然迎上去热情握手，而这时袁兔兔又唱了一出好戏，他从学生们的行列里一骑突出，直冲向人群正中那个穿黑西装的年轻男人，拦腰抱住大哭起来："小舅，你可算回来啦！"

乔薇的脑子里这时才有了点儿意识，她的第一反应是纳闷：小李离家已经七年，他走时袁兔兔才刚三四岁，再加上他姐姐和娘家几乎断绝了来往，这孩子又是怎么一眼认出"小舅"来的呢？又一想，大概袁兔兔他妈给他认过照片了吧。提前做好功课，保证了这一哭的准确性。

袁兔兔果然成了众人眼中的焦点，并将主客两方之间的气氛陡然拉近。一个白发苍苍，穿着一件夏威夷花衬衫的老者俨然归国华侨，用拖着长声的港式普通话感慨："血浓于水啦。"然后从手包里掏出一只红包塞到袁兔兔手里。小李倒有点尴尬，连声说"肖公太客气"。

这时乔薇才凝神静气，时隔七年之后第一次打量小李。她惊异于自己明知道几米开外那男人是他，却无法把他和当初的小李对上号了。或者说，乔薇发现自己根本记不清小李的眉眼容貌了。她为了一个面目不清的人，把自己变成了一个心如寒潭的老姑娘。她也只好在单方面的凝望中重新认识小李：他好像没胖也没瘦，背却仿佛比当初驼了，脸型依然是清秀的，只是氤氲着一团黑不黑红不红的颜色，典型的饮酒过度，睡眠不足。

一群人握手复握手，寒暄复寒暄，在太阳底下站了半个钟头才向镇里进发。也不知道谁说了句坐了一天都坐累了，正好在空气清新的地方散个步，所有的汽车就都没了用处，只好在后面远远地跟着。小李已经拿出了半个主人的做派，陪着肖公和副县长走在前面，袁兔兔仍摽在他的胳膊上。他们经过学生组成的欢迎队伍时，乔薇下意识地歪过头，眼瞥向别处，而在一歪一瞥之间，她分明察觉到小李已经朝自己望过来了。小李的眼神短暂，如同蜻蜓飞过时翅膀扇出的一缕微光，却将她钉在地上，学生们呼啦啦都走了才想起来迈腿。

此后的一路上，乔薇始终落在最后，脑子里浑浑噩噩的。前面鼎沸的人声统统涌进耳朵，但却分辨不出说的是什么。她还感到镇上人的目光从街边、门洞、窗子里铺天盖地地投射过来，按说看的不是她，但也让她步步心惊。按照程序，这一行人大概要先去镇政府听取当地领导"介绍情

营救麦克黄
石一枫中短篇小说选

况"，如果资方感兴趣，就可以初步探讨投资建厂的意向了；有话没话也得消磨到傍晚时分，然后去镇招待所的内部食堂赴宴。后面那些场合当然是轮不到她一个小学老师参加的，总算她稍微清醒了些，来到拐向自家院子的巷口，就停住了脚。然而也怪了，当乔薇原地站定，整整那一群人仿佛都被她拽住了，也拖泥带水地停下。人群的核心处再次发出叽叽喳喳的声响，然后有几个人分开旁人，稳步朝她走来。

领头的又是小李，而他离着乔薇还有几丈远，镇上的一个工作人员已经先跑过来，一扯乔薇的胳膊："突然说要先去你家，快回去准备一下吧。"

"去我家？"乔薇机械地重复。

"没错，去看你爸……看乔校长。"

自从乔校长的病情转入稳定期，家里便几乎没来过客人，仅仅是学校的工会逢年过节走一走程序罢了。工作人员裹挟着乔薇进门，三言两语对她母亲解释了状况，同时一个劲儿地环顾着屋里"咳、咳"，仿佛在谴责乔家的脏乱与潦草。没过片刻，人群就填满了一楼客厅，几乎每个人都在伸长了脖子喊乔校长，那架势简直像乔校长被谁故意藏匿起来一样。乔薇的母亲总算稳住情绪，上前递了几句话，就见小李面色凝重，半低着头噔噔噔地往二楼奔去。

等到乔薇到厨房凑出几只茶杯，拿竹编的托盘送上去，就看见父亲的卧室里再现了电视新闻里常见的一幕——"亲切关怀""传递温暖"之类的。乔校长半卧着，不知是因为激动还是刚刚被硬扶起来，胸膛里好像扯着一只风箱呼呼作喘；小李在人们的簇拥下半躬着腰，两手紧紧握住乔校长肿胀得像河边花岗岩似的手；两人眼里盈盈发亮，不消说，那都是千言万语道不尽的感慨喽。

小李说："校长，我不对，一直也没回来看您。"

乔校长说："小李，你出息了。"

小李说："您什么时候病了的？"

乔校长说："你出息了，小李。"

前言不搭后语地对了两句话，小李就直起身来，对大家诉说起乔校长对自己的栽培与帮助来：从上小学时给他垫付书本费，到他母亲死后挑头操办丧事，一直讲到离家时塞给他的三千块钱。他格外强调，那三千块钱让他迈出了在深圳发展的第一步，当时他连工作都找不着，如果没有那笔钱，恐怕就要住不起房子吃不上饭了。而如果他冻死饿死了，也就没有今天这个衣锦还乡的小李了。小李说这话的时候语调悲伤，眼泪几乎夺眶而出，随行有一位市里日报的记者，不失时机地掏出相机咔嚓咔嚓，抓拍了一张演都演不出来的感人作品。

众人自然唏嘘不已，那位肖公又用港味普通话进行了一句精辟的总结："师恩似海啦。"

只有乔薇仍然出离于眼前的氛围。此时她总算敢于直视着小李了，却又总猜想对方的那一番感恩之词，其实话里有话。尤其是说到三千块钱的时候，她只觉得小李的眼睛分明又向自己这里投来一瞥。那目光并不具备他语调和言辞里的温度，它分明是冷的，简直可以称得上是寒光了。那么他也是怀着怨念的吗——就像自己这么多年来一样？这个想法电光石火，极其尖锐地在乔薇的灵魂里刺了一下，让她在疼痛的同时又像有什么东西陡然苏醒了。

围绕着乔校长的对话还在继续，县里的领导随口问到了治病的费用问题。副镇长适时地为乔家铺垫了几句话：教育口的经费从来就很紧张，乔校长得的又是不在医保范围内的重病，透析和大部分药品都要靠自费，困难程度可想而知。进而，他又把话题引到乔薇的身上，说她是个孝女，为了父亲的病一直没有嫁人，至今待字闺中呢。这明显就是临场发挥了，俨然是唯恐相关的人不够高尚，玷污了一个美好的故事。其实镇上的人谁又不知道呢，乔薇在父亲病倒之前就已经是个老姑娘了。而说到乔薇，小李反而像没听见似的，根本不往她这边看一眼。他只是耐心地等待众人安静下来，然后开口，缓缓地宣布："校长的医药费用我包了。"

热烈的掌声随即响起，记者又捧出个本子奋笔疾书，场面登时被烘托到了高潮。乔校长自然是哽咽了，乔薇母亲也不知说什么好，一个劲儿地拿袖口抹眼泪。乔薇身边那个工作人员用力地拍着她的肩膀："你看，你看，你真应该感谢李总。"而乔薇呢，她的确是感动的，但感动的对象却是终于有望熬出头来的困苦，而不是某个具体的人。对于小李，她陷进了一种难以言尽又难以言明的复杂情愫里：这么说他终究是大度的，或者说，他清楚地掂量出了"恩"与"怨"各自的分量。比起乔校长的浩大施恩和他的浩大感恩，和乔薇之间那段戛然而止的儿女私情又算得了什么呢？但无论如何，她乔薇可是实实在在的七年未嫁啊，那一点儿怨念要是如此轻易便能够烟消云散，这七年又算是什么呢？算她犯傻吗？

脑子里满是胡想，嘴里便什么也说不出来了。当乔校长夫妇的发言致谢结束，众人又等着她这个孝女表示点儿什么时，乔薇只是发愣，呆看着小李的脸默不作声。又是一个干部打圆场："这姑娘都高兴傻了。"

"对，傻了。"乔薇附和道。

4

小李那一行人的考察只持续了两个半天，他们在镇招待所住了一夜，次日中午就坐车匆匆回了县里。用他本人的话说，家乡的一山一水都是记熟了的，再怎么看山还是那山，水也还是那水。可他不用看，那个肖公和其他客商就不需要看嘛？这分明就是对本地投资建厂的前景并不看好了。镇上的干部不免感到失望，但同时也无话可说。在周围的几个乡镇中，本地的工业基础和投资环境是最薄弱的，这主要是山区占了大半面积的原因。也正因为如此，镇上的企业才这么多年只有一个半死不活的鞭炮厂。你指望人家为家乡美言，家乡也得值得美言呀。

然而一个星期还没过去，重磅消息就传了回来：在小李的坚持下，陶瓷厂的选址已经初步决定，恰恰就在本镇。他的理由是基础薄弱才有施展的空间，正如同一张白纸好作画。接下来的步骤，就是商议投资办厂的具体条款了。小李那边对土地的胃口很大，坚持要镇里关掉东头河边的鞭炮厂，将厂址一并归入陶瓷厂，再把那附近的人家统统迁到西头不靠水的山地上去。这就涉及拆房占地和百十号人的就业问题，再说鞭炮厂是镇里出资兴建的，几十年的产业，你一句话就要关停，这也太武断了。同时，镇上的居民们一方面盼着外人来投资，另一方面因为兹事体大，便也心存着少一虑不如多一虑的谨慎了。他们担心小李等人像一阵风似的说来就来，将来也有可能像一阵风似的说走就走。本镇虽然经济上不富裕，但是有个优点是依山傍水景致美观，有几栋两三百年的古宅院保留如初，外面的人来了都说这儿像个世外桃源。假如居民们的担心不幸成真，厂子的机器、流水线搬家容易，却留下一个烂摊子，又把维护了几代人的镇子拆了个七零八落，大家找谁说理去？

两边这一僵持，却忙坏了县里的干部。尤其是主管经济的副县长，他先去找镇领导谈，说机遇难得。镇领导平日里尽见着吃吃喝喝的，关键时刻却很硬气，说你们当头儿的迟早要调走，我们基层干部可是本地人挪不了窝儿，所以这事儿出不了一点纰漏，出了纰漏就得被戳一辈子脊梁骨；再说对那些投资商有疑虑的不只是我，还有大多数居民，民意难违。副县长又去找小李，小李也很作难，说投资的还没来就担心人家要走，这看起来是对外人不信任，说到底还不是对本地没有信心吗？镇上的人却通过领导回过话去，说他们还真是没信心，越是没信心就越得做好最坏的准备；再说你小李当初不就走了吗，也没见你扎根在这个镇上啊。

当年的小李是被穷逼走的，没想到却成了遭人质疑的话柄。就连领导都替他叫屈，副县长拍了桌子，说镇上的人鼠目寸光，又臭又硬。但这种事情还真需要基层的配合不可。本地人性格倔强，古代盛产侠义之士，近代出过好几批不同阵营的革命者，这几年还有抱着煤气罐子冲击政府办公楼的极端案件，大力弹压怕会压出乱子来。好在投资商那边也不着急，索性就在县宾馆常驻下来了，肖公每天带着几个同伴穿山过河，"看看祖国的大好河山啦"。小李也优哉游哉地走亲串友，他摆了三天的流水席，只要认识的人进去就能吃，吃饱喝足还能领一条"芙蓉王"香烟。袁兔兔家更不必说，全套的进口电器都换上了，小李还许诺厂子一开起来，姐夫立时就任采购部部长。对于这样一个弟弟，他姐姐把前十几年丁点儿不露的亲情一并掏了出来，二十四小时照顾小李的饮食起居就不说了，一次谈到他这么大岁数还没娶亲，竟然号啕大哭起来，从爹喊到娘，仿佛考妣又丧了一遍似的。

乔薇家里却有另一层焦虑。那张小李作为"著名企业家"和乔校长亲切握手的照片已经登上了市里日报二版的显著位置，底下还配着一系列他如何自学成才、少小离家、难忘师恩、报效乡里的感人励志故事。就连乔校长也沾了光，被称为"默默奉献的教育工作者"。报纸取回家，先在乔校长的病榻前放了三天，然后又被乔薇母亲小心地压在茶几的玻璃板底下了。原本略显模糊的人脸被门口倾泻进来的阳光一照，竟然变得清晰，就连照片上乔校长肿胀的手臂都发起亮来。

与之伴随的是母亲的絮叨："他说看病的费用全包了，不能是场面话说说就算的吧？"

"会不会这一阵子忙着洽谈，就顾不上你爸这桩事了？"

"可别把建厂的事和你爸的事混在一起了，厂子建不建的，病总得看呀。"

"他从小就是个仁义孩子，而且实在……对吧？"

"医院那边又催了。"

乔薇一回到家，耳朵里塞的除了父亲在楼上的呻吟，就是母亲这些翻来覆去的话了。她怀疑母亲是专门说给她听的。那笔钱当然是雪中送炭，然而给不给是人家的事儿，什么时候给更是人家的事儿，自己嘀咕又有什么用呢？难不成母亲是示意她去问问小李？这么一想，乔薇反倒狠了心不接话了。小李回来，他和她并没有说上一句话，他只是不清不楚地扫了她俩眼罢了，并不比看别人更多。

就这么耗了两天，一天乔薇正在做晚饭，母亲轻手轻脚地来到她身后。她本来预备好继续听嘀咕，谁知母亲却开口叫她名字了。

"乔薇……"

"有事？"

"不如你去问问吧。"

"问什么？"乔薇当然知道问什么了。

因此母亲也就省却了"问"的内容，而是又添了一句补充："是你爸说让你去的。"

"你们为什么不去？他还可以托从教委调到县政府的熟人……"乔薇抢白似的说。

母亲简短地说："你爸觉得我们出面，人家反而会再拖，也许还会反悔的。"

乔薇心里咯噔一下。到底是读书人，想得细，想得多，也格外容易心虚。然而他们心虚，她就不心虚吗？她还感到她们全家的灵魂上都有一道疤癞，本以为天长日久已经愈合，但是今天这个光芒万丈的小李一出现，就把疤癞重新照得毫厘毕现了。乔薇忽然感到一种难以名状的耻辱，再一次咬紧了牙关不开口。

母亲的口吻却突然硬气了起来，声音也大了，仿佛在跟谁辩论："你们原来的事，我们的确亏待过他不假……可是也要想一想，你爸爸在别处又有哪点对他不好了？他们家的亲戚哪个给他交过学费，哪个为他家出头操持过丧事？虽然没做成女婿，可是也跟半个儿差不多了……"

话还没说完，乔薇已经摔了一个碗。随着那记碎裂声，厨房里总算恢复了平静，只有锅里的青菜豆腐汤还在没着没落地冒着泡。母亲仿佛这才想起，乔薇是个二十八岁还没结婚的老姑娘，而老姑娘是有资格脾气古怪的。她把后面的话生憋了回去，上前帮助乔薇盛饭端菜，先拨出一份来给楼上的乔校长送去。

母亲才一离开，乔薇就快步出了自家院子。

正是吃晚饭的钟点，巷子外面的街上飘扬着油烟的味道，来往的闲人并不多。然而乔薇却像暴露在众目睽睽的审视下一般，只想找个地方躲起来。她根本不知道应该去哪儿，只是低头耸肩大步走着，不一会儿便出了镇子，踏上了通往学校的那条山路。天色也恰好黑了下来，小镇的灯火花团锦簇地在身后亮着。她孤身一人往山上走去。

从家里到学校，骑自行车的话也要二十多分钟的路程，凭着两腿走起来就算是远路了。乔薇把全部心思放在走路上，耳边只听见呼呼作响，竟然仿佛御风而行。她没吃饭也不觉得饿，不知过了多久来到中心小学门口，身上微微出了一层汗。看门的老头看见她，迎出来问："乔老师，你有什么东西忘了带吗？"

乔薇随口编道："我来备课。"

老头费解地摇了摇头，给她打开校门。而乔薇既然进来了，索性就真的备起课来。小学英语，这是一只苹果那是一条鱼，需要专程准备才怪，但她想的是有事情做总强过没事情做。她翻开书本，像小学生一样朗朗读起来，那些字正腔圆的、无意义重复的句子假如被别的老师听见，恐怕会认为她得了神经病。乔薇并不否认自己此刻得了神经病，但她是用神经病的方式治好了神经病。半本书读下来，她的心情不知不觉地平稳下来，进入了自我封闭的宁静状态。办公室的窗中一灯如豆，远远望过来也一定是安详恬淡的景象。看门的老头过来轻轻敲了敲门，提醒她已经晚上十点多了。

乔薇长舒了口气，关灯出门，往校外走去。老头心好，追上来递给她一只手电。虽然是夜路，但是因为走惯了，心里也不感到恐惧。乔薇晃悠着手电，追逐草丛上方飞起的萤火虫，不时又将光柱移向天空，看它像柄无限长但却全无重量的剑，插入厚重的黑暗的腹地。她忽然想起过去有人对她说过，假如别的星球上也有人的话，手电的光将会被他们捕捉到，从而发现地球上的同类——只不过很可能是几千几万年后的事情了，因为光在宇宙中要走几千几万年。这话是谁说的？当然是小李了。高考前夕一次上晚自习的时候，乔薇肚子疼起来，他曾经一手攥着手电，一手攥着她的腕子把她送回了家。

如今的乔薇独身夜行。她终于进了镇子，却仍然不想回家。乡下人睡得早，此时整条街道差不多都是黑的了，她在自家院口站了半分钟，抬头看了看乔校长卧室亮着的灯光，转身又朝院子后面绕了过去。那个方向是小李家的老宅，自从小李离家，就几年如一日地黑灯瞎火，她浑浑噩噩地走了过去，在两间平房之间的空地站着出神。

又过了一会儿，才听见旁边有人咳嗽了一声。乔薇打开手电照过去，正是小李，光柱再一挪，进而显现出一辆汽车的轮廓来。他一定早就坐在那里了，像她一样无声无息。而令乔薇感到诧异的是，自己在这种情形下见到小李，竟然并不吃惊。几乎像是俩人早已约好了一般。

乔薇说："你也在这儿？"

小李说："也在。"

"来干吗？"

"看看。你呢？"

"也看看。"

小李接着拍了拍身下的青石板，乔薇就关了手电坐过去，两人并肩，在一切都影影绰绰的黑暗里"看看"。话自然也是要说的。刚开始是一些必要的交代，小李说他在县里和人周旋得头疼，就偷偷开车跑了出来，想在自家门口静一静；乔薇说她刚从学校回来，也想静一静，然后感慨道："真是好久没见了。"

小李说："你也没变样。"

乔薇说："你变了不少。"

"变成什么样了？变好了还是变坏了？"小李用戏谑的口气问她。而记得在过去，小李是不会这么说话的。

乔薇回答说："说不好。"

小李就哈哈大笑，中气充足，声音直传到街面上去了。这么大的动静让乔薇蓦然紧张，但好在他随后的说话声就变得格外低了。他没问她自己走后这七年的生活，她也没问他在深圳的那些日子。他们触景生情，围绕着身后的老宅，回忆起更加久远的往事来。那时乔薇才刚五六岁，常穿着一件拖到膝盖上去的花背心，捧了碗油盐饭在空地上吃。她很怕街对过篾匠家养的那只大鹅，鹅也欺软怕硬，每每奔过来和她抢食。到了这时，小李就会拖着鼻涕，挥舞着一只塑料拖鞋保护她。两人还去河边的泥地挖螺蛳，去山脚下看鸟啄蚂蚱。乡下的孩子不娇贵，无论家境好坏基本上都是放养，因此整个童年，乔薇都是伴着小李野过来的。两人你一段我一段，一人讲完一件事情，另一个往往进行补充或反驳，说对方记错了。一股悲凉的气氛像雾一样，随着追忆里的似水流年蔓延，他们便不时用哈哈大笑将悲凉驱散，拨云见日地捍卫着往昔的单纯和明亮。沧海桑田，乔薇和小李独处的时候，却仍然是放松的、快乐的。她也诧异于小李的神色举止像个孩子，也许他骨子里还是当初的那个小李。

时间早已过了午夜，夜露沾衣，乔薇冷得皮肤绷紧。她自然也想到了父母求她问小李的事，然而小李既然绝口不提，她也无从开口。那么自己在这里做什么呢？陪一个年轻的富翁怀念过去吗？她还纳闷，自己和小李的过去几乎是重合的，怎么他变成了那样，她却变成了这样呢？

乔薇的疑惑和小李的讲述同时被一阵昂扬的铃声打断。小李掏出手机来接了个电话，然后说："市里的王主任打牌输了两万多，我得过去帮他收场。"

一瞬之间，小李就变了一个人，回到一切就事论事的高度理智中去了。他仿佛在一秒钟之内长大了二十多岁。乔薇便先站起来，无声地打了个寒颤，看着小李起身开车门，发动汽车。

这番偶遇就这么结束了吧。然而汽车缓缓移动了没几步路，车窗忽然摇了下来。小李探出头来："你还会再来这儿看看吧？"

乔薇没答话。

5

自此以后，夜里到小李家的老宅相会，就成了两人的习惯。这个习惯并不回回如愿，有时乔薇在那扇破败的门前空等一个小时，小李也不出现，她就知道他在被某个重要的酒局或牌局绊住了。还有时乔校长忽然难受得挨不住，她和母亲跑上跑下地照料时，便听见后院墙外汽车开走的声音。然而总有凑上的时候。当乔薇拿手电往老宅的屋檐下一晃，小李便会照例咳嗽一声，拍拍那块充作长凳的青石板。

坐下之后，除了聊天也没事可做。两人的聊天仍以回忆为主题，沿着时间的轨迹，从撒尿和泥的童年伸展到小学、初中、高中……而越往后，就越变成了小李一个人倾诉，乔薇几乎无话可讲。这大概是因为乔薇的成长历程是按部就班、近乎浑浑噩噩的，她的一切都在父亲乔校长的安排下完成，只要将父亲的要求一一贯彻即可。这样的人生只能叫总结稿，编不成故事。小李的回忆就要庞杂和深远得多，并且像一辆不断上货的火车，层层加码，越往后越沉重。在几个夜晚，他依次回忆了父亲在鞭炮厂被炸死，母亲扯着他们一对姐弟挨家挨户地去找亲戚借债，还讲到了他其实在念高中的时候就无心上学了，如果不是母亲生前的嘱托和乔校长的勉励，大概连高考都不会去参加的吧。有许多事情乔薇以前只是粗略的旁观者，顶多扮演着最先安慰小李的那个角色，大部分细节尤其是小李的心理活动，她这才第一次听说。而从不知多久以前开始，小李的心里就发下了翻身的宏愿，甚而说是一个毒誓也未尝不可：假如有"那一天"，他要在原地风风光光地重建老宅，不为了住，只为了充当纪念馆的作用，摆放母亲当初陪嫁过来的那些旧家具；他还要关停鞭炮厂，实在不行就买了它，总之不能让它再存在下去，这是为父亲"报仇"的意思。

"那一天"眼瞅着就要来了。

乔薇仿佛今天才知道"生活"二字对于小李而言的意义。那是屈辱之下的挣扎，不断被剥夺又拼了命地去攫取的厮杀。这样的小李前往深圳后，无论做什么都是无所畏惧和理直气壮的吧。她在沉默地倾听的同时，继续犹豫着要不要提醒小李尽快兑现出钱给父亲看病的诺言，好让焦虑中的父母安下心来。她还既盼着又害怕小李终于会追溯起他们之间的感情来，而小李一直避而不谈，想必是打算用一个晚上专程回忆。

还有，乔薇至今也搞不清楚，小李为什么会不厌其烦地专程从县里赶回来，避着旁人跟自己见面。她也不清楚现在的自己之于现在的小李是一个什么样的角色。除了说话，他没对她做过任何举动，就连看也并非专注地凝视，而是仿佛把她这个唯一的听众抽象成了语言词句的接收终端。他只热衷于倾诉，她也只好倾听。

但是，如果小李所需要的只是一双耳朵，干吗非要找她呢？

夜晚回忆涌动，白天的事情也在进展。镇、县两级政府与投资商经历了几轮谈判后，突然爆出一个人们意想不到的、与建厂没有关系的消息来。

谈判原先之所以卡壳，在于镇上的人们担心小李等人的投资来了却留不长久，祸害一阵就走。换句话，假如能给一代人、两代人提供颠扑不破、旱涝保收的铁饭碗，那么就算"祸害"也是值得的了。大家毕竟要吃饭，要就业嘛。镇上的意见领袖们统一思想，鼓动群众，坚决反对领导为了短期政绩草率决策："咱们得有远见，既然要卖，就得卖得一劳永逸。"

他们又提出了两条具体要求：在本镇打造"华中陶瓷之乡"可以，但是一要保证承租土地达到三十年以上，并且要一次性付清租金，由镇政府专项用于改善居民生活，二要承诺用工优先解决本镇人口。这两条要求写成了书面文字，支持的居民人人按手印。本来还要拉乔校长这个过去的头面人物出来声援，但见他卧病不问世事已久，也就罢了。最后，他们把红花朵朵的请愿书拍在镇长办公桌上，让他去向县里和资方转达。

小李和肖公那些人就真犯了难。他们对县领导吐苦水，说原以为镇上的人只想多争取些征地方面的补偿，没想到居然提出了这样苛刻的要求。第二条优先用工也就罢了，第一条实在难以接受。办厂租地，租期五年的也有，十年的也有，长远之计的二十年以上也有，但无论租多少年，租金都是一年一付。如果一次性支付三十年，相当于厂子还没兴建，就将大部分资金都占用消耗了。活钱变成了死钱，这是经商大忌。投资商内部也闹起了分化，肖公当着领导的面，指着小李鼻子，用香港腔说出了四字成语："罪魁祸首啦。"

意思是小李把他招呼到老家投资，但是来了却搞不定事情，反而把大家拖入了进退维谷的泥潭之中。然后又感叹总算知道小李做生意为什么厉害了，原来都是跟家乡人学的。小李满脸委屈，拍着沙发扶手对肖公叫唤："原来想的是有财大家发，怎么知道他们不按规矩出牌，搞起了运动，连领导也被要挟了？"

这就是责备领导没有威望和手腕，连老百姓的主也做不了了。压力最后又回到了县领导身上，因为每年的招商引资是有定额的，完不成定额，只怕位置都坐不稳。肖公那边又宣称要到离省城更近的那个县去考察一下，那边的经济发展得早，地租虽然贵一些，但想必人也没那么死性，谈判起来会更顺畅些。领导急得团团转，连说本地人虽然刁蛮，但也不是不讲理，继续做工作，一定做得通。肖公表示，等你们做通了工作，都不知道哪年哪月了，他这把老骨头了，又有多少时间可以耽误？最后县领导一咬牙，决定把镇上的居民代表和投资商叫到一起，大家面对面谈一次，谈成最好，谈不成拉倒。

谈判那天来的人很多，几乎快把县宾馆的会议大厅坐满了。会场的布置也打破了往日的规矩，领导们不再并排坐在主席台中间，而是退居到第一排的听众席上，把位置让给了投资商和镇上居民的带头人。两边各摆一张长桌，平等对垒，倒像是电视上的"对方辩友"。以前决议什么事情，哪有今天这样大鸣大放大民主？镇上人觉得自己这一闹，闹出了尊严，首先就气势充足起来。又仗着团结力量大，上面的代表一口咬定那两条要求，每铿锵有力地说一句，都伴随着下面山呼海啸的附和。投资商这方面由肖公出面，他操着港腔，把做生意的流程、惯例、风险掰开了揉碎了讲给大家听，又分析了好几个类似的投资案例，看起来像一只苦口婆心的老鸟儿。

"退一步海阔天空啦。"

但居民们根本不管他那一套。什么《公司法》《合同法》，他们不懂也根本不想搞懂。他们只知道眼下投资商想在本地建厂是求着他们，既然这样，就要满足他们的胃口，如若不然就请走人，反正这块地方穷也穷惯了，一时富不起来也不着急。好不容易召集起来的谈判会，看起来仍然还是没效果，肖公回头看了看身旁的小李等人，苦笑着摇了摇头，台下的领导也把脑袋耷拉下去。

这时候小李就站起来了。他没有对着摆在桌面上的麦克风发言，而是抖了抖衣襟走到主席台正中的空地上，面对着全镇的居民。他开口，说的不是港腔，不是普通话，而是抑扬顿挫，不时诡异地拐一个弯儿的本地方言。乡音一出，全场肃静。小李诚恳地请大家听他说几句，而这"大家"不是生意伙伴更不是生意对手，却是从小把他看到大的叔叔伯伯，阿姨婶娘。

小李也没有再提投资建厂的事情，而是说起了他小时候，一件事一件事地历数起家里如何之穷来。炒菜猪油只敢放半勺，老娘生病抓不起药只能忍着，每个春节都是在债主的谩骂声中度过的。这一切是因为什么？并不是他小李一家的命不好，归根结底还得怪故乡穷。故乡穷父亲才只好到鞭炮厂去干那么危险的活计，故乡穷儿子才会放下念了一半的大学远走他乡。但他小李不敢恨故乡，因为如果没有以乔校长为首的故乡好心人的救助，他也许连活到今天都难。并且他想感谢故乡人，感谢故乡人就得消灭故乡穷。

西服革履的小李勾勒出了一个面黄肌瘦父母双亡的小李，说得台下的人眼圈儿不由得一红。对于其他投资商而言，来这块土地上建厂是为了赚钱，对于小李可不全是。看来他是真想造福家乡啊。又有人甚至觉得对不起小李，把小李也看成唯利是图的商人之一，这不是把自家人往门外轰了吗？

小李继续又说，乡亲们的顾虑他是理解的。假如他本人没有离乡出去闯荡，遇到一批外人来镇上办厂，一样也会像大家一样放心不下。但是请想一想，这一次来的可不全是外人，还有他小李呢。他在合股里是占了相当大的比例的，而且厂子办起来之后会亲自出任总经理，一年里有大半年要留在镇上抓经营抓生产，只要有他在，投资商们想要折腾够了就拍拍屁股走人，想必也没那么容易；而他现在要做的，还是恳请大家体谅建厂过程中的难处，遵循经济规律，不要一口咬定三十年的租金。那样高昂的条件别说他们这些人了，就是李嘉诚、曾宪梓也未必会答应，而长此以往镇上永远没有像样的产业，难道大家愿意守着一个鞭炮厂和上面有限的拨款过日子吗？

说到这儿，会场里就鼓动起长时间的回响。却不是异口同声，而是各执一词。总结起来大致有两种态度，一种是被小李说动了，认为经济毕竟还得发展，家门口有个大厂子，将来也就不用出门打工了，而小李从小就是个老实厚道的孩子，应该不会让大家吃亏；另一种则是仍存疑虑，说小李一口一个故乡人，可他都出去多少年了？公司在深圳存款在深圳房子也买在深圳，能不能真像他所说的那样把大家当乡亲，谁又能打包票？

下面一乱，台上的居民代表也坐不住了，他们索性跑下去东一个西一个，分头听取大家的意见。镇上的人现场开起了小会，领导和投资商们就眼巴巴地看着他们，小李却仍站在主席台中央，如同一棵栽错了地方的树。又过了好久，居民代表们才回到长桌后面，交头接耳片刻，便有个年长些的咳嗽一声，挥舞手臂压住全场的杂声，然后劈头一句话问向小李："这么说，你是还把自己当作镇上人喽？"

这分明是审问的口气，而潜台词也是很清楚的：他们不信任外人，但如果是"镇上人"，办厂的事情就有得商量了。

小李笑笑说："那当然。"

"出去那就么久了还是？"

小李说："大家恐怕也看到了，我正在重修家里的房子，想盖三层楼，一层还和原来一样的摆设……为的是纪念我爹妈。房子盖好，我又算在镇上有个家了。"

发问的居民代表却摇摇头："那不算数。以前镇上出去过几个干部，还有在省里坐上职位的，他们也盖房，还修坟，可还不是几年露不了一面，还不是任由着他们的老婆把找到城里的亲戚挡在门外？你在深圳也有家，你得证明你真的还是镇上人。"

那么，对于父母双亡漂泊在外的小李来说，他什么才算"真的还是"镇上人呢？连祖宅祖坟都不能当作证明，身份证和户口本上的号码恐怕就更做不了数。再对比一下小李刚才那番肺腑之言，居民们的态度就近乎故意为难人了。都说这地方的人性子刁蛮，又臭又硬，看来还真是不假。他们那种非我族类其心必异的心思，就连土生土长的乡邻也不放过。县领导和肖公等人对视一眼，两下摇头叹息，眼见是彻底泄了气了。

谁想小李却神色不变，不急不缓，不高不低地吐出一番话来："我在深圳没家。没有娶妻生子的地方都不叫家，我常年未娶，为的就是回来讨一位本乡姑娘，以后生了孩子留在镇上。老婆孩子在这里，我就算不得不在外面奔波，心里也是安生的。"

此言一出，全场的人都愣了。

"这是我回来时存着的私心，也是我娘的遗愿。"见没人搭话，小李自顾自地说了下去，口吻就近乎呓语了，"建厂成不成倒在其次，这件事却一定得办，因为对于我来说，那样才叫回家。"

6

乔薇在月色下等小李。以往她等他，琢磨的是小李会不会来，今天却踌躇于该不该再这么等下去了。

她已经知道了小李当众宣布回乡娶亲，并用这条消息挽救了濒临破裂的谈判。居民们虽然仍对建厂的事情有着疑虑，但内部早已不是铁板一块。外面什么千娇百媚的女人没有，他小李又早已腰缠万贯，干什么非巴巴儿地回老家找老婆呢？这就是不忘本，是思乡情切，同时也可以理解为他建厂造福家乡的诚意。本地人脾气虽然硬，但也懂得将心比心，人家已经真挚到了托付终身的地步，再步步紧逼，那就不仁义了。而一旦出现了分化，对于县镇两级干部来说就有机可乘了，他们抓紧时间主动出击，分头去做那几个意见领袖以及将来最有可能涉及拆迁问题的人家的工作，建厂的事情居然进入逐步推进的轨道了。

镇上人的心思却又被另一个悬念所吸引着，那就是小李回乡娶妻，要娶的是什么人了。男欢女爱说起来是小事，但却比经国大事更有文章，更耐人寻味，大家这些天一门心思和投资商斗，和政府斗，斗也斗累了，刚好闲下来看这出戏。

今天不是一百年前，谁家的姑娘都不能今天下帖子明天就上轿，总得有点儿感情基础。那么小李会不会已经有了目标，而那个女孩儿又是和他有着旧情的？有人立刻把注意力的焦点锁定在了乔薇身上。乔李两家住得近在咫尺，虽然过去家境地位悬殊，但是两个孩子可是从小玩儿到大的，说文雅点儿，是青梅竹马的关系。听关系近的人透露，乔薇和小李上大学的时候，就在省城被发现过卿卿我我地压马路呢，尽管乔校长一口否认他们在谈恋爱，可谁知道是不是掩人耳目？况且小李走后乔薇七年未嫁，这也是很能说明问题的。但是这个猜测很快又被另一些人推翻。持反对意见者的证据是小李回乡之后的表现。假如他现在还对乔薇有意，那么为什么从来没见他到乔家、到学校去找过她呢？唯一一次登门还是冲着恩师乔校长去的，而且并未看出对乔薇有过一丝一毫的热络。再说得恶毒一点，乔薇的岁数摆在那儿，转过年去就要三十了吧？一个清汤寡水的老姑娘了。而男人尤其是成功的男人找对象，哪个不挑嫩的？小李就算当初真和乔薇谈过恋爱，今天怕也不会把她往心上放了，而乔薇假如是为小李守了七年，那可真是傻透了。

　　是巧合也不是巧合，坚持把乔薇首先排除在候选名单以外的，大多数都是有女孩儿的人家，而且那些女孩儿正是如花似玉的好年纪。既然小李没有明确表示属意于谁，他们自然是有义务向他举荐的。不出三天，十里八乡有过保媒拉线经验的女人都被动员了起来，有些居然提前收了好几家的辛苦钱。一时间竟是"选妃"的阵势了。又有刻薄话说，这简直跟肉联厂收猪差不多，亮出告示标明价格，只等一只只肥猪自动上门过秤。当然，挑老婆和收猪还是有区别的，收猪多多益善，老婆再怎么有钱也只能娶一个；并且猪的肥瘦秤说了算，人却可以自己掂量斤两，省去自取其辱的尴尬。在相互之间的比较和估量中，那些条件差些的女孩儿便纷纷知难而退，剩下了几个格外出挑的，不是长得非常漂亮，就是号称琴棋书画样样精通，还有刚考上大学，可以为后代提供智力保障的。这里面最被看好的，就是镇长的侄女倪晓莉了，那姑娘才二十二，在镇里做出纳。她长得像省电视台的一个主持人，而且在广东那边上过几年会计学校，谈吐见识比乡下女孩儿洋气得多。最关键的当然还是门第上的优势了，自古官不离商，商不离官，小李娶了镇长的侄女，还怕陶瓷厂建不起来？镇长做了小李的叔丈人，还怕将来吃吃喝喝没地方报账去？

　　镇长最近的状态果然明显有了转变。以前他是夹在居民和投资商中间和稀泥，街坊四邻的意见还是要听的，现在却放出话来，要对故意阻碍建厂的刁民"该上手段就上手段"。他还常常没下班就坐上车往县里跑，在宾馆里和小李吃同席、牌同桌、浴同池，推心置腹得俨然是亲戚了。至于倪晓莉，也早就在镇长的安排下和小李单独见过面，还拿了见面礼呢，是一部三星手机和一条铂金项链。

　　这些事情在别人那里是花边新闻，乔薇听了却一阵眩晕。小李夜里偷偷潜回来和她见面，镇上至今没人发现，否则还不知道会传成什么样呢。

为了避人耳目，小李这两次也不开着车子进来了，而是把车停在镇子外的路口，再贴着墙根悄悄地溜进来，真像电影里那些男女幽会的情景一样。但一想"幽会"两个字，乔薇的迷惘中又渗出一丝冤屈来。一夜复一夜，他们到底干什么了？连手也没有碰一下。

小李到底是怎么一个打算，她被裹进他的事情里，又算是一个什么角色？乔薇咬了咬牙，决心问清楚。

天上一轮明月，月光泼洒在空地和青石板上像水银泻地一般。银光忽然被人搅动，小李轻手轻脚地坐在她身旁了。

"来多久了？"

"没来多久。"

"月亮够亮。"

"乡下空气好。"

"上大学的时候，有一次学生会组织去野营，记得也是这样的月亮。"

小李轻车熟路地进入了回忆，照例是他说她听。每当进入这个状态，乔薇都会沉浸在一种既舒缓又懵懂的心境里，仿佛目睹时间在眼前流过，而她置身于时间之外，是不受世事的羁绊的。这也是她任由小李用言语牵引着自己的原因，她知道有些话一旦说开，眼下的心境便会烟消云散了。乔薇同时还惊异于小李的记忆力为什么这么好，对于过去的事情，他追溯得条理清晰，许多细节她都忘了，他却一点一滴全都记得。

难道七年来，小李是在时时温习的吗？

然而既然人生有限，回忆也终归要抵达尽头。这天晚上，小李先用一多半时间讲述了他们在大学期间那场单纯温暖的恋爱，然后便说到了两人分手的事情。小李告诉乔薇，她父亲当初是和他谈过两人的事情的，并且不是别的时候，就是在小李母亲的葬礼上。好男儿志在四方，乔校长鼓励小李出去闯荡，并且直言不讳地告诉他，乔薇将来必然会去北京、去国外的，两人从此就不是一条路上的人了。这是命，小李得认。正是这样的刺激，才促使他大学都没上完就去深圳了吧，而那三千块钱的意味也就一语双关了，既是老师资助学生的盘缠，又是拆散一对情侣的"分手费"。

讲到这里，小李的口气却仍然是平静的、绵密的，好像当初事情发生时，他的心情也并未有过一丝一毫的激荡。这口气令乔薇感到残酷，同时惭愧也冷冰冰地蔓延上来，把近日来那一点活络的心思掐死了。小李的没有表态就是表态，他就是要用心平气和毫无倾向的讲述，让乔薇自己看清她们全家是多么势力、伪善，并且目光短浅。假如是这样，那么他的目的达到了，当他终于沉默下来，乔薇就无声地哭了。她的眼泪顺着脸颊汩汩而下，把从耳朵后面垂过来的一缕头发都打湿了，冰凉地贴在脸上。

"我对不起你。"乔薇说完这句，起身就走。

小李竟然飞快地捉住了她的手腕。这是七年多以来两人第一次皮肉接触，乔薇像被电打了一样。她更没有想到，小李随后便像影子一样贴了上来，附着在自己的躯干上，将她紧紧地抱住了。

乔薇只感到喘不过气来，心狂跳，同时听见小李的声音："我不是这个意思。"

"那你是什么意思？"

"我只是怕把过去都给忘了。"小李说，"我还怕自己变了一个人。"

也就是说，小李的意思是把"过去"和"现在"续上，他不想变成和她毫无关系的人？这个念头一闪，乔薇全身震颤。那是没有预料的狂喜和更加泛滥的惭愧冲撞的结果。

于是乔薇嘴里的话近乎胡言乱语："让我走。"

小李则更加用力地挤压着乔薇，他呼出的热气让她后颈那一块的皮肉发烫："你留下，我们还是……"

情急之下，乔薇抓起拢在自己胸前的小李的手，狠狠地咬了一口。小李痛得身体一僵，不由自主地松开她。她挣脱到两步开外的距离，满头大汗地蓦然转身，在月光下看去像被冷水浇了。等到喘息平静，她的姿态显得出奇的端庄，简直像油画里的少女一般冰清玉洁。

"我们还是什么？"乔薇问，眼角突然一弯。

在她似笑非笑的注视下，小李的眼里闪过一丝惶然，同时竟然也有一丝惭愧。他受尽磨难苦尽甘来衣锦还乡，他惭愧什么？乔薇忽然懂得了这份惭愧的意味，本想不说，但却忍不住，便像揭疮疤一样问了出来：

"在晚上，我们还是玩伴、同学、过去那种男女朋友——总之是分享记忆的人，对吗？"

小李点点头，喉结从下到上滚动了一圈。

"可到了白天，我还是我，你却是经理老板，是镇长没过门的侄女婿了。"

小李不置可否。

乔薇仿佛得意于自己变得伶牙俐齿："你看，小李，你早就变了一个人了。"

小李脸没有任何变化，但是两个肩膀却塌了下去，背在不知不觉间也佝偻了。肢体也是有表情的，它印证了乔薇的一语中的，也让小李那份被戳穿了的欲念一览无余。情势转变之快让乔薇心里一阵悸动，同时却使她感到了莫大的满足：无论是七年前还是七年后，她面对小李时都是处于优势地位的，她的一句话或者一个表态能够深刻地影响他的心情。只不过七年前是她亏心，七年后亏心的就是小李了，总之他们之间必须有一个要辜负另一个。更加令乔薇始料未及的，是她那份古怪的满足在一瞬间发酵，酝酿出了说不清道不明的复杂感受，那里面包括了自怨自艾、对小李的怜悯、放任自流的冲动和熊熊燃烧的渴求，最后又凝结为一种自我惩罚的决心。的确，乔薇是需要被报复和被惩罚的，只有如此，小李还乡这件事情才带有命中注定的公道色彩。他七年前就应该对乔薇始乱终弃，可惜耽误了，因此她必须在今天偿还给他。

小李已经插着兜，默默无声地向路灯昏暗的街道上走去了。这次轮到他没有料到，乔薇敏捷地跟上两步，胳膊勾住了他的胳膊。在月光下，她的声音也变得轻佻甚至放荡了。

"没看出我也变了一个人了吗？"乔薇凑近他的耳朵，"敢不敢带我回去？"

一路上再没言语。他们依傍着走出镇子，小李在路旁的废弃房屋后面取了车，开回县宾馆。那一夜自然是忙乱不堪的。小李在外面无疑经历过不少女人，然而面对乔薇，还得由她来纵容他甚至指导他。事情完了，他的一声叹息不知是心满意足还是怅然若失，而迷迷糊糊地闭了眼再睁眼，已经是第二天清晨了。稀薄的阳光从没来得及合紧的窗帘缝里透进来，乔薇看也没看身边的小李，她瞪着眼睛望着天花板，心里觉得踏实，好像一切尘埃落定。

外面的走廊里开始响起人声，是县里和镇里的接待人员等候客人去吃早餐。乔薇也翻起身来，不紧不慢地穿衣服。小李一把抓住她的腕子，而这一次便只有就事论事的意味了。

乔薇一甩手就挣脱了他，口气是例行公事："你说给我爸看病，那钱能不能快点拿出来？家里快撑不下去了。"

小李半张着嘴愣了几秒："我的现金都被占用了，建厂的事情投入太大。"

"答应人的事情可不能反悔。"

"我去肖公那里拆借一下……"

"给我个准话。"

"他跟我绑在一起，十几二十万总不至于驳我面子——也就五六天吧。"

"我等着。"

说话间，乔薇已经穿好了衣服，脸也不洗一把，只等着出门。小李是无论如何也不希望她被旁人看见的吧，而她既然等着用人家的钱，总得顾着人家的脸。他们像被堵在屋里的野鸳鸯一样凝息屏气，只等外面的人声散去。有人敲小李的门，小李回答还没睡醒，早餐就不吃了。又过了几分钟，肖公的港腔响起，被一群人簇拥着朝宾馆大堂走去。

乔薇立刻开门，一个猛子扎出门外，从走廊里的侧门进到贵宾楼前的小花园，然后再从那里兜出去。晨风裹着薄雾，给她的脸庞覆盖了一层熠熠闪烁的水光，她的脚步则越来越快，使她的耳边都响起风声了。此刻的乔薇艳如红莲疾如矢。

这天学校没课，她赶上了县城始发的早班车，径直回了家，进门正撞见母亲在厨房煮米粉。一夜没回家的事情自然逃不过去，乔薇却并不慌张，到桌旁给自己倒了杯水。母亲却也没说什么，按部就班地给楼上的乔校长送上一碗去，下来后和女儿相对而坐，吃早饭。文文静静地把米粉吃了，又侧耳听了听楼上乔校长渐渐响起的呻吟，母亲这才开腔："问他了？"

乔薇知道连坦白也是多此一举的了，母亲也许连她前些天溜出门做什么，都是心里有数的。屋里毕竟就三口人，还有一个躺在床上，剩下的两个谁瞒得过谁呀？

于是乔薇说："问了。"

"他怎么说？"

"十几二十万总有的，也就五六天吧。"

母亲默然点头，心里掐着指头："省着点用，也够看两年病了。"

乔薇接上话头："也就应个急吧，以后还得自己想办法。"

"这叫什么话？"母亲忽然激愤起来，迅速又压低了声音说，"你没再问他点儿别的？"

"问什么？"乔薇饶有兴致地平视母亲。

"你们的事呀……当初错过了又不是永远错过了，只要他心里还有你，别人想插也插不进来的……"

乔薇哼了一声，把碗放在桌上。她终于再也压抑不住心头那团恶意，冷笑着对母亲说，"三千块钱把我买回来，还附带二十万利息——赚得够多了，知足吧。"

这话说完，乔薇沉浸在一片释然之感中。她成功地转嫁了七年来如影随形有口难言的惭愧，并且认为那些过往终于可以翻过篇儿去了。该受辱的在劫难逃，该快乐的如愿以偿，多么公平的世道，简直是童叟无欺。从此以后，有一半儿乔薇就被埋在小李家老宅门前的青石板下了，另一半儿才好把日子继续过下去。她起身去刷碗的时候，只觉得脚步轻松了不少，好像灵魂的重量的确减轻了。

然而才过了两天，乔薇就发现自己想得太简单了。周末的两天她都没出门，窝在家里做饭看书，还心血来潮地翻出一本大学时用过的许国璋英语来，检阅曾经背过的那些复杂拗口的单词。周一早上，乔薇照常骑自行车前往学校，才推着车走进车棚，却看见袁兔兔正站在她惯常存车的地方东张西望。她还没想好是迎上去还是躲开，那孩子已经看见了她，龇着两颗大板牙气喘吁吁地跑过来。

"你又没写作业？"乔薇问他。

袁兔兔却一脸郑重，低声说："跟您说个事。"然后揪着乔薇的车把，把她引到车棚角落没人的地方。

乔薇隐隐有点不自在，刚想问到底什么事，袁兔兔仰着脸回过头来，就是一派亲昵地讨好了。他的嗓子仍然很低，童声被挤压得变形了，俨然是密谋者的口吻："我妈支持您。我也是。"

"支持我什么？"

"我小舅——呀。"袁兔兔说，"那个倪晓莉我第一个不喜欢，她心眼儿坏，爱拿竹签子扎小孩儿屁股，我小时候在她家墙外撒了泡尿，就被她扎过。她到县城买东西的时候，跟我妈也吵过架。我妈说她在广东的时候不正经，男朋友谈了一大把，还打过胎……"

乔薇登时烦乱起来，她不知道自己为什么会被人和倪晓莉扯到一起。随后她才反应过来，自己和小李的事情是被他姐姐知道了，而这意味着别人也会知道。

她的冷汗冒出来，忙不迭地打断袁兔兔："回去上你的课。"

袁兔兔则心照不宣地对她挤了挤眼，一溜烟地跑了。乔薇恍惚着锁了车，进了办公室，不由自主地留意起其他老师对她的反应来。那些人果然是带着异样的，或者当着面不看她背后却打量她，或者猛然打个哈哈后半句却不说了。一天也没人跟乔薇说一句完整的话。学校毕竟是斯文地方，众人只能把兴趣隐藏在观望中。

这天放了学，乔薇匆匆往家赶。还没回到镇上，就看见路口立着一车一人。车是一辆电动自行车，人正是镇长的侄女倪晓莉。因为年纪相差着几岁，又一个在学校一个在政府，所以乔薇和这女孩并不熟，只在印象里记得她打扮得很时髦，说起话来盛气凌人。而今天毫无疑问，倪晓莉是冲着自己来的。乔薇离着路口还有十来米远，就看见她吊稍着一对眉毛，眼里几乎要喷出火来，俨然立马横刀。

乔薇只觉得心慌，竟然下意识地拧了下车把，顺着一条岔出去的小道骑了过去。这就是落荒而逃的姿态了，倪晓莉立刻跨上车跟了上来。两人一前一后，在土路上颠簸着往大片的油菜地里追逐过去。正是油菜花将盛未盛之际，四周的原野里星星点点地闪耀着艳黄的光泽。乔薇毕竟是用两腿蹬着车，耐力不如倪晓莉的人电并用，再加上路面泥泞，过不了一会儿就支持不住了。她只好停下来，遥望着田地尽头的镇子。好在距离是够远了。

倪晓莉咣当一声把车甩在地上，迎风啐了一口，叉腰，开始骂人。不要脸、骚货、婊子、吃回头草的烂货。方才乔薇还不知道应该怎么面对她，而现在倒也有了点无所谓的劲头。反正姑娘家嘴再脏也不过如此，她怕的是倪晓莉心平气和地和她讲理。风里氤氲着浓郁的泥土味儿和若有若无的花香，乔薇就绷着腰板，面无表情地承受骚货和婊子的头衔。从倪晓莉前言不搭后语的谩骂中，她才知道正是那天早上出了纰漏。镇上的两个工作人员把肖公送到餐厅，又折回来找小李，刚好看见乔薇从他房间里快步出来。这事儿当天就在镇上传开了，恐怕就连乔薇的母亲也听说了，只有乔薇还在掩耳盗铃。镇长感到奇耻大辱，今天一早就去找小李严正交涉，倪晓莉则和叔叔兵分两路，专找乔薇算账。

"反正你别想得逞。"倪晓莉总算骂够了，说出一番就事论事的话来，"当年你嫌他穷不跟他，现在他阔了又臭不要脸地回来抢，如意算盘打得也太美了吧。可你也不掂量掂量自己有几斤几两，他要你有什么用？毁了我这桩亲，他的厂子还想不想在镇上开下去了？你犯贱，他可不会犯傻。"

最后再次总结道："所以你就是个让人白睡的烂货。"

倪晓莉说完又啐了一口，这才气哼哼地扶起车来走了。乔薇仍旧孑立着一动不动，只感到风从衣缝里灌进来，贴着皮肤游走，仿佛把自己剥光了。既然事情败露了出来，那么她认为刚才遭受的那番唾骂罪有应得，而她应该考虑的，恐怕还是以后的事。小李那边对镇长一家会是怎样一个表态，乔薇已经不想替他操心，反正结果早就是注定了的；活了快三十年，她居然这才真心实意地替自己打算起来，并且有了当家做主的感觉。刚才她望着田野尽头的镇子只觉得恐惧，感到那是一个充满了人言可畏的黑洞，会转瞬把自己吞没进去。而现在，镇子在她眼里忽然缥缈了，缥缈得像游子梦里的那个故乡的剪影。此刻的乔薇，忽然体会到了当初小李远走时的心情。

7

广州的天空是支离破碎的。立交桥从半新的楼宇之间伸展出来，相互交会又旋即分叉，站在地面上抬头望去，让人分辨不出玻璃水泥和白云烈日哪一个更高远些。好处是下雨天几乎不用带伞，绕过几根支撑立交桥的水泥柱子，乔薇就可以从学校走回住处了。

她来到这里的时候，根本没想到自己能够住得长久。刚开始是在一家小公司当文员，粤语完全听不懂，普通话也带着一股塑料味儿，因此总被本地的同事笑话。后来却被老板发现她的英语是个长项，和外国客户洽谈，全公司只有她能够自如地交流。于是转作了翻译，过一阵子又提拔成海外部的副经理，工资涨了，住处也从集体宿舍换成了自己租的小两居。两年之后赶上欧美金融危机，加工生意越来越不好做，老板索性把公司盘出去，全家移民到了加拿大。走之前老板娘念着乔薇给她儿子做过家教的好处，专门将她介绍到一所少儿英语学校当老师。又干起了在家乡时的老本行，钱却挣得不在一个档次上，城里的孩子也比乡下的好管得多，从此一晃又是两年。这时的乔薇已经习惯于把陌生人一律称为"靓仔"或"靓女"，嘴里寡淡的时候不再跑出去买"老干妈"辣酱而是到烧腊店切半斤叉烧，也热衷于周末到白云山公园去看红嘴鸥和杂交的孔雀。她爱上了看港版杂志，第一时间知道了梁朝伟和刘嘉玲终成眷属以及霍启刚总算娶了郭晶晶。她心里像电视剧里的知心大姐一样感叹道：人呐，风风雨雨走过来真不容易。

当初她从中心小学辞职的第二天，就到县里买了张票挤上了火车。没几天，小李和倪晓莉的订婚仪式在县宾馆里举行，又过了不到一个月，建厂租地的事情总算定了下来，镇长和他没过门的侄女婿签了合同。

小李许诺给乔校长医药费果然兑现，总共二十万。乔校长的身体每况愈下，简直像是按照存折上的数字去活一样，一年多以后钱花完了，他也适时地咽了气。葬礼办得很清淡，乔薇在灵堂里长跪了半日，几乎不与人说话，事情一结束就悄然离开。母亲在家里独居也没有意思，索性到广州来投奔乔薇。不免又聊起镇上的事，小李的陶瓷厂居然一直没有开工建设，他人也几乎不在镇上露面了，而是带着倪晓莉长住在深圳。那个共同投资的肖公更是不见踪影。镇上的人慌了神，几次三番派人去深圳，催投资方履行协议，小李他们却表示租地和建厂是两码事，地先租下来，厂子什么时候建就不是当地政府能过问的了。镇里这才发觉订合同的时候出了疏忽，却又不知道对方葫芦里卖的是什么药。哪有把地占下来什么都不做的？每年的地租却都一分不少地按时汇过来，难道投资方存心拿这钱打水漂玩吗？镇长打着去看侄女的名义又去了两趟深圳，却只在一套公寓里见到了成天窝在沙发里看电视的倪晓莉，小李在哪儿连她也不知道。

再往后，乔薇给了母亲一些钱，盘下了少儿英语学校对面的一个小卖部。母亲白天出摊晚上去街心公园跳集体舞，老了老了却把自己改造成了一个广州人。两人相依为命，谁也没再提议回去看看。反正家里已经没有亲人，剩下的只有供邻居嚼舌头根子的陈年丑事。从此竟然和家乡彻底断了音信。母亲结识了不少牌桌上的朋友，眼下忙活的是给乔薇介绍对象，她一再强调乔薇已经三十三了。

这个周末又逼她去见一个萝岗区的中学老师，那人四十出头了，离婚还有个孩子，优点是在城里有套房子。乔薇在一家茶餐厅和男人见了面，彼此兴趣都不大，便说家里有事，起身告辞。刚走出来，经过餐厅开向街面的落地窗，她猛然在挂满烧鹅乳猪的明档旁看见了一个人。那女人穿一件浓艳的丝绸衬衫，头发烫得像某种名贵的犬类，吊稍眼上插着两排坚挺的假睫毛，但仍能认出是倪晓莉。倪晓莉夹着一支香烟，正跟桌对面的一个男人高声谈笑。那么他是小李吗？乔薇不自觉地挪了两步，让男人的脸从半扇乳猪的遮挡下露出来，看到的却是一张不遑多让的油光肥腻的脸，头顶半秃，岁数比小李大了十来岁。而就在她吁了口气的同时，倪晓莉却也看见了她，一把抓起坤包，欢呼雀跃地奔出来。

他乡遇故人，乔薇还在尴尬，倪晓莉却表现出十二分的热络，仿佛当年那一场破口大骂根本没发生过。她问乔薇现在在广州"发展"吗？乔薇说在这里上班。她又扫了眼乔薇的衣着，说你还在当老师？乔薇说还算是吧。倪晓莉就啧啧几声，说你真行，在哪里都是教育工作者。

然后倪晓莉一拍脑袋，硬要请乔薇去做美容。乔薇自然说算了吧，倪晓莉却一把拽住她的胳膊："我有卡。"

乔薇指指茶餐厅的落地窗："那么那位……"

"让老王八蛋自己玩儿去，谁有工夫陪他扯淡。"倪晓莉干脆地说。

两人躺在美容床上，脸上敷满了加勒比海底下挖出来的泥巴，乔薇总算渐渐适应了倪晓莉那种没心没肺的、傻大姐般的待人方式。她想，以前怎么没发现，这姑娘其实还挺可爱的。她还想，自己如果也是那种笑能笑得歇斯底里骂能骂得狗血淋头的性格，日子会过得快活得多吧。倪晓莉问完乔薇的现状，就开始喋喋不休地介绍自己。她说她现在也出来"创业"了，深圳广州两头跑。公司暂时还没开，暂时挂靠在别人手底下，但是靠着朋友多，不少"大佬"格外照顾她，生意也作做成了几单。比如美容院用的这种海底泥，就是她推广的产品之一。

乔薇却诧异倪晓莉还用自己挣钱花："你何必出来受这种辛苦。"

"否则吃谁的去呀。"

"小李不是……"乔薇说了半句，自己先停住了。

"那个王八蛋就别提了。"倪晓莉脸上的淤泥旋开一个大大的孔穴，随即往里塞进去一支烟，"他算是把我给祸害惨了。什么他妈的在外面发了财回来投资造福家乡？鬼扯……结婚以后我才知道，这家伙混了七八年，不光钱没挣到，还欠了一屁股的债，在深圳让人追得东躲西藏的，每年得搬好几次家，还有人放出话来要把他砍了扔到海里去呢。我叔叔他们也是蠢货，居然信了他那些天花乱坠的屁话，后来又托了好多人才弄清楚，原来建陶瓷厂都是假的，那些人是挖了个坑专等着镇政府往里跳呢。主谋正是那个姓肖的香港老家伙——其实也就是买了个香港身份，最早是惠州的农民——小李欠着他的钱，他就逼着小李出头，让他回老家疏通关系，先骗镇里的干部，再骗镇上的老百姓，帮他用便宜得要命的价格把地拿下来……当然啦，小李这种小混混也就是在低层次里糊弄一下，要想搞定这件事情，归根结底还得靠老肖去走上层路线，给那些当官的真金白银的好处。老肖给小李把债务免了，好像此外还给了他二十万块钱的辛苦费，不过这钱我根本没见到，估计是拿到别处填亏空了。就为了这点好处，他还真卖力气，在台上对着百十号人又是忆苦思甜又是诅咒发誓的，连回老家娶媳妇这种噱头都编得出来。我后来就对他说，你可真是他妈的影帝啊，把镇上的土包子要得团团转，还把镇长的侄女给哄上了床。然而娶回来也得养啊，把我往深圳的出租屋里一扔，他就又跑出去躲债了，刚开始听说去上海了，后来又有人说他去了越南……总之是人影都不见了。这让我怎么办？家也没脸回，出去做鸡吗？幸亏我自己脑袋灵，没有他也饿不死，不就是北方人说的空手套白狼吗，他会我也会……"

"他根本就没打算回去办厂吗……"乔薇恍惚着重复问道。

"没跟你说他没钱吗，没钱办个屁厂。那事情从一开始就是骗人的。"倪晓莉恶狠狠地答道，说出"屁"字的时候气势很足，嘴唇之间如同爆破，把嘴角的海底泥都捎带着崩出去两滴。接着她又告诉乔薇，事情到这一步并不算完，再往下还有更让人瞠目结舌的进展呢，而这就是从来不和镇上联系的乔薇所不知道的了。大概两年前，本来已经陷入停顿的建厂事宜终于重新启动，但执行的却不是原班人马，而是一个说话更像鸟叫的福建人，姓肖的把地转包给了他。福建人办的却是染料厂，一打听才知道属于重污染企业，在沿海已经就被勒令关停了的。镇上的人当然不干，又闹起来，可是人家拿着白纸黑字的合同，扬言打官司也不怕，又说不建厂也行，镇政府得赔给他一笔天文数字的巨款。商人从来就和官员有勾连，县里处理起这事的时候，也完全站在福建人一边，态度也比当初那次强硬得多，要求镇里这次无论如何要配合资方把厂子办起来，"抓住腾飞机遇"。下狠手拘留了几个闹得最凶的领头人物后，染料厂的一期工程便仓促完工了，刚一投产，本地人立刻发现了环境的变化：河面上漂浮着五颜六色闪闪发亮的油彩，河水臭气熏天，鱼虾死了个干净，连人也不敢在河边逗留；再往后，村里的老人孩子纷纷得了怪病，胳膊腿上长满了大包，一抓就鲜血淋漓。小国寡民了几百年的故园，转眼间就变成了有毒的臭水坑。而染料厂的建设计划还没有停，一期上马后又紧锣密鼓地筹建二期、三期工程……镇上有点头脑的人这才醒过了味儿，原来老肖那伙人干的就是这种营生，他们打着动听的幌子拿下土地，然后包给那些肯出高价的重污染企业，一转手就是几千万。但相比于恨老肖，人们更恨的还是小李。老肖是外人，小李却是帮着外人坑害自己的家乡人，这是什么品性？比狗还不如了。如今大家路过小李家那修葺了一半的老宅，人人都要狠狠地啐上一口咒骂几句，简直如同在岳王庙门前见到了秦桧的铜像……

"连我也给捎带上了，我一回去就有人隔着院墙往窗户上扔砖头。他们还传我也拿了多少多少钱，其实冤枉啊。现在镇上稍微有点办法的人都在想尽办法往外跑，反正事情已经这样了，到哪儿都比守着那家厂子等死强……我也懒得再跟那些人辩解了，只想着能多挣点钱，赶紧把我爹妈接到深圳去……"躺在美容床上，倪晓莉越讲越出神，到这时已经像喃喃地说着梦话。但她又像想起来什么似的，扭过头来盯着乔薇："当初你在小李身上也是没少下功夫吧，对不对？"

乔薇不知道该怎么回答才好。

倪晓莉的一张泥脸下，却浮现出诡异的苦笑来："我还担心他被你抢走了呢，你们是初恋情人嘛……"

那四个字听得乔薇魂飞魄散。她默默无声地直视着倪晓莉，眼神却散焦了，缥缈了，仿佛穿越了千山万水和荏苒光阴，回到了多年以前小李还是原来那个小李的时候。小李和她在屋前玩耍，小李陪她从学校走回家，小李在月夜里背井离乡。那些场景历历在目，一草一木都还清清楚楚，可是小李那个人的脸庞，乔薇已经不记得是什么样子了。

县城里的友谊

　　上午十一点多了，耿老金才从床上坐起来。他穿上裤子，从床底下拽出两个竹筐来。自行车就停在床边，他用一只生锈的铁钩子把竹筐挂到后座上，然后推开门，把自行车抬到门外面去。

　　木板街上的太阳已经很亮了，照得寿衣店门口的几串纸钱像玉兰花一样白。耿老金被晃得翻了翻白眼，搬起一条腿跨到车上，放了一个屁，就势骑起来。他一边骑，一边懒洋洋地喊：

　　"酒瓶子、旧报纸、破衣服换钱——"

　　才走了半条街，忽然有人喊他："耿老金，你他娘的还没死啊？"

　　耿老金先响亮地吐了一口唾沫说："你他娘的才要死。"然后右脚才踢到一只门墩上，看见曹秃子站在麻将馆的门口，夹着一支香烟笑嘻嘻地说："你现在才出门，我还真是担心你睡着觉就咽气啦。"

　　耿老金说："你知道个屁，我是为了省一顿饭。"

　　曹秃子继续笑嘻嘻："还他娘的省呢，你数数，你还剩几顿饭可吃？"

　　耿老金也笑了，但是他说："我跟你娘都商量好啦，我们好歹也得给你添个弟才能死。把她交给你这个不孝子，我不放心啊。"

　　两个人你一句我一句地骂着，来到街东头邮递员陈春明家开的小饭铺吃午饭。耿老金坐到门外的桌子上，用筷子戳着桌面，对陈春明的老婆蔡小芬说："一碗麦虾，一盘豆腐丝。"

蔡小芬是个长着一对霸道胸部的女人，她咧着嘴说："麦虾两块五，豆腐丝一块。"说完从锅里盛出一碗麦虾，撂到桌上。耿老金凑近碗口看了看，忽然叫起来："你们家的麦虾是越来越少啦。"

蔡小芬说："怎么少啦？从来都是这么多。"

耿老金把碗举到蔡小芬的胸前说："你比比，你比比，原来的碗和你的一只奶子一样大，现在呢？小了快一寸啦。咱们低头不见抬头见的，这样又何必呢？对了，你干脆用奶罩盛麦虾算了吧，那绝对足斤足两。"

曹秃子说："你真是老花眼啦，蔡小芬什么时候戴过胸罩啊？"

耿老金诧异地说："怪啦，你怎么知道的？"

蔡小芬一边说："怎么嘴像狗屁眼一样臭。"一边舀起一勺面汤，朝他们脚下泼过去。两个人早已经跳开，耿老金摇着头说："可惜啦，可惜啦，这么一对大奶子，嫁给了一条瘸腿。"

曹秃子说："陈春明的妈不是蔡小芬她妈的妹妹吗。"

蔡小芬哼了一声，刚要说话，忽然听到里屋传出摔摔打打的声音，她赶紧扭到屋里去了。耿老金追着她说："我的豆腐丝还没有来呢。"里面传出来窸窣的响声，还有一个女人拖长嗓子唱歌的声音，但是没有人理他。他就到凉菜柜子前转了一圈，忽然扯着脖子问："哎呀，猪头肉怎么卖？"

蔡小芬马上吼道："你他娘的要是敢动猪头肉，我就把你的嘴缝上。"

但是蔡小芬还没有跑出来，她的女儿陈艳已经甩着两只手跑到外面，她歪着脑袋，嘴角上挂着唾沫，好像唱歌一样喋喋不休地说："麦虾两块五，馄饨一块，油饼五毛，豆腐丝一块，花生米一块五，凉粉一块五，猪头肉三块，口条三块，花生米一块五——"

耿老金摇摇手说："别唱啦，我他娘的哪吃得了那么多东西。"

陈艳还在说，同时脖子一伸一伸的："啤酒两块，二锅头两块五——"

蔡小芬这时候追到门口，看见一群人正在围着陈艳笑嘻嘻地围观。耿老金咧开嘴，忽然有一股白花花的液体从他门牙中间那个巨大的洞里呲出来，正好落到一盘格外肥的猪头肉里。蔡小芬后悔莫及地跳起来，向耿老金冲过去："耿老金，你也太欺负人啦。"

耿老金说："谁看见啦？谁看见我吐啦？"曹秃子他们哈哈大笑地说："没看见，没看见。"于是耿老金端起那盘肉说："算啦，有人糟蹋了一盘肉。反正也卖不出去了，我也不嫌它脏，白给我好了。我今天就不吃豆腐丝啦。"

蔡小芬一下子坐到凳子上，恨恨地说："耿老金，你趁着陈春明不在欺负我一个女人有什么本事，你就吃吧，你吃完了拉不出屎来活活憋死。"

这时候陈艳还在不停地说，不断地点着头，已经把菜谱背到第二遍了。耿老金一边往嘴里塞猪头肉，一边对曹秃子说："你看，你看，蔡小芬的女儿有一个地方和她娘很像，你知道是哪里？"

曹秃子说："奶子呗。你他娘的还能看哪里？"

耿老金说："对啦，她们母女两个都是一边说话，奶子一边颤来颤去。"

曹秃子说："蔡小芬可惜，她女儿也可惜，长了那么好的一对奶子，可是一看就是兄妹俩生下来的孩子。"

这时候蔡小芬终于哭了起来，她在凳子上哈着腰，拍着大腿说："你们欺负人没个够啊，我要是个男人，就跟你们拼啦。"

耿老金看到她真的哭了，搔搔脑袋说："好啦，好啦，不就是一盘猪头肉嘛，我不是白吃，算我赊账好啦。"他一边去推自行车一边说，"等我儿子回来，让他还你的钱。"

耿老金从饭铺出来，到附近的几条街上一圈一圈地溜着。今天的收成不太好，快到中午的时候，他只捡到了十来个塑料袋和三个酒瓶子，还有从旅馆二楼吹下来的一件破背心。看来又得骑上五里路，到临海城外的垃圾场去一趟。耿老金的自行车和他一起叹着气，一歪一扭地穿过两条街，往南骑过去。一会儿来到了县文化馆，录像厅里面放着武打电影，一个香港女侠在和几个男人搏斗，他们的声音从大喇叭里吼叫出来。耿老金侧着耳朵说："妈呀，谁家的床上有这么大的声音。"

但是他马上眼睛一亮，跳下地，把自行车靠在文化馆的铁门上。原来这里摆出了几张露天的台球案子，一伙穿着肥大西裤的年轻人正在骂骂咧咧地打球，球案的脚下站着那么多的啤酒瓶子。一二三四五，耿老金数了数，足足有二三十个，真他娘的能喝，他们要是撒起尿来，简直能冲塌一堵墙。这样就不用去刨垃圾场了。耿老金跑到年轻人中间说：

"啤酒瓶子卖不卖？"

可是喇叭的声音太大了，没有人听见他说话。他扯着嗓子又喊了一声，但在呵哈呵哈的吼叫声里，就像一只苍蝇一样。耿老金第三次喊的时候，几乎跳了起来，却又在半空中捂住了自己的嘴。他自言自语说："别喊啦，没人看见我吧？"

他朝周围看了几眼，年轻人们都在注意台球，比赛进行得很激烈。耿老金偷偷弯下腰，爬到他们脚下，抱起三个啤酒瓶子，又忙不迭地爬了出去。他把瓶子放进竹筐，再爬进去。他在人腿的森林里进出了几个来回，竹筐里的翡翠越码越高。但是在他第七次爬出来的时候，忽然背上一沉，回过头来，一个光着膀子的小伙子一脚踩在他的背上，几个人把他围在中间。

"你们看看呀，有一只老王八正在偷酒喝。"

还有一个人低下来，摸摸他的脑袋说："你他娘的倒挺机灵。"

另两个人已经走到自行车旁边，一五一十地数了一遍，向这边汇报说："一共二十一个。"

踩着他的小伙子用脚踩了踩他说："再加上你手里的三个，一共是二十四个，你他娘的一共偷了二十四个啤酒瓶子。"

耿老金盘算了一下说："不对，应该是十八个，我本来有六个。"

"是吗，"那个小伙子说着，一个一个地问他的同伴，"你喝了几个？三个。你呢？两个。现在是五个了，你呢？"

耿老金在地上叫起来："别数啦，我想起来啦，二十一个。我只有三个。"他想站起来，但是对方没有松脚的意思。他只能撅着屁股拿出钱来，数了十块零五毛钱，递上去。谁想到上面一只手打下来："谁他娘的说我们要卖啦。我们不卖。"那只手拿起一个啤酒瓶子，哗啦一声砸到墙上，"我们要听响。"

耿老金伸着脖子喊道："别摔啦，别摔啦，五毛钱没有啦。一块钱没有啦。"

又是一声响："一块五。"

忽然又有一个声音也说："别摔啦，哪儿有这么糟蹋东西的。这样好啦，你不是喜欢爬吗？那你就爬吧。围着桌子爬一圈，就拿走一个瓶子，计件工资。"

耿老金低着头，咬咬牙说："你们也他娘的太欺负人了。我儿子可是耿德裕。"

年轻人们互相哈哈大笑起来："耿德裕？就是你生出了耿德裕？"

耿老金说："对啦。"

他们说："既然你生出了耿德裕，那就更得爬啦。你听好，现在你不是为自己爬，而是在替耿德裕爬。"

耿老金还没有动弹，肋骨上早挨了两脚，不由得爬了起来。他爬了几步想要逃走，但是每次抬起，都看见一个松松垮垮的裤裆。年轻人们向他屁股上、肋上、肩膀上踢着，其中一个警告他说："不要再提耿德裕啊，否则我就要骑着你爬。"

同时告诫自己的伙伴："你们看看啊，当年耿德裕多风光，谁多看他一眼，就要被他捅上一刀，你有没有被捅过？你有没有？我当然没有，我他娘的早就想捅了他啦。不过现在看来，做人还是不要太出风头啊，想想自己的爹吧。"耿老金的脑袋又被摸了两下，"儿子不积德，老子当王八呀。"

耿老金低着头，一圈一圈地爬着，太阳照在他的脖子上，好像照在一排荒芜的田埂上。过不了多会儿，他爬得越来越慢，两条胳膊直打晃，汗水顺着脸下来，眼泪直接落到地上。他小声地、呜呜地哭着，脑袋也在发晕，有几次脸都蹭到地上了，但是还不敢停下来。路上过的人们奇怪地看着他，但是看到那几个浑身刀疤的年轻人，又赶快走开了。而那几个年轻人却早不注意他了，他们又开始为了台球你一句我一句地骂起来，迷迷糊糊之中，耿老金认为每一句都是在骂自己。这样直到每个人的影子都变成了一个小圆圈，才有一个人忽然叫起来："妈呀，他还在爬呢。"

另一个人说："他是不是觉得这个工作不错啊，想要把我们这一年的啤酒瓶子都爬下来？"

一根台球杆子捅捅耿老金："你一共爬了多少圈啦？"耿老金抬起头来，他们看见了一张汗水、眼泪和泥土杂拌在一起的脸，他像狗一样呼噜呼噜的，也不知道在说什么。

"既然你也说不出来，那我们也没法给你多退少补了。这样吧，"一个人蹲下来，向台球桌底下把手一挥，"我们又喝了七八个，加上以前的那些，都是你的啦。"

耿老金靠在台球桌腿儿上，谁也不顾地呜呜哭着。等到打台球的那些人都走远了，一个看球桌的十五六岁的孩子才跑过来对他说："你快找个凉快的地方哭吧，再这么坐着就要中暑啦。"

耿老金听话地爬起来，把地上的啤酒瓶子一个一个地捡到竹筐里去。手和脚好像都不是自己的了，尤其是手心和膝盖，像被煤球烫过一样。但是啤酒瓶子一共有二十八个，全都没有花钱，耿老金数了两遍，觉得胸膛里舒服了一些。可当他低下头，看见裤子上的两个大洞时，马上又流出眼泪来，咬牙切齿地说：

"你们等着吧，我儿子一回来，我让你们一个一个地爬过来。"

他刚要推自行车，马上又停住，捡起一块石头在文化馆的墙上画了一个三角，对那个小伙计说："我得记住这个地方，别等到我儿子回来就忘了。"

说完跨上车，可是小伙计却跑过来，拉住他的车把。耿老金说："干什么？"

小伙计一只手遮着太阳，懒洋洋地说："给钱吧。"

耿老金说："给谁钱？给你钱？你今天早上吃屎啦？"

小伙计拖着长音说："对啦，吃屎了行吧？不过也没办法，这些啤酒是他们在我们这儿喝的，喝完了啤酒瓶子也是我们的了。你是收破烂的吧？你要拿走，那就得给钱。五毛钱一个，二十八个，十四块钱。"

耿老金说："行，行，二十八个。"却忽然一把推开对方，蹬上车子就跑，但还没骑起来，马上又被拉住了。小伙计扑上来，一把掐着耿老金的喉咙，一边揉着胸口说："没给钱就想跑？你别以为我好欺负。"

他虽然瘦得像柴鸡一样，耿老金还是被扼得喘不过气来，连连往外吐唾沫。最后他只能从兜里掏出十块钱来说："就这么多啦，要不你就掐死我算啦。"

小伙计抓过钱，边走边说："你的命可真够贱的，就值四块钱。"

耿老金的眼泪又涌出来，他一边喋喋不休地骂人，一边又跳下车，用碎砖头在那个大三角旁边画了一个小三角："我也记住你了，等我儿子回来你也跑不掉。"

小伙计头也不回地挥挥手："我知道，你儿子就是那个抢了人家钱，又把人家奸杀了的耿德裕吧？那个女人我还见过呢，就是大肥腿陈爱芝对吧？你记着吧，反正谁知道你儿子现在是死是活，就是活着，他敢回来才怪。"

他把耿老金甩在身后很远了，还在自言自语地说："抢劫就抢劫，还强他妈的什么奸啊？"

耿老金回到家里洗了把脸，把身上的泥土拍干净，才感到不止是手和膝盖，全身都像涨潮一样一阵一阵地疼。他仰倒在床上哼哼了一会儿，就睡着了，再睁开眼的时候，天都快黑了。他打着哈欠，眼泪汪汪地说："我怎么这么能睡，是不是真的要死了？"

他慢慢地出了门，往陈春明家的饭铺走过去。这个时候饭铺外面没有两个人，陈艳正坐在门框上睡觉。耿老金坐到中午坐的凳子上，有气无力地用筷子戳着桌面说："一碗麦虾，多放点醋。"

蔡小芬翻着白眼，根本不说话，捞了一碗麦虾摔到他面前。耿老金也不抬头，竖起筷子吃起来。

他正吃着，曹秃子也来了，他第一句话就是："耿老金，你的裤子怎么啦？"

耿老金说："我摔了一跤。"

曹秃子说："啊呀，那就坏啦，你只有一条裤子呀。"

耿老金打起精神说："我虽然只有一条裤子，可是还有两条裤腿可以让我脱下来，一条是你娘的，一条是你老婆的，只管脱，不管穿。"

曹秃子哈哈一笑，对蔡小芬说："来一碗酸菜粉，让你闺女送到我那儿去。"又转头对耿老金说："我听说今天在文化馆有一只乌龟绕着桌子爬，爬了一下午，你看见没有？"

耿老金气闷了一下，说："没看见。"

曹秃子哈哈大笑起来："那里又没有镜子，你当然看不见自己。"耿老金把头埋到碗口，曹秃子又拍着他的肩膀说："今天晚上来不来？"

"去，去。"他头也不抬地说，"反正我也睡够了。"

曹秃子走了以后，耿老金继续吃着饭，他越吃越觉得闷，就叫："蔡小芬，蔡小芬。"

蔡小芬还是不搭理他，自顾把酸菜粉盛好，踢踢陈艳的脚，她女儿猛然抬起头来说："麦虾一块，猪头肉三块。"

蔡小芬说："酸菜粉两块对吧？送到麻将馆去，把钱带回来。"

耿老金说："你女儿都认识票子啦？"

蔡小芬还不说话，耿老金又说："都是街坊，咱们记什么仇啊。"

他还是听不到蔡小芬答话，但是又好像听到她正在小声地骂人，忽然感到愤愤不平了。这个时候陈艳正端着碗，一摇一晃地往街对面走，耿老金就伸出腿，朝她脚上踢过去。陈艳一个趔趄，汤撒出来很多，但是她又不敢松手，就站在原地大哭起来。蔡小芬拿着一条毛巾来给擦干净，回过头来已经看见凉菜柜上的猪头肉里多了一摊白色的东西，耿老金歪着头，阴险地笑着。

蔡小芬一个箭步冲过去，把那盘猪头肉往地上一摔，吼叫了出来："这次我就是喂狗吃，也不喂你吃。"

而耿老金的嗓子眼里嘿嘿笑着，把桌子上垫的废报纸拿起来，弯下腰去一块一块地往里捡那些肥肉，嘴里还说：

"一样，一样，我回家去洗一洗，照样吃。你既然扔了，就不能管我要钱了啊。"

他这个时候才恢复了洋洋得意的样子，但是屁股上马上挨了一脚，失去了平衡，仰面朝天地滚到地上。蔡小芬真是一个强壮的女人，她一下子坐到耿老金的肚子上，为他挤出了一串虚弱的蔫屁，然后用她皮肉乱颤的胳膊卡住他的脖子，歇斯底里地说："我叫你吃，我叫你吃。"

耿老金咳嗽着，看着蔡小芬那对巨大的乳房就在他的鼻子上相互乱撞着，几乎要把自己想象成一个呛奶的婴儿。但是他刚一张开嘴，蔡小芬就把一把裹着泥土的猪头肉塞到他的嘴里，塞了一把，又是一把，耿老金一边咳嗽着，一边被迫咽着，刚开始还能尝到肉味，后来就只有泥土了。他摇晃着头，口水和泥土一起从嘴角流出来，流到耳朵里，而蔡小芬还在重复着："我叫你吃，我叫你吃。"

耿老金想，坏啦，这娘儿们真是要把我整死啦。他刚想要叫出来，忽然听到一个人喊道："干吗？"

蔡小芬这才回头，看见陈春明背着邮包站在身后，一肩高，一肩低，好像很雄壮。耿老金趁势从她的裤裆底下爬出来，蹲在地上一边干呕着，一边用手指头抠着油汪汪的耳朵。

蔡小芬看见她丈夫，才哭起来。她响亮地擤着鼻涕，震得耿老金的脑袋里嗡嗡响，她说："陈春明，我还没当寡妇呢对吧？可他就这么欺负我。他明里是欺负我，实际是欺负你。这件事你要是不管，你就是个耿老金的孙子。"

耿老金也爬起来说："陈春明，你喂不饱你家的狗，也不能放它出来咬人对吧？刚才你也看见了，是你们家蔡小芬把我按到地上，又不是我在按她，她要流氓也该找对人啊，我都六十八啦。"他说着说着，好像心里的委屈也被蔡小芬的眼泪激活了，脖子上的筋就一抽一抽的，也要哭起来。

这时候蔡小芬抄起一个盘子，就砸到耿老金的脑门上。耿老金像站在大风里一样，挥舞着两只手往后退了几步，才去摸脑袋，一摸就摸到了一把血，于是他马上坐到地上，还没有说话，就看见蔡小芬插着腰，居高临下地说："耿老金，你他娘的听好了，自己家出了什么事，就别厚着脸皮说别人啦。去年八月份，你儿子才抢了人家的钱，又把人家强奸了，强完奸还把人家给掐死了对吧？你儿子才是强奸犯。你记住了，你们父子俩都是他娘的畜生，你说说，你还活个什么劲？"

耿老金瞪圆了眼睛听她说着，忽然像小孩一样号啕大哭起来，唾沫和油拌着泥土重新流出来，这一次是在他皱皱巴巴的胸脯上慢慢蠕动。他的两排牙齿发出咯吱咯吱的声音，恶狠狠地对蔡小芬说："你他娘的记着，等我儿子回来，我让他收拾你。"他说着爬起来，用碎瓷片在饭铺的墙上画了一个巨大的三角。

这次蔡小芬还没有跳起来，胳膊却被拉住了。陈春明拽着老婆，对她说："算啦。"

蔡小芬说："你说什么？"

陈春明抓住她的肩头说："算啦。"

蔡小芬在他的胳膊里跳了起来，对着他的鼻子说："你还真怕他儿子回来？陈春明，你他娘的到底是不是男人？"

陈春明的指甲猛地掐到蔡小芬的肉里，硬把她往屋里面拽过去。蔡小芬像奶牛一样乱踢着，但还是被他一步高一步低地拽进去。耿老金又在外面骂了几句，就呜呜地哭着走了，远远地还能听见他对围着看的人吼叫："连你们也收拾。"

陈春明到屋里刚一松劲，蔡小芬就甩开他的手，但她还没说话，陈春明就对蔡小芬说："抓住啦！"

蔡小芬说："什么抓住了？"

陈春明说："就是耿德裕，耿老金的儿子，在广东给抓住啦。"

蔡小芬张了一会儿嘴才说："真的？"

陈春明从包里拿出一张法院的通知单，指着上面耿老金的名字说："还能有假？"

蔡小芬没有说话，拿起扫把出门去扫地上的碎瓷片，看看墙上那个大三角，也没有擦掉它。陈春明出来对她说："一会儿我给他送过去。"

耿老金走到没人的地方，发现自己还在大声地哭，就摇摇头说："我怎么一哭就收不住了。"他回到家里坐了一会儿，还是决定到麻将馆去。这天晚上他的手气很不好，每摸一张牌都要骂一句。他对对家的曹秃子说："真他娘的不该来，今天我倒霉啊，光挨打就挨了两次。"

打到半夜，曹秃子站起来，看着可怜巴巴的耿老金说："好啦，我看你的钱也差不多啦，算账吧。"

他说着，到门口的桌子上拿出一个计算器来，按了半天，对耿老金说："你今天输了七十七块钱。"

耿老金一听，立刻像公鸡一样叫起来说："不可能，我们玩的不是五毛钱算起的吗？"

曹秃子笑嘻嘻地说："今天我们这儿改规矩啦，两块钱算起。"他指指墙上贴的纸条，"看见没有？"

耿老金说："你他娘的干什么不告诉我？"

曹秃子说："你自己没长眼啊？不管啦，牌桌上面没朋友，我可不管你倒不倒霉，我开这个生意就是要靠它吃饭呢。你肯定没带够钱吧？没关系，"他朝门口招招手，走出来两个十七八岁的小伙子，"我们到你家里去取。"

耿老金被他们跟着走回家，从床铺底下拿出一沓钱，数出七十块来给他们。曹秃子说："还有七块呢？"

耿老金说："你可怜可怜我吧，把零头去了吧。"

曹秃子说："行，行，给你打个折。你到寿衣店里去转转吧，棺材是买不起啦，不过你还可以自己给自己买点纸钱。"

他们走了以后，耿老金躺在床上睡也睡不着，他觉得今天太倒霉了，好像一块石头卡在喉咙里。他又爬起来，开门出去，正好碰见陈春明。陈春明说："老金，我刚才还去麻将馆找你呢。"

耿老金横着脖子说："干吗？你是不是又想揍我啦？"

陈春明说："哪儿有，哪儿有，我来问问，身上有没有出什么毛病？"

耿老金说："真他娘的奇怪啦，你又不是我儿子，怎么关心起我来啦？"

陈春明说："咱们都是街坊，有点过节也不算什么对吧？你别记恨蔡小芬，她就是那么个娘儿们。"

耿老金说："我没记恨她，行了吧？"

陈春明拉住耿老金说："来，到我那儿去吃夜宵吧。"

耿老金跟他回到饭铺，蔡小芬低着头给他盛上来一碗馄饨，一盘花生米，打开一瓶啤酒，想了一想，又给他端过来一盘猪头肉。陈春明给他倒上啤酒，耿老金拍着大腿叫了起来："你们他娘的怎么变得这么好？"

陈春明抿抿嘴唇说："冤家宜解不宜结对吧？"

耿老金说："说得对，说得对。不过这也太快了吧。"

陈春明咽咽口水，指着猪头肉说："吃肉吧。"

耿老金一边说："奇怪。"一边夹起一筷子放到嘴里，一边嚼一边对陈春明说："还是猪头肉好吃，我今天都吃了三顿猪头肉了，一点儿也不腻。"

他们一边吃，一边喝啤酒，到后来耿老金的话越来越多，陈春明心不在焉地哼哼哈哈着。耿老金说："陈春明，你他娘的是个老实人，老实人，蔡小芬虽然有点泼——蔡小芬你别不爱听啊——不过也是老实人。我在木板街住了这么多年，只有你们夫妻谁也不招，谁也不惹。绝对不是因为你们请我吃饭，我才夸你们，不过既然你们请我吃了饭，我更要夸夸你们：你们一家子都是厚道人。"

他又说："不过你们太老实了，老实加老实，生个孩子就有点儿傻啦。"

陈春明咧着嘴笑，他的右手一直放在兜里，出来，又进去，又拿出来。耿老金还在说："傻就有点吃亏，连我都敢欺负你们，更别提别人了。不过没关系，等我儿子回来，我对他说，你们照顾我，就谁也不敢惹你们了。"

蔡小芬这时候走过来，捅捅陈春明的背。耿老金说："蔡小芬，你也过来喝两杯吧，反正别人都走了，不要一到晚上就催陈春明。男人想来的时候，你不让他来他也要硬来，要不然有人强奸呢；不想来的时候，你怎么催他他也没兴趣，要不有人阳痿呢。"

蔡小芬干笑了两声，又捅捅陈春明。耿老金说："你到底想说什么啊？"

陈春明回头看了她一眼，又立刻转过头来说："你的裤子破了，让蔡小芬给你补补吧。"

耿老金"啊"的叫了一声，就摊开手说："那你就过来脱吧。"他马上又说："算啦，算啦，反正天也凉快了，我把它剪成短裤好了。"

他又不停地说了半天，但是发现陈春明的心好像不在这儿，有的时候叫他两声，他才答应一句。耿老金说："陈春明，看来你是想来了吧？"

陈春明窘困地笑着，耿老金就站起来说："那我就不打搅你们啦。"

他抬腿就走，却发现陈春明也跟上来，就搓着胸脯说："你他娘的跟着我干什么？我又没有这个。"

陈春明又一瘸一拐地低着头转回去。耿老金最后总结说："我走啦。猪头肉真他娘的好吃，我要是当了皇上，顿顿饭都吃猪头肉。"

耿老金走了以后，陈春明才叹了一口气，把那张法院的纸往桌上一拍。蔡小芬埋怨他说："你怎么啦？直接给他不就完了吗？"

陈春明说："我还没给人家送过这种信呢，这是第一次，我紧张啊！"

但是第二天中午，耿老金听到有人敲他的屋门，打开一看，是两个警察。其中一个问："耿老金对吧？"

耿老金说："是我，政府。"

警察纳闷地说："你也坐过牢啊？"

耿老金说："没有，政府。"

警察说："那你怎么这么叫人？"

耿老金说："我听我儿子这么说的。"一说到儿子，他的腿忽然就软了起来。那个警察还在给他解释："我们是法警，狱警才叫政府呢。"

另一个警察不耐烦地说："别说啦，快上车吧。"

耿老金还没问，就让两个警察拉到外面停的面包车上。车开起来，第一个警察才想起来，问他："你带钱了没有？"

"多少钱啊？"

"两块五。"

耿老金颤颤巍巍地问："干什么呀，政府？"

对方点上一根烟，抽完一口才说："买子弹。"

他们把车开到地方之后，耿老金的腿连迈都迈不动了，是两个警察架着他的胳膊，把他扶下车来，扶到办公室里，从牛皮纸袋里拿出几张纸来让他签字。耿老金攥着笔，还在哆嗦，警察问他："你没接到信啊？"

耿老金两眼模糊地说："什么信？"

警察说："法院的信啊，早就该到了。"

耿老金这才明白了，他跪到桌子底下，拼命地挤着眼泪。警察把文件收好，拍拍已经哇哇哭出来的耿老金说："你就不要去看了吧？"

耿老金说："我就一个儿子，为什么不能去看？"

他们出门又走了几分钟，就望见远处的操场上跪了一大排人，但是远远的谁也看不清楚。耿老金的身边不断拥过来看热闹的人，一些警察懒洋洋地把他们又轰出去，只把那些不断哭号的人放过去。等到他走到操场旁边，听见大喇叭里说了一句什么，那边就已经开枪了，那些家属们也没有听清楚是谁的名字，就集体扯大了嗓门，用尽最大的力气号啕了一阵。再打一枪，又哭叫了一阵。再打一枪，不断如此。每一次不管打的是谁，都引起所有的家属一起哭号。耿老金一边跟着他们哭，还听到一个警察说："这次怎么这么早就开枪了？"

等到枪都响完了，那个警察就对大家说："过去认一认吧。"

耿老金抬起头，看见那些犯人都变成手捆在背后，朝天撅着屁股，脸朝下趴着。那里面有一个就是他的儿子。一个法医正在那些屁股面前走过去，用一根小铁棍往打出来的窟窿里捅一捅，看看是不是真的打死了。耿老金又走了两步，忽然掉过头，往操场外面走出去。一个警察追过来问他："你不看啦？"

"不看啦，不看啦。"他摇着头说。

耿老金一个人慢慢地走回临海城，天已经黑了。这个时候他都不知道为什么哭了，只觉得每走一步，胸膛里的骨头都会咔啦咔啦地响。他变成了一个没有知觉的人，低着头，贴着墙根，像一条饿过了头的狗一样走着。一直走到县文化馆门口，他才认出到家的路来，这时候又看见那些让他爬来爬去的年轻人，大喊大叫地围成一圈，他也不躲开他们，径直走过去，但是忽然看见这一次被他们围在中间的正是陈春明的女儿陈艳。她被他们按坐在地上，那些小伙子正在捏着她的鼻子，让她仰起头来，往她的嘴里灌啤酒。一瓶啤酒很快就倒光了，洒到陈艳的身上，把衬衫都浸湿了，露出她乳房清晰的轮廓来。年轻人一面紧跟着倒下一瓶啤酒，一面把无数只手放到她的乳房上抓来抓去，惊奇地叫着："为什么啊，为什么她娘的这么大啊？"

陈艳不断地晃着脑袋，好像一只鸭子一样在地上摇摆着，她被迫大口大口地咽着啤酒，肚子已经像怀孕一样鼓出来一大块。耿老金本来想就这么走过去算了，但又停住脚，看见陈艳翻着白眼，已经没有黑眼球了。他想往人群里冲进去，但是立刻又转回来，往木板街跑过去。

他气喘吁吁地跑到小饭铺，喊道："陈春明呢？陈春明呢？"

陈春明围着围裙，从屋里跑出来说："干什么？"

耿老金说："你快去看看吧，有人正在给你女儿灌啤酒，一边灌，还一边摸，弄不好现在已经轮奸上啦。"

陈春明立刻跑进去，拿起一把菜刀跟着耿老金跑出去。他跑得一跳一跳的，好像骑在一匹马上。

他们把陈艳抬回来的时候，她还在不停地呕吐。那么多的啤酒，就像泉水一样从她的嘴里涌出来，在地上画出一条望不到头的线来。打了胜仗的耿老金右脸明显比左脸胖了一圈，他挥舞着刚才陈春明拿着的菜刀，还在不停地砍杀空气。两个男人把陈艳放到桌子上，互相拍着肩膀，往对方脸上呼着气。还是蔡小芬打断了他们战友的情谊，眼泪汪汪地对耿老金说："多亏了你啦，耿老金，多亏了你。"

耿老金挥挥手说："没什么。"但他这时候忽然想起什么来，就对陈春明说："给我信吧？"

"什么信啊？"陈春明愣愣地抬起头来看着他说，他的一只眼睛像熊猫一样，嘴角上还留着一条血道。

耿老金说："别藏着啦，我今天都到刑场看过啦。"他说完，立刻就重新号啕大哭起来，把脑袋往陈春明的肚子上撞过去，"你他娘的干吗不告诉我啊，你他娘的为什么不给我啊？"

陈春明讪讪地说："我还没有送这种信的经验。"

耿老金根本听不见他说话了，整个街上的人都听见他在哭，围过来看着他。耿老金哭着哭着，忽然间抬起头，站起来说："算了，也不能怪你，反正你给不给我信，他们都要枪毙。"

陈春明的衣服上已经黏糊糊的一大片了，他说："我现在给你拿去。"

耿老金却像机灵鬼一样笑了："我看都看过啦，要那个还有什么用？"

蔡小芬又说："耿老金，你节哀，千万别想不开啊。"

陈春明也说："就是，就是，人死了就不能活过来了，你节哀吧，耿老金。"

耿老金一步一步地走开去，又回过头来说："我只有一个儿子啊！"

一连三天，陈春明都没有看见耿老金。他对蔡小芬说："耿老金不会出什么事儿了吧？"

蔡小芬说："那你就去看看他吧。"

陈春明说："我连信都不敢给他，哪儿还敢现在去看他？"

但是第四天，陈春明还是到耿老金家去了。他敲敲门，没人应，又敲了一会儿，也没人应。他心里像被绳子勒了一下，想：不会真有什么事儿了吧？就把脸凑到门缝上向里看，这个时候门忽然打开了，耿老金只穿着一条破裤子，对陈春明说："你是不是在闻我有没有臭掉啊？"

陈春明说："都好几天没有看见你啦。"

耿老金说："你别担心，我还不想死呢。你有什么事？"

陈春明说："你三月份往广东寄的五百块钱没人领，又退回来了。"

耿老金说："你他娘的真是报喜不报忧，我们家死人了不告诉我，送钱反而来得这么积极。"

于是他们两个人骑上自行车，往邮局走过去。陈春明一直在看耿老金，耿老金说："你老看我干什么？"

陈春明说："不看什么，你的精神好像还不错。"

耿老金说："难道我非要上吊不可？"

再骑了一会儿，耿老金又开始看陈春明。陈春明说："你看什么？"

耿老金说："我发现还真是这样，你一腿长，一腿短，骑车的时候就一下快，一下慢。"

他们到了邮局，耿老金把钱取回来的时候忽然又哭了起来，他扒着陈春明的肩膀说："就是啊，死人哪儿会接到汇款啊。"

但是他马上又不哭了，挥着手说："反正我儿子也用不上了，咱们就替他花了去。"

耿老金把陈春明拽到商场，给自己买了一条新裤子和两件衬衫，又买了一根金色的圆珠笔给陈春明别到上衣口袋里，路过副食店的时候，他还进去买了两瓶白酒。然后对陈春明说："反正我有钱了，我请你吃饭吧。"

陈春明说："不用了，你慢慢花吧。"

耿老金说："我老占你们家的便宜，应该请你吃饭。"他晃晃酒瓶子说，"不过我吃惯了蔡小芬做的饭，还是觉得你们家里的饭好吃，咱们还是到你那儿去吃吧。"

陈春明说："既然是到我家里，那就我请你吧。"

耿老金摇着脑袋说："别废话啦，你们家也是饭馆，是饭馆我就能请客对吧？这五百块钱是我三月份寄的，往后我还寄出去两千块钱呢。我儿子跑到哪儿，我就往哪儿寄五百，估摸着那些钱也得回来。我现在比你有钱，你就别跟我争啦。"

他们回到小饭铺，耿老金气势汹汹地对蔡小芬说："炒菜，一个接一个地炒菜，我今天要在这儿请你们家陈春明吃饭。"

陈春明说："你再说请，我就不吃啦。"

耿老金坚决地说："我说了请，就是要请，你就别废话啦。"

那天中午，耿老金和陈春明喝掉了一瓶半白酒，吃掉了一只鸡，一盘猪头肉，还有整整一桌子菜。两个红彤彤的男人在饭铺门口不停地争着说话，让蔡小芬端这端那。耿老金打着嗝说："我儿子死了，我刚开始挺伤心，后来一想，有什么可伤心的？他是个浑蛋，比我年轻的时候还要浑，对我比曹秃子对他娘还要坏。我还要给他寄钱，让他从山西逃到贵州，从贵州逃到广东，我他娘的苦啊，省吃俭用地让他到外面逍遥，早知道这样，还不如我去强奸呢。这么个东西忽然没有了，我觉得是件喜事，对不对？"

陈春明说："对，对，是件喜事。"

耿老金说："对啦，我他娘的解放啦，喜事，是喜事就好。"他一边笑，一边流眼泪，陈春明伸出手去想把那些眼泪擦掉，但是他的手好像不是自己的了，拍在耿老金的脸上，就像打他的耳光一样。而耿老金也不觉得，还在不停地说："从今往后，我自己挣钱自己花，我前二十五年没享上当爹的福，以后就要自己给自己当儿子，就像儿子伺候爹那样伺候自己，把亏掉的给补回来。你觉得好不好？"

陈春明说："喜事，喜事。"

耿老金喋喋不休地笑着说，还在滔滔不绝地流眼泪，最后两个人都趴在桌上，一动不动地看着对方。看了一会儿，耿老金忽然站了起来，扶着桌子走到凉菜柜子前面，闭起一只眼睛，瞄准了半分钟，才从嘴里龇出一道口水，落到一盘猪头肉上。他回过头来说："咱们说好了啊，这桌子饭，还有酒，都是我请你的，只有这盘猪头肉不能算钱。"说完就拎起一块，放进嘴里去。

陈春明抬起头，笑嘻嘻地说："早知道你还是这样，我昨天晚上就应该往那里面撒泡尿。"

三个男人

这个月，芳华喜欢过三个男人。其实以前也不是没喜欢过男人，比如说，半年前，她就喜欢过街口修自行车的小黄。小黄的个子虽然矮，但是脸庞的轮廓很周正，干活的时候嘴里好像咬着一股劲，两边的咀嚼肌鼓起来。芳华喜欢他鼓着咀嚼肌专心修车的模样。还喜欢过烟草专卖店的刘陆，刘陆虽然卖烟，但是不抽烟，而且收了顾客的钱，却不允许他们在店里就把烟点上。他说要保证房间内的空气清新。芳华就是喜欢他这种有原则的性格。

为什么偏偏要说十月份的这三个男人呢？因为这三个和以前她喜欢过的那些，有了总体性的变化。过去芳华喜欢的，都是年轻的男孩，不超过二十五岁，无论是咬着嘴做事的样子，还是执意不允许在店里抽烟的原则，本质上都带着三分孩子气。而这三个男人，他们的长相和说话的方式虽然各不相同，但有一个共同的特点，就是整个人扎扎实实地定了型。那是类似于根叶广茂的树木的稳定感，和攀在墙上的藤蔓植物自是不同。也就是说，芳华开始喜欢成熟的男人了，这对于她来说，的确是一个值得纪念的变化。来到这城市北部的这片新区住了三年，芳华觉得自己长大了。

她明年就满二十了。

先说第一个男人。芳华"喜欢"上他，是在早晨六点钟。这个时候，整条街的商铺只有芳华的小卖部开了门。她早早醒了，坐在床上发了会儿呆，觉得不营业也没事可做，便掀开了铝合金店门，让小卖部的五脏六腑一致对外。她也不饿，只是口干，就打开一瓶可乐，把塑料管捅进去吮，一口下去小半瓶。

这个时候，第一个男人就从小卖部斜对面的小区走了出来。那小区是新盖好的，房价据说不便宜，但具体有多贵，却又是芳华根本不去考虑的。她只觉得被晨露洗刷了一遍，那几栋二十多层的塔楼分外鲜明亮眼。小区里的人家大部分还在睡觉，因此第一个男人早早往外走的姿态，就显得颇为孤单。他还拖着一只巨大的拉杆箱子。

芳华带着麻木的专注，远远地盯着那男人看。他的个头可不高，头发倒还浓密，只是太浓密了些，反而压得身量更显矮了。他往她的小卖部走来。

进店一看，脸是乌黑的，脑门的皱纹像是钝刀子划上去的。这男人买了一盒牛奶，还让芳华放到微波炉里转一转。微波炉正在响，他又说："你早上最好也喝热牛奶。老喝这个要伤胃的。"同时看向芳华手里的可乐。

听了这话，芳华就觉得微波炉的声音像几百只苍蝇在同时叫。以前店里只有她一个人的时候，小黄和刘陆他们也会过来搭讪，但所说的话题，不是手机里下载了什么新歌，就是湖南卫视的女主持人到底要嫁给谁，何尝有人关心过她的胃。

大早上的，芳华的周身好像被热水烫过，暖和而熨帖。一句话竟然有这样大的能量，这是芳华始料未及的。微波炉玎玲一响，她拉开塑料门，要把牛奶拿出来，那男人低沉的声音又传过来："别烫着。"

那一瞬间，芳华就决定，干脆"喜欢"他好了。她两个指头捏着牛奶盒子，小指却向上翘，迅捷地将它捏出来，放到男人面前。

"不烫。"芳华邀功似的说。

男人伸手搭在牛奶盒上，把脉似的探探温度，然后小心翼翼地撕开包装，吸吸溜溜地喝起来。他的手粗壮得很，但却出奇的灵活，并不浪费任何一个微小的动作。芳华觉得他像老家那边的手艺人。

"有没有三五？"男人问了个香烟的牌子。

芳华回答："没有。我们这里只有中南海。外国烟得到东边第三家的烟店里去……"

"那赶不及了。"男人抬起手，边看表边说，"急着赶飞机。"

芳华看了看那条汗毛茂盛的胳膊，又顺着胳膊垂下去的角度，瞥了一眼立在地上的拉杆箱子，登时感到遗憾。她才刚刚决定喜欢他，他就要出远门。他走了，留给她一个空空荡荡的念想，那滋味可不好受。芳华又想起一年半以前，"喜欢"过一个眉清目秀，却有点儿兔子牙的男学生的事情。那次就是刚决定"喜欢"，男孩却到外地读书去了，此后再没回来过。芳华年纪虽轻，但因为喜欢的人多了，也称得上饱经创伤呢。

男人掏出两张票子："赶时间，中南海就中南海吧……来两条。"

"中南海也分几种，有五块的和十块的。"

"劲儿大的。"

芳华就弯下腰，露给男人半边白脖子，从柜台底下拿出两条烟来。然后她问："出差呀？"

"对，先去上海。"

"上海也有卖烟的，没必要买这么多。"这就不是做生意的态度了。

男人说："到了上海就要转船，去海上。"

先"上海"，再"海上"，男人的这句话让芳华感到滑稽。那么要去多久呢？这恐怕就取决于男人烟瘾的大小了。要是一天一包，不到一个月就回来了。要是一天一根呢？哼，长了。

芳华不甘心似的多问一句："到海上干什么呢？"

"工作。开船运货。"男人有点漫不经心地看了眼芳华，用说闲话的态度问，"你们的店……什么时候搬到这条街上的？"

"都三年了。"

"我也搬来两年多了，怎么从没见过你似的。"男人嘟囔一句，麻利地扯开拉杆箱子的侧兜，把烟塞进去，然后起身来往外走。

芳华想说"再见"，但看着男人在通红的晨光中变小的背影，又决定不开口了。她才"喜欢"上他，他就有了两条罪状：第一，转眼就要离去，不知何时能回；第二，居然对芳华全无印象。就算他经常出门，并不怎么到这条街上来买东西，但那也不能成为芳华原谅他的理由。她可是已经决定"喜欢"他了呢。芳华又受了一次伤害，目送着男人远走。

要不……不要喜欢他了？芳华这样想。先"要不"，后"不要"，这句话也很滑稽。而这一次"喜欢"从始至终，才多长时间呢？一盒牛奶的时间。自己是不是有点太过轻率了呢？就算是游戏，也不能这么玩儿啊。太不认真就不好玩儿了。

芳华喜欢男人的游戏，具体是从什么时候开始的，她也忘了。大概是刚坐到这个小卖部的柜台后面就有端倪了吧。那个时候，她刚被从乡里带出来，进了城，见到了无数以前只在电视里才有的光景，惊异于一条街上川流不息着如此多的人。但是很快，芳华却发现即使进了城，却依然只能像看电视似的看光景。柜台是二十四小时不能离开的，就连睡觉也只能睡在那后面……除了上一次进医院，她从未走到过两里地以外的地方去。而在医院除了四面苍白的疼，也再没别的印象了。

街口的公共汽车站，对于她来说是无用的摆设，电视机倒是万万少不得的。很快，芳华就把每个电视台的节目时间表背了个滚瓜烂熟，反复重播的言情剧更是看了无数遍。哪个男主角睫毛最长，哪个大反派心肠最狡猾，她都了然于心。而芳华知道电视剧是假的——拍得假，演得假。既然是从假里面找乐子，为什么她不能再进一步，把银屏里的"假"带进生活中来呢？这个想法，真是一个破天荒的进步。她零零散散能见的男人也有许多，挑出最顺眼的，在心里和他演一场戏，戏里面有一见钟情，有百转千回，有肝肠寸断——这比电视要有意思得多。更奇妙的是，一旦在心里拍起了言情剧，芳华眼前的城市，就仿佛被收进了摄像机的镜头，变成假的了。而电视里放出来的城市，却反而像是真的了。

作为内心戏的导演、编剧兼女主角，芳华必须去"喜欢"某个男人。喜欢的时间可长可短，但人却一定要看着顺眼。死心塌地地喜欢那人一阵子，过一阵闯进来一个新的，旧的也就可以抛到一边去，反正是假的，不必有愧疚之心。更轻松的是，所有的喜欢和抛弃，都是芳华心里的事情，只要她脸上不动声色，就没人知道，连当事人也无法指责她什么。

这个秘密的游戏就这样保持了下来，帮助芳华把日子填满。所有的日子里，她究竟喜欢过多少男人呢？自己也数不清了。这说起来有点不好意思，显得她像猪拱食一样不挑不拣。但是芳华也理直气壮：喜欢一下怎么啦？又没真做什么。她甚至还有三分自得。电视剧里的女人必须从一而终，她的爱情生活却如此丰富多彩。

重质不重量，那是在现实中谈恋爱的原则；既然是独个儿臆想，那就多多益善吧。迄今为止，芳华还是一个快乐的花痴。也是因为轻率，她的游戏才能玩下去。

本月的第二个男人，是在第一个男人出远门的三天之后出现的。和第一个男人相反，他在晚上走进了小卖部。那天下着小雨，路灯早已亮了，芳华正歪着脑袋，看窗户里的一团团橘色的光晕。此时正处于芳华喜欢男人的空白期，这让她的生活索然无味。第一个男人还没哑巴到味儿就走了，而那男人留给芳华的后遗症，是使她无法再心仪于常在街上走来走去的年轻小伙子。

正在失落之间，雨打门帘啪啪响，吱扭一声，进来一个瘦高个儿。他的脸瘦长，头发也长，还打卷儿，淋湿了贴在脑门上。这男人穿着有点邋遢，棉布裤子上全是皱纹。但周身却透出一股文气，倒像这邋遢也是精心设计出来的了。更吸引芳华的，还是男人身后背的一只说箱子不算箱子，说匣子不算匣子的容器。那东西也长长的，黑色油布面儿，下面宽上面窄。芳华本能地猜想里面装的是一件乐器。

男人问："有没有红酒？"

"哪种红酒？"

男人伸着脖子，隔着柜台往货架上看。小卖部里只有两种红酒：一是国产的"长城"，五十块钱一瓶；二是不知道什么牌子的外国酒，一个贩酒的老乡放到店里寄买的。因为是外国字，芳华就擅自给后者定了高价。

"要那种。"男人指着外国字说。

"一百……二。"芳华提醒他，"长城只要五十。"

"就这种。"男人数出钱来给她。她注意到男人的手指也是瘦长的，整洁干燥，动作敏捷。它们仿佛成天都在动，但从来没正经干过活。

芳华登时有点于心不忍。她意识到，又一场新戏要在自己的脑子里上演了。她还忽然想起，电视剧里有一类叫做"艺术家"的男人，和眼前这位很相像。

于是她擅作主张："半价给你了——反正也卖不出去。"

"那谢谢你。"

芳华便侧脸瞥着这男人，将酒从货架上拿下来。踮着脚尖取酒的时候，她很注意留给他一个足够赏心悦目的曲线。她天真地认为，对方会在心里暗暗评价小卖部售货员的动作是否优美。然后，她又抄起抹布来，将酒瓶上的灰擦干净。

但这就是一个自作聪明的动作了。男人的眉头蹙了一蹙，看着芳华手里那团乌黑的、一件男式跨栏背心改做的抹布。意识到这一点，芳华心一慌，酒瓶险些掉到地上。

好在天公作美，窗外忽然哗啦一声，雨在一瞬间大了起来。男人的注意力从抹布上挪开，换了一副可怜的表情："你们这儿……有没有伞？"

芳华关切地摇摇头。然后她又安慰对方："天气预报说这雨下不久的，大概一会儿就停。"

男人只好将那巨大的黑盒子立到地上，人也靠到门框上，眼睛半闭，好像在养神。他既然静默，就把原先开着的电视声音凸现了出来。芳华听着湖南卫视的主持人说着废话，迟疑了一下，伸手把电视关了。

这就是一个很明确的表示了，芳华用这种方式告诉那男人，她想跟他说话。男人果然重新睁开眼，看她。屋里只剩下了雨的声音，让两人都有些尴尬。

还是得芳华先开口。"你来这小区办事？"她问。

"对。找人。"男人说。

"找什么……啊不，找人干吗呢？"

"拉琴。"

"你那盒子里装的是琴？"

"大提琴。"

"大提琴和小提琴的区别，就是大提琴要大吗？我见过小提琴。"

男人笑了一笑："可以这么理解。"

"你是拉大提琴的？"

"我在乐团工作。"

"靠这个能吃饭？"

"都吃了十来年了。"

你一句我一句，居然说了十来分钟。至此，芳华捕捉到了这男人的许多资料：他是一个乐手，从音乐学院毕业的，如今住在市中心一家乐团的宿舍里。拉他们这种大提琴的最有名的人，现在是一个叫马友友的。可是眼前这男人也对马友友提出了很多批评，认为他的"灵感"不如一个英国女人来得强烈。很遗憾，那个英国女人已经死了……越说到后来，男人的话就越多越密，让芳华惊讶。他明明看起来是那种沉默的人，可一开了口就滔滔不绝了。当然，他说话的内容，还是围绕着他的琴、他的演奏和他的"艺术"。

只差一步，芳华就要邀请这男人为自己拉上一曲了。也许她在电视上听到过大提琴的声音，但却从来没有意识到那就是眼前这个黑盒子里装着的乐器。但是很遗憾，雨停了。

男人好像也诧异为什么说了这么多，他重新回到了刚进门时的木讷、羞涩的表情，说："再见。"

"拿着你的酒。"芳华并不难过地说。她提醒自己：假如是为了脑子里的"戏"搜集素材的话，那么她已经完成任务了。她对他建立了相当丰厚的认识——身高、表情、语调……至于他叫什么名字之类的，那才用不着呢。

接下来的工作，就是在夜里完成的了。芳华将小卖部的铝合金门拉下来，关了灯，躺到柜台后面的床铺上，平心静气地凝了会儿神。"情节"便泛上来了：就是在一个雨天，一个文气而落魄的大提琴手走进了她的生活，因为雨，他离不开了，便沉默地为她拉起琴来；现实里的雨停了，但想象里的雨还在下，大提琴手似乎因此有了借口留在这里，地老天荒地继续演奏……

为什么为我拉琴？芳华问他。

因为你的命苦。大提琴手说。

芳华就在自己幻想的剧情里哭了起来。所以我比别人更需要音乐呀，她既无声又响亮地说。

与第一个男人的转瞬消失不同，在接下来的一阵子，第二个男人几乎天天在芳华眼前出现。有时是背着琴匣从店门口快步走过，有时进来买一点东西，比如说，蜡烛。那天听到他要这东西，芳华抬头往街对面的高楼望了望："没停电呀。"

"有用。"第二个男人眼里含着懒洋洋的笑意说。

仗着下雨那天俩人有过一番对话，算是熟络了起来，芳华问："干吗用？"

"吃饭。"

吃饭需要蜡烛？芳华没反应过来，觉得不可思议。她下意识地从柜台后面拿出一包马粪纸包着的白蜡来。

第二个男人瞥了一瞥："有没有别的？"

"这不是蜡吗？"

"我是说……稍微有点造型的。"

"造型？"芳华理解，他是说这蜡得稍微有点儿"长相"，光秃秃一色白可不行。她想也没想就说："出门右拐，街头医院对面有家寿衣店，那儿的蜡烛长得不一样。有老寿星的，有盘龙的……"

第二个男人失声而笑："有到寿衣店买蜡烛的吗？"

男人离开后，芳华才反应过来，所谓"吃饭用的蜡烛"，就是烛光晚餐呀。她在电视上看见过这个场面的。烛光晚餐得配上音乐，而那男人自己就是拉大提琴的。她居然还让人家到寿衣店去买蜡烛，这不是傻吗？

芳华又浮想联翩了起来。很自然，她把自己当成了烛光晚餐的女主角——餐桌就摆在对面小区高楼里，某一间客厅的当中，窗外是满城电灯，屋里只留一盏火苗。晚餐吃什么呢？大概不能是油饼和包子。芳华的想象力也无暇顾及那么多，反正有烛光和琴声就足够了。对面还得有一个长发、懒散、斯文透顶的男人。

这一番内心戏排演得十分过瘾，也让芳华提醒自己，下次与第二个男人打交道的时候，得多留一点儿心，别让人家看笑话。于是，当男人来问她附近哪儿能买到花的时候，她就聪明多了。

"我听人说，门口那趟公交车的终点站，就是一个花鸟鱼虫市场。"

"有多远？"

"不清楚，七八站吧。"

"那来不及了。"男人怅然地垂了垂眼睛。这种男人就是有这个本事，芝麻大点儿遗憾，在他脸上会被放大成无比的惆怅。又怎么能不让人生怜呢？

于是，在男人即将离开的时候，芳华从后面喊："下次来我这儿买好了。我们店也要进花儿了。"

"什么时候？"

"就下次……你要什么花？要多少？"

"百合。每次一只就够了。"

芳华记下了他的话。晚上香烟店的刘陆又来找她搭讪，她就请他下次出门送货，顺便带些百合花来。她详细问了百合的价格、批发的起卖数量、泡在水里能活多少天，然后掐指一算："八块一支？那先来十支好了。"

因为百合花的缘故，第二个男人走进小卖店的次数就更频繁了，也有了规律。花就插在一个剪了嘴儿的可乐瓶子里，泡了水放在柜台下面，外人来了看不见，只有他来了，芳华才从中抽出一支来。男人接了花，递过十块钱，芳华用指头捻两个一块的硬币放回他手里去，交接就此完成。她不赚他的钱，她赚了他别的。

音乐、烛光、百合花。傻子也看得出，第二个男人是来和一个女人约会的。但对这场爱情里真正的女主角，芳华却完全不嫉妒，反而心生感激。她知道那女人一定很漂亮，并且很有风情，因此才能吸引得一个懒散的男人如此锲而不舍。也正因为男人对那女人身上下的功夫，才令芳华的游戏有了今天的栩栩如生。芳华是他们爱情的受益者，他们的恋爱谈得越用心，她的"喜欢"也就越动心。能这么想，也是芳华的聪明之处。

然而没过多久，第二个男人也消失了，整整一个星期都再没出现。百合花还剩下三支，已经在可乐瓶里度过了最为繁茂的时刻，花茎都软软下垂了。顾客都是过客，但迄今为止，这是芳华排演的最生动、最投入的一场内心戏了。她的"喜欢"方兴未艾，于是她生出了委屈和埋怨，她还觉得自己心里有一部分被人挖走了。

难不成，她对这个男人的"喜欢"已经超越了游戏的范畴，成了真正的"喜欢"了？芳华心里一紧，提醒自己：这可不成。

也就是在这个当口，第三个男人来到了芳华的店里。

这个男人的派头，可不是前两个能比的。那天下午，芳华正在发呆，门口"吱呀"一声，停了一辆黑色的奔驰车。车上下来三个男人，都是小平头，身穿黑西装。他们对车里点一点头，就摇晃着肩膀往马路对面走去了。

奔驰车却依然堵着芳华的门口。车子也没熄火，尾气的味道渐渐飘进了店里。更重要的是，芳华正在望着对面的小区想事情呢。车这么一停，黑乎乎地把窗子遮挡了一大半，坐在柜台后面的芳华就看不真切了。

在平日的情况下，芳华是断然不会与开这种车的人争执的。但是这几天不同，她的心里正在发空、失落和烦躁，也就管不了那么多了。她从柜台后面走出去，气势汹汹地站在奔驰车的车头前，如同训斥一只硕大的动物："你挡着我的门口啦。"

车里还有俩人，司机的座位上也是一个小平头，司机旁边则是一个光头。光头不吭一声，看着芳华的眼神如看空气。司机却不干了，他霍地蹿下车，横着膀子拉开架势，倒吓得芳华往后退了两步。

但是芳华嘴上还说："有你们这么停车的吗？让人怎么进出？"

光头却忽然一乐，也走下车来，亮出一米六出头的矮小身材。他露出饶有兴致的表情，察看了一下奔驰车停放的位置，然后转过身去，对着车头挥挥手。司机没看明白，伸着脖子等他的进一步指示，他又挥挥手。他的动作像在驱赶一只动物。

司机这下懂了，钻进驾驶舱倒车。小卖部门口那巴掌大的一方地面重新被露了出来。光头却并不回到车里去，而是走进芳华的店里，四顾一周，从墙角拽出一把方凳来，垫在屁股下坐好，脸冲着窗外，看着对面的小区。

芳华已经回到了柜台后面，这时看着光头的背影，又生疑起来。她说："你坐在这里干什么？"

光头简要地回答："看看。"

芳华翻了个白眼，也不理他，任由对方坐在那儿"看看"。这一看，就是小半天。光头挺着腰杆端坐如钟，连后脖颈子都是笔直的。他站着的时候显得矮小，一坐下，竟然给人以高大、健硕的感觉。后来芳华感到无聊，把电视打开，声音开得很大，光头也置若罔闻。有客人来店里买东西，乍一进来被他吓了一跳，他仍然纹丝不动。

就这样到了晚上，街上的路灯亮起来了。芳华也习惯了一个男人的背影牢牢地戳在面前，尽管这场面实在古怪。一旦习惯，她就有了再和对方说点儿什么的念头。

于是她说："你耽误我们的生意啦。"

光头男人头也不回："怎么耽误了？"

"你像门神似的往这儿一坐，谁还敢进来？"

"你们这儿视野好，能看见对面。"

"你到底看什么呢？我这儿有什么好看的呀？"

男人却问："你这店，每天流水多少？"

"五百……怎么着也得有六百。"

男人不答话，从怀里掏出一叠钱来，啪啪啪数了八张，放在窗台上："算我包场了。"

这举动着实让芳华吃了一惊。她几乎是蹑手蹑脚地走过去，从窗台上把钱拿走，动作如同猫在主人眼皮子底下偷食。同时，她斜眼瞥了瞥男人的脸，只觉得他不光没有表情，甚至连五官都是模糊的。他就像一尊尚未打磨成型的石像。

拿了钱，芳华的态度就不得不软了下来。她开始问光头别的话："喝水吗？"

"不喝。"

"饿吗？旁边店里有盖饭，能送过来。"

"不吃。"

"你不抽烟？"

"不抽。"

人家一连串的"不"，搞得芳华讪讪起来。光头却又添了一句："谢谢了。"

这足以让芳华受宠若惊。这天晚上，光头坐到了八点多钟，忽然掏出电话，拨了个号码说："今天就到这儿。"

外面的奔驰车轰鸣一声，重新发动，光头站起来就走。街对面，几个小平头横穿马路，沉默地跑向车子。

芳华心里有预感，这个男人明天还会来的。他坐了几个小时，什么事情都没干，可见来她这里的目的并未实现——尽管芳华并不知道他的目的究竟是什么。而这天晚上躺下来的时候，芳华却对光头有了异样的感觉。倒也不是对方给了八百块钱，而是因为他对她的态度：让挪车就挪车，说耽误生意就给钱，问喝水抽烟还说谢谢。光头对芳华很和善，而这和善比别人的和善来得更有价值。比如说第一个男人和第二个男人，他们也都很和善，但是他们那样的人本该和善，而这个光头呢，怎么看都没必要对一个小卖部的售货员和善的。出乎寻常的和善更让人心存感念。就像芳华老家的村里，有个五保户，邻居问他吃饱穿暖了没，他会满嘴抱怨，有一天副县长来视察，也问吃饱穿暖了没，老头儿登时就哭了："饱在心里，暖在心里。"

这样的感念有点儿贱，但不妨碍它是感念。循着这份感念，芳华的念头进一步活络了起来，她的内心戏又要开演了。这个光头，就变成了这个月以来她所喜欢的第三个男人。一个月就仨，也太频繁了一点，但是还是那句话，因为是游戏，也就无所谓了。

依着第三个男人的样貌，芳华把她的"戏"设计得非常刺激：他是一个江湖中人，混黑道的，但是铁汉柔情，邂逅了红颜知己，也就是她自己喽。这样的故事是从二十世纪九十年代的香港电影里借鉴过来的，结局多半凄惨：不是男的为了女的死，就是女的为了男的死。又砍又杀，又缠绵悱恻，非常过瘾。一晚上间，芳华就给自己设计了好几种死法：被车撞死，掉到海里淹死，在爆炸中化作飞灰……无论怎样死，留给故事男主角的，一律是撕心裂肺的痛楚。她想象着第三个男人面无表情的脸被血光映红，两行热泪奔涌而出，自己的心也像刀绞一般。

芳华缩在被窝里都快哭了。她忍不住联想到了自己的生活，联想到了自己被人从老家带到这个城市来的经历。她甚至想：死了才好呢。

昨夜经历生死，早上却还是觉得活着比较重要。活着才有可乐喝，活着才能在心里编戏、做梦和"喜欢"男人。尽管睡得少，但第二天，芳华的精神却非常饱满，盯着窗外两眼放光。她想：第三个男人下午会来吧？这个时候，她已经把第二个男人给忘个精光了。芳华是多么薄情啊，这也是她在"游戏"里的特权。

第三个男人果然来了，还是下午，还是那辆奔驰车，还是光头锃亮。而他一进屋，就看见小卖部已经收拾停当了：床前摆着方凳，方凳旁有一个简易茶几，茶几上摆着一瓶矿泉水。此外还有一束花，是那三朵剩下来的百合。花都已经将近败谢了，花瓣上有了黄渍，但好歹也是个装饰。

第三个男人细细打量着那花，问芳华："你买的？"

芳华朗声答道："上的货，没卖出去，剩下了。"

第三个男人问："有人买？"

芳华道："那当然。"

第三个男人眨了眨眼睛，嗓子眼深处"唔"了一声，就大大咧咧坐在方凳上，腰背笔直。坐了十来分钟，他又从兜里数出八百块钱，放在茶几上："今天的，还包场。"

芳华便坐在男人的身后，看他的光头生辉，亮如太阳。她心里发暖，想和这个男人说话的愿望越发涌上来。她只恨这男人太过沉默，并不像第二个男人那样爱说。不说话，她就无法进一步猜测对方，从而把她的戏编排得更加饱满。好在芳华不急。日复一日，还有的是时间，假如第三个男人也像第二个男人那样，在她的小卖部往来个七八次，就不信他永远是一尊模糊的石雕。

可是芳华想错了。第三个男人没有长期坐在小卖部里的必要，他只等了两天，就完成了任务。当天天色才刚刚见暗，凄凉的晚风沿着街道卷过去，男人的手机响了。芳华正在柜台后面睡眼惺忪地发愣，登时条件反射地直起腰来。

第三个男人不慌不忙地接通电话："堵到人了？"

电话那头短促地汇报着什么。

第三个男人笑一笑，这是他全天露出的第一个表情。然后他说："问我干什么？当然是动手了，要不怎么交差？那家伙要是不禁打，就稍微注意点，别弄残废了惊动警察。"

然后，第三个男人就慢悠悠地站起来，伸了一下懒腰。原来他也觉得累。而他放松的姿态，让芳华也很为他高兴。接着，她又看到这个男人探过胳膊去，把插在桌上可乐瓶里的三朵百合花拔了出来，滴答着黄绿色的水，往门外走去。

因为男人把花拔走了，芳华不禁跟上去。她跟着第三个男人来到门口，顺着他的目光看向街对面。那里正在爆发一场喧闹，两三个小平头的男人扯着一个长发男人的头发，从小区门口往马路中间走过来。长发男人背后驮着一只黑匣子，芳华认得那玩意儿叫作大提琴。

那正是芳华本月喜欢的第二个男人。他在对方的臂膀之下，还挥动着胳膊想要反抗，并且大喊："你们要干什么？"可是一个小平头很熟练地在他的肋下捣了一拳，他就咳嗽着，话也说不出来了。

小平头们把第二个男人拖到马路中间，就不再前进，开始在这个宽敞的地方殴打他。他们用拳头揍他的脸，用皮鞋踢他的肚子，还用膝盖磕他的下身。第二个男人并没有还手，很顺从地被打翻在地，然后像一只虾米似的蜷起来，用屁股和腰抵御那些沉稳而密集的打击。大提琴静静地撂在他的脚边。离头几米远的地方，路过的车辆都自觉地停下来，谁也不敢鸣喇叭，只是在等这一场殴打尽快过去。

　　小平头们的拳打脚踢持续了几分钟，芳华侧前方的第三个男人才慢慢地踱过去。看到他走近，小平头们便倒退两步，扎着架势肃立在一旁。第三个男人手捧鲜花，蹲在第二个男人头部上方，问道："以后还犯贱吗？"

　　第二个男人的脸从胳膊里露出来，上面全是血和其他什么黏液。他既不点头也不摇头，他完全被打傻了，连表态的能力都丧失了。

　　第三个男人笑了笑，又晃晃手里的百合花说："买这玩意儿有什么用？这不是糟践钱吗？"

　　百合花"啪、啪"地抽在第二个男人的脸上，而站在马路牙子上的芳华却感到他的眼神在看向自己。她紧张地捏住自己的衣襟，心里既乱又慌。但她的眼睛仍然没有躲开，看着自己喜欢过的两个男人。不知不觉间，她的"游戏"又开演了。她想：如果这两个是为了她，芳华，闹到了眼下这般地步，她应该怎么办呢？

　　同时，她就看到第三个男人把百合花茎横在腿上，用手咔嚓一揪，将即将凋谢的花瓣全都攥在手里，揉成一团，按到第二个男人的嘴上。一个小平头又走上近前，照着第二个男人的肚子"砰"地踹了一脚，第二个男人呻吟一声，顺势张开了嘴，第三个男人就把那些花囫囵塞到他的嘴里去了。

　　然后，第三个男人站起来，看了看满嘴花瓣的第二个男人，说："以后长点儿记性吧。"

　　说完，他就带着小平头们钻进了奔驰车，轰鸣一声，顺着自行车道开走了。与打人时的从容不迫相比起来，他们的离开显得过于仓促。接着，马路上的其他车辆也大鸣起来，他们催第二个男人赶紧从地上爬起来，不要妨碍交通。第二个男人也的确这样做了，只不过动作很艰难，几乎不是走到对面的马路牙子上，而是爬过去的。街道随即恢复了车水马龙，等到拥堵的车辆散去，芳华再朝马路对面望过去时，第二个男人也不见了。整条街，仿佛只剩下她孤零零的一个人。

事情就这么乱哄哄地过去，有结局，没由头。而又过了半个多月，芳华才听人说起那场当街殴打的来龙去脉。

当时已经是十一月份了。北方城市入冬早，道路两旁的树梢都秃了，大团黄叶被风裹着飘来荡去。自从那事儿过去，芳华已经有些日子没"喜欢"上男人了，她还停留在古怪的震惊里。

那天，有三四个中年妇女从菜市场回来，又不约而同地忘了买一两味调料，便转到芳华的小卖部里。她们把酱油、盐和醋放进编织口袋，不知谁起了个头，就你争我抢地汇总起了手头的资料。

一个女人说："都是二号楼五层的那个女人惹出来的是非。她刚搬进来的时候，我就觉得不像样……二十啷当岁也不上班，每天打扮得花枝招展的在楼里进出，坐一趟电梯，留下的香味儿半天都散不掉。"

另一个女人说："那女人也不是没工作，听说是个乐团吹笛子的。挨打那个是她同事，据说早就好上了。千不该万不该，她同时还在外面勾搭了一个人，据说有钱，做建筑的。她花了人家的钱偷着养小白脸，那边气不过，就带了一群打手盯他们的梢，果不其然抓了个正着……搞艺术的都这么乱吗？"

又一个女人说："什么搞艺术的？女流氓一个。你们知不知道，她在这之前还有一个男人呢，那才是她的老公——亲夫！"

第一个女人说："啊？结过婚的？"

第二个女人说："你怎么知道的？"

第三个女人抢到了话语权，很得意地说："刚搬进小区的时候，我家和她家用的是同一个装修队，工头带我到她家参观过，也见过她和她老公。她老公看着倒是个厚道人，是个跑船的，往欧洲运货，一年中倒有半年在海上。据说俩人都是外地的，为了买房安家，她老公才干得这么狠……只是想不到，房子和媳妇都是给人家准备的了，还闹出这么一桩，也不知道以后还过不过得下去……"

"都这样了过什么呀？这还有良心吗？"

"现在真是什么人都有……"

女人们的对话在芳华脑子里拼接，成形，终于成了一个完整的故事。但是自己把这故事又复述了一遍，芳华心里的感想，却不是故事里女人的"没良心"，也不是男人们的"不值当"。她想的是：这么巧，一段恩怨里的三个男人，恰恰都被她芳华遇见过，也被她芳华"喜欢"过。芳华有点儿激动，觉得自己也是这条轰动性新闻的直接参与者。她非常想开口，加入女人们的讨论，告诉她们："还有你们不知道的呢……她的第一个男人抽烟很凶，第二个男人是在乐团拉大提琴的，第三个男人……"

　　但是芳华终究没有开口。她反而飞快地落寞了下去。二号楼五层的那个女人，芳华意识到自己很羡慕她。自己的"游戏"竟然是人家的生活，而进城这么长时间，芳华终究是个看戏的，并且只能当个看戏的。

　　芳华再次见到第一个男人的早上，头场雪正好下下来。说雪也不是雪，就是冬雨裹着点儿冰碴，浸得人从骨头里面往外冷。芳华这天却挺忙，她从库房里将煤油炉拖出来，自己打卤，准备下面。面卤子是辣椒、鸡蛋、肉末烩成的，颜色昏暗，但味道却冲，闻着能让人想掉眼泪。面是昨天到菜市场买的手切面，兜在塑料袋里，干面条足有一斤半，等煮出锅，恨不得能盛一脸盆。在老家的时候，村里人家家都吃这个。

　　芳华正在忙乎，门就推开了。她头也不抬，问道："回来了？"

　　"回来了。"头顶上的男声答道。芳华听着不是自己在等的人，赶快抬起头，就看见了上个月"喜欢"过的第一个男人。他的脸还是那么糙，头发更厚了，像钢盔似的压在脑门上。他的背后拖着拉杆箱，箱子上还摞着两个塑料袋。听到芳华的招呼，这男人也愣了一愣。

　　芳华有点不好意思，直起腰来，搓着手看着他。她想解释自己也在等人，但又觉得没必要，便问道："你买烟？"

　　男人点点头。芳华说："还是没有三五，只有中南海。五块的？劲儿大。"

　　男人益发诧异，像牵线木偶似的点头，一任芳华安排。等他交了钱，拖着箱子转身出去，芳华忽然从背后叫他："哎。"

　　男人回头："有事儿？"

　　芳华说："你在海上待了一个来月。"

　　"一个月零七天。"男人说。

"辛苦。"

"都习惯了。"男人对芳华露出宽厚的笑。然后，他就向着对面的小区门口走去了。

芳华兀自发起了呆，恍在梦中。她希望生活是个循环，当第一个男人短暂地出现又离开，第二个男人便会跟在后面，同时，第三个男人也不远了。上个月"喜欢"的三个男人，会在这个月、下个月重复出现。他们是她生活里的走马灯。他们之间的、被一个女人串联起来的关系，芳华不想理会，她在乎的是自己通过他们看到的城市与世界。

可是芳华也知道这不可能。季节转换，雨雪代替了秋风。当她略略醒过神来，门又被推开，芳华真正等待的人回来了。

这也是个男人，个头儿介乎于第一个和第二个男人之间，壮实程度与第三个男人相仿。他的相貌比第一个男人还苍老些，但实际的年纪呢，也许比第二个男人大两岁，又比第三个男人小两岁吧。他的身后没有拖拉杆箱，没有大提琴匣子，门外更没停着汽车。他是坐夜班火车回来的。他的肩膀上，趴着一个孩子。孩子两岁了，尚在熟睡，呼吸声却响得揪心，像拉风箱，睡着觉，都把自己的脸憋紫了。

"回来了？"芳华问。

"嗯。"

"那我下面。"芳华动起来。

"嗯。"男人拉过第三个男人坐过的方凳，耷拉着头看着锅。孩子还在他的肩膀趴着，躯干呼噜呼噜地回响。

"家里麦子收了？"

"嗯。"

"给我爹妈送钱了？"

"嗯。"

"见着你二姨夫了？"

"嗯。"

"带你找那中医了？"

"嗯。"

"中医怎么说？"

"嗯。"

"问你呢，中医怎么说？"

"说是先天哮喘。"男人说出句整话。

"那不跟西医说的一样。"

"抓了几服药，吃了没见好，还是让在北京看。"

"那就接着看吧。"芳华瞥了一眼孩子，把面捞进搪瓷盆里，浇卤，递给男人。

男人把孩子往地上一撂，让他岔着腿靠在柜台角上，然后端盆吃面，声势浩大。奔波俩月，没少花钱，他也累着了。芳华在一旁低眉垂眼，看着这个狠狠地强奸了她，然后又娶了她，把她带到这个城市，让她生下一个先天哮喘孩子的男人。她忽然想，自己在别人眼里，也够得上一出戏了。

老　人

　　周先生最近沉浸在喜悦的踌躇中。每当早上醒来或者晚上睡前，他的胸膛都有如小鼓乱擂，咚咚急响。这是怎么搞的呢？老了老了，七十多了，竟然像窝藏了许多少年心事一般。

　　究其原因，还要从三个多月前的那个清晨说起。那天是周先生亡妻明先生的忌日，他绝早起床（本来也睡不着），拿着笔和桶到学校的园子里去。笔是一米见长的巨型毛笔，桶是红漆小木桶。周先生走到湖边，将桶吊到湖里，荡一荡，撇开水面的浮萍和落叶，然后一拽，打上半桶清水来。他就用笔蘸了这水，开始在甬道的青石板上写字。行书，颜体。

　　写的是：人生若只如初见，何事秋风悲画扇。等闲变却故人心，却道故人心易变……

　　明先生生前，是古典文学专家，专作明清，著述最多的，就是关于纳兰性德。周先生在她的忌日，用这种方法默写纳兰性德的词，自然是对她最恰当的纪念。从明先生去世到今天，已经有六年了。六年间，周先生如此这般缅怀着明先生，也在学校里树立了自己忠贞清雅的形象。他的字写得消瘦而有劲道，然而下一句写完，上一句已经干了，薄薄的清水随风而散。满头银发的老人独自写着无字书，这又是多么悲凉的形象啊，背后的故事无非是人生无常，繁华易逝。

　　然而这一天，周先生却不孤单。他正在写字、回忆、出神，忽然发现笔尖的斜侧方多了一双脚。那是一双女孩儿的纤细的脚，穿着带"绊儿"的皮凉鞋。周先生抬头一看，脚的主人正在认真地看自己写字呢。她二十才出头，已经脱了孩子气，但远没来得及成熟：单眼皮，翘鼻子，抿着嘴，扎一条马尾辫，印花蜡染棉布裙子。

周先生只好停下了行云流水，他在等那女孩儿把脚挪开，不要妨碍他下一句的开头。女孩儿也很知趣，轻巧地往后跳了一步，给周先生腾出了空间。蓝裙子一抖，仿佛挥袖铺纸。周先生没奈何，只好沿着她铺开的"纸"写了下去。

周先生写，女孩儿继续看；周先生写完一阕，女孩儿仍然不抬头。她眯着眼睛看那字迹渐渐消散，同时嘴里仿佛念念有声。

这倒让周先生有点儿不知怎么才好了。他愣住了，笔头的水滴下来，在脚下积了一个小滩涂。然而他又不能抗议人家影响了自己。路是人走的，不是写字的；他既然写了，就更不能禁止人家看。

而这时，女孩儿居然问："您是周先生吧？"

周先生更加吃了一惊。看来对方还是有备而来。不只是看新鲜，还做了功课。

周先生只好结巴道："你……怎么知道我的？"

"是通过明先生……我也喜欢纳兰性德，因此看过她的论文集。"女孩儿像回答课堂问题一样说，然后又补充，"我是赵老师班上的学生。"

原来是赵埔班上的学生。赵埔是明先生生前的关门弟子，门刚关，掌门人就躺下了，因此博士期间是由别的教授代为培养的。不过他既聪明上进，又奉明先生为恩师，如今已经留校任教几年了，还念念不忘地喜爱到处讲周、明两位先生的"高古"。这虽然有往自己脸上贴金之嫌，但被贴的"金"却不由得要念他的好。

周先生便对女孩儿点点头。这就有鼓励的性质了：鼓励她志存高远，心慕淡泊。然后他不再看她，又低头，写了一首无字的《长相思》。只是不知为何，写这一首的时候，周先生忽然有了装腔作势之感。在不经意间瞥到女孩儿纤细的脚，心中就生了一份愠怒。而他自信能做到不悲不喜，已经有些年头了。

勉强完成这一首，字是无论如何也写不下去了。于是周先生收笔，提桶，换成了拎墩布的架势，有点颓唐地往回走。这一年的纪念活动到此结束。

走了两步，女孩儿却在后面问："您明天还来写字吧？"

周先生不仅没说话，连头也并不曾摇一摇。他写无字书为的是缅怀，又不是晨练，哪儿有天天来的。天天写，等人看，这和杂耍又有什么区别呢？

周先生没料到，他和女孩儿的瓜葛就算结上了。此后的几天，他早上再没出门，而是像往日一样睡懒觉。人老以后，虽然不常能睡着，却爱在床上赖着。有时直接赖掉了早饭，午饭的胃口也给赖没了。这天上午十点多，周先生正快快地起床，忽然有人敲门。按说保姆不该这么早来呀，而除了保姆，又有谁想得起来登他的门？敲得还挺急促。

周先生把衬衫扣子系到脖子上，才去开门，却看见是赵埔。赵埔条理清楚地说明了来意：他班上有个女生，对明清诗词深有兴趣，转眼就要升到研究生，定的是这个方向；按理说，这个学生本该他亲自带的，然而他过一段就要出国，哈佛燕京的访问学者，两年；系里也没有专攻这一块的在职教师了——另一位早提了副系主任，改走官场了；这女生的资质不错。

周先生说："你的意思，是让我为你代劳两年？我已经退了……不合规矩吧？"

"您如果愿意出山，一定可以破例。"赵埔自信十足地说，"况且人家主动要求您来带。"

"人家？"

"就是那个女生。"

周先生好像一口咽了小半个馒头，有被噎住的感觉。自然而然，他的眼前又浮现出纤细的脚、带绊儿凉鞋和蓝布蜡染裙子。这个形象一出来，他就不得不点头了。

过了几天，女生来报到，周先生在朝南的、堆满书的客厅接见了她。他坐在故纸堆里，夹着一支香烟，点了却不抽，慢慢地透过淡蓝色的烟雾看那姑娘。在烟雾缭绕中，头次见时她脸上的小雀斑就不见了，模样更显得清丽。依然抿着嘴，仿佛很拘谨，而周先生以为，学古代文学的女孩儿应该有点儿拘谨。

"你叫什么？"

"覃栗，不过不是茉莉的莉。"

"那么是栗子的栗吗？"

"还真是。"覃栗低头。

"挺好。姑娘家起个和粮食有关的名字，古朴端庄。"

然后就上课。授课地点就在家里，这说起来是为周先生的身体着想，且表示尊敬，其实呢，还是因为学校现在教室紧张。这几年招了太多的韩国和日本留学生，各种进修班也像雨后春笋一样冒出来，再也腾不出一间小教室或办公室给退休教师了。周先生自己却认为很好，民国时候的学者，不都是在老先生家里"拿烟斗熏出来"的么。这也是一个范儿。

上课的内容，却不是周先生决定的。说实话，周先生在学校这几十年，究竟搞了什么学问，他自己也弄不清楚。字固然是写了一笔好字，二黄也唱得有腔有调，其他的却没人记得。过去他任教时的工作，也就是给理科的本科生讲讲大学语文："让暴风雨来得更猛烈些吧！"而现在一定要给研究生上课，那就只好有劳明先生了——把她的遗著从书柜里请出来，让覃栗自己读，读不懂了，再请教一旁端着茶杯在阳光和尘埃里半寐的周先生。

"这句文徵明的诗，明先生的看法是……"

"她那时候说过，文徵明诗近白、柳，却远不似唐寅那样俚俗……终归是一股清丽的气息吧。"

这样说居然也能唬住人，覃栗"哦"一声，便继续趴在写字台上研读下去。周先生却从半寐里醒来，从侧面看到了覃栗细长的胳膊以及小臂上的绒毛。终归是一股清丽的气息吧。

当然，师生二人也不全是"自习"与"监督"的关系。课程的另一半，还是有着积极的互动的，而且真正发挥了周先生的长项。古诗词这东西，最重要的就是一股"气"，而要让气"渗"进去，最好的方法莫过于读，而且是大声吟哦。周先生就率先垂范，一手捧着线装书，另一只手搭在尾巴骨上，迈着舞蹈般的步子，示范给覃栗听。乐府要读出汉韵，唐诗要读出唐风，赶上有调儿的，不只要读，而且要唱。周先生清清嗓子，先宋词，后昆曲，最后终于落到了自己的老本行——京戏上。咿咿呀呀的一段"老生"唱完，他回头，对瞪大了一双"单眼皮"的覃栗解释说："这也是古代文学。"

就这样，下午的夕阳拖泥带水地沉下去，一天的课程就算结束了。一周两天"专业课"，其他的时间里，覃栗就是正常的研究生的生活方式：英语、政治等公共课，图书馆听讲座，赶上大讲堂放电影，晚上就好打发了……周先生询问过覃栗"别的时间做什么"，覃栗如此回答。而几个星期的"课"上下来，周先生并未感到充实，反而越发孤寂了。孤寂的自然是覃栗不来的那三天：周一，周三，周四。在这三天里，周先生也尝试着独自吟哦诗词，或者在客厅中央站定，亮相，想要唱上一段儿，但才一开口就没兴致了。仿佛一个票友进身成了"角儿"，受不了无人倾听的状态了。

也就是说，他越发沉迷于给覃栗上课的状态了。由此联想开去，周先生甚至产生了深深的懊悔：这一辈子竟荒废过去了，没做出一点儿像模像样的学问。自己没什么可给她的，还要借助亡妻的思想结晶去取悦女青年，愧为知识分子啊。这么一想，在覃栗不在的日子里，周先生就愈发的懒了，有一天竟然下午两点了也没起床，只是在床上哼哼唱词。

保姆敲门没人应，她就掏出周先生交给她的钥匙开了门，进来。听见周先生在哼哼，她还以为他病了，上前摸摸他的脑门儿："老爷子，您不舒坦？"

"舒坦，舒坦。我在想事儿呢。"

"可别受了凉，昨天缪老师家的狗感冒了，一直在打喷嚏。拿肉骨头饭拌了半片儿康泰克，吃了也不见好。"

保姆这样说着，又把周先生的被子往上拽了拽，顺手拿过一个靠垫来，垫在他的脖子底下。一对大胸，在周先生鼻子前面悠过来，悠过去，带了一股强劲的香皂味儿。周先生听到她把自己和缪老师家的狗作比，自然哭笑不得，然而一转念，又奇怪起来：这个保姆怎么忽然对我热络了起来。

保姆叫刘芬芬，岁数也不小，有三十多了，据说在老家离了婚就出来干活儿，这几年也把学校的园子给串熟了。她本来是楼下缪老师家雇的，住也住缪老师家，来周先生家干活儿算是兼职，每天只管收拾屋子、做顿饭，一个月多赚五百块钱。按说钱也不少了，但这个刘芬芬却好像总对周先生有意见，冷着个脸倒好像主人家欠了她的，规整报纸杂志的时候还撅撅打打。这也不算什么，最重要的缺点是不理人。有时候周先生闷了，就走到厨房门口，看看她围裙下斜支着的胯，很慈祥地问："小刘啊，过年回家没有？"

她却好像没听见，机械地翻动着铲子。周先生以为自己声音小了，又提高了声调，问"小刘回不回家"，刘芬芬却拿眼一斜周先生，凛然地把菜盛出来，仿佛示意他多吃少说。

守着个天天见面的大活人，却不能聊天说话，这让人多别扭。有两次，周先生一气之下，打算换保姆了。历史系的赵先生、马研所的孟主任家里都常雇着保姆，也都可以做兼职的。然而人叫来一看，一个鲶鱼嘴，一个脖子短得让人想起一只蛙，还是作罢了。不光没有换掉刘芬芬，反倒给她涨了一百块钱。她依然每天和周先生说不超过十个字的话："您好。""让开些。""走了。"

可是今天真怪了，刘芬芬不光一进门就说话，而且还主动提起了缪老师家的狗，轻而易举地用完了好几天的"限量"。这倒让周先生有点儿惶惑了。刘芳芳打扫房间的时候，他也不像往常似的跟在她身旁晃悠，而是继续独卧，顺手拿起一本杂志，大有"花开花落一床书"之态。

刘芬芬却主动跑过来了："老爷子，您看书呀？"

"唔，看书。"周先生像受了委屈旋即又被哄着的孩子似的说。

"我给您倒杯茶吧。按说绿茶提神，可是您那胃……还是铁观音吧。缪老师上个月去福建，不是给您带过一盒儿吗，别心疼啦，喝吧。"

瞧，只要一开口，多么能说。噼里啪啦脆，典型的北方大娘们儿。刘芬芬这天几乎是缠着周先生说话了，晚饭还多炒了一个菜，又打了一碗蛋花汤。周先生受宠若惊地说："吃不完。"刘芬芬就瞪着大眼睛，等他发话。周先生又说："缪老师家要是没事儿……你就挨我这儿吃？"

刘芬芬果然喜不自胜地坐到桌上，和周先生吃了一顿饭。到底还是农村妇女的本色，喝汤时呷吧得山响，然而在她的呷巴声中，周先生没有喝酒，却也有了醉意。他还忍不住暗自里比较起来，比的却是刘芬芬和覃栗两个人：刘芬芬虽然粗气，也老些，但是长相倒真有几分标致，怪不得缪老师的太太像防贼似的防着她，宁可白贴着工钱，也愿意让她出来挣外快；而覃栗呢，身材就有些干瘪，而且还存在着小小的瑕疵——她为什么总是抿着嘴？这是因为牙长得不好，两颗门牙像小铲子，不抿嘴就会翘出来。当然啦，作为一个知识分子，怎么能以貌取人呢，要说气质，覃栗怎么说都够得上娴静两个字了……况且覃栗年轻着十多岁呢。

这样的比较，本来是周先生内心里的游戏，然而直到刘芬芬告辞离开时，他才猛地醒过味儿来：刘芬芬对自己的热络，还能有别的什么原因？不正是因为覃栗的出现吗？否则又能有什么解释？周先生家唯一的"变化"，恰恰是多了一个覃栗啊。

从某种角度上来说，覃栗确实侵犯了刘芬芬的"领地"。有那么几次上课，周先生连读带唱，终于合上书的时候，天色已经挺晚了，覃栗就会主动说："我给周先生做顿饭吧。"

周先生固然说好。入室的女学生给老先生做饭，也算是执弟子礼嘛。覃栗是南方人，会做蚝油扒菜心、清炒小河虾，有一次居然还弄了一盆煮干丝——她当是有备而来，专门打听到了学校西门外的菜市场有卖金华火腿的。而覃栗下厨的时候，刘芬芬就只能在一旁看着了，同时带了鄙夷的神气，笑话覃栗不知道鸡精放在哪个罐子里。是了，再一回想，一个女人，一个女孩，她们在周先生家碰面的时候，气场就是不对付的。覃栗是文化人那种淡泊的礼貌，分明暗示她对一只猫一只狗都可以礼貌，而刘芬芬则是直率的轻蔑，倒茶的时候，从来没有覃栗的份儿。

难不成她们两个暗暗打起了攻防战？局势上是覃栗攻，刘芬芬防，场面上却是刘芬芬攻，覃栗防。而不论谁攻谁防，周先生那本该青灯黄卷的斗室，都成了脂粉纷飞的战场。

接下来的半个月，经过周先生的观察，印证了自己的这个猜测。覃栗来上课的时候，刘芬芬也来得远比平日要早，甚至像是扔掉了缪老师那边的活儿，擅自偷跑到周先生家来效忠的。而刘芬芬一进屋，覃栗那安静的眼神下，自然而然地就散出几道精光来，压都压不住。

两人在周先生的眼皮子底下明争暗斗。为了"治"刘芬芬不给倒水的臭毛病，覃栗出了奇兵：拿来一对"从老家带来的"精瓷茶杯，杯上印着纳兰性德的词。周先生授课时，她把两只杯子往他面前的茶几上一放："先生用这个。"然后将周先生惯常用的玻璃杯收到底下去。刘芬芬再来倒水，就不好只倒一杯了，而那两个泛着柔光的瓷杯，却像覃栗一方埋到战场上的两颗小地雷，让刘芬芬如鲠在喉。但是刘芬芬也有回敬的法子。她虽然丢失了书房的战场，却要坚守住厨房这个重要阵地。当覃栗又一次走进厨房，准备给周先生炖一锅笋干老鸭汤时，却发现酱油没有了。不单是酱油，连盐罐子也见了底。覃栗只好到教工宿舍院子对面的超市去买。而覃栗刚一下楼，刘芬芬就粉墨登场了，她不知从什么地方把佐料一应俱全地摆出来，然后手脚麻利，将鸭子放到高压锅里红焖，笋干则剁成末泡一泡，直接炒豌豆。等到覃栗从超市回来，刘芬芬的菜已经上桌了：

"厨房里正好有菜，我顺手就做了。"

家里这个局势，周先生作为唯一的仲裁方，却也不好劝。或者说，他不愿意劝——她们两个斗归斗，但都对他格外的好。或者说，她们的斗，就体现在如何对周先生好。这个他不光看在眼里，而且吃在嘴里。话说回来，"看"比"吃"还要受用许多倍呢。他一个老人，吃又能吃几口。

所以"吃"就不提了，光说"看"方面的好处吧。覃栗的方法是请周先生看书。他发现，在授课的过程中，覃栗的问题明显多了，东一个西一个地冒出来，有时候还念不完一页，就有几处不明白。有些问题，明明不属于需要向周先生问的，比如"杯觥交错"的"觥"应该读什么——且不说一个研究生应不应该连这个字都读不出来，就算真不认识，查字典不就行了吗？可是覃栗偏要歪着小脑袋，抿着小门牙，甩一下小辫子，请周先生帮个小忙。周先生就明白了，覃栗让他看得不是书，而是人。在一片书香气的娇媚态度中，人也朦胧地更漂亮了几分。除此之外，覃栗还把周先生家的几盆花伺候得很好，吊兰本来都快干死了，又被她弄活了，翠绿地垂下来，正好与她捧卷的姿态相得益彰。阳台上还有一株海棠，花骨朵还没长出来，覃栗却对它吟诵道："偷来梨蕊三分白，借得梅花一缕魂。"这甚至是让周先生"看"他看不到的意境：海棠开花，《红楼梦》，妈呀，林黛玉嘴上衔着两只小铲子。

假如说覃栗提供的看，是清新雅气的"看"，那么刘芬芬就是荤香十足了。劳动妇女的方法总是来得更直接些，一言以蔽之：穿得少。时节正好是夏天，她索性一律无袖装，以张飞赤膊战马超的气魄来应战，甚至有两天，连远不适合她这个年纪的露脐装都穿出来了。小肚子上那圈儿不多也不少的软肉固然让覃栗气愤得鄙夷，但却让周先生想起了电视里那个教肚皮舞的女教练。她还有意无意地当着周先生弯腰。擦桌子或者捡东西，在这个动作之下，无论从前面还是后面"看"，都有意外收获。

而且周先生的耳朵也闲不住。两个女性简直有围着他说话的架势，左耳朵还是"人生若只如初见"呢，右耳朵就是"哎呀老爷子晚上烧个肘子吃吃吧"。周先生却也不嫌吵，他惊讶地发现，自己同时接受不同信息的能力特别强。当然啦，说到底只有一个信息：到这边来吧，先生，这边风景独好。

周先生情不自禁地飘飘然了。他为自己的飘飘然而惭愧，但又翻过来想：有谁能在这种攻势下淡漠如初呢？除非是一个老得连烟儿都快熄了的老人——而自己虽然老，但可没那么老。更令他感叹的是，老了老了，福分倒来了。张爱玲说得好，男人生命里都有两朵玫瑰，一朵红，一朵白，他对她们的态度，取决于他娶了哪一个。当红的变成了蚊帐上的蚊子血，白的还是床前明月光；当白的变成了衣服粘的饭米粒，红的仍然是胸口上的一粒朱砂痣——不能两全。然而他周先生倒好，非但同时拥有了明月光和朱砂痣，而且明月光是长久的明月光，朱砂痣也是不褪色的朱砂痣，断然不会变成饭米粒和蚊子血。美好的事物能够永恒，只有一个原因，就是欣赏美的人即将逝去。说到底，还是因为周先生老了，他是占了老的便宜。

不过情形和感慨之余，周先生还是被一个念头惊出了一身冷汗：他何德何能呢？罩栗和刘芬芬对他，称得上是过分地尽心了，这其中的原因，固然有她们自己竞争的结果，但她们争的又是什么呢？身无长物一个老儿，至今还打着校订亡妻遗稿的幌子，到海外的学术基金会骗零花钱，他对于她们有什么价值可言呢？

周先生意识到，是得分析一下她们的动机了。这虽然痛苦，但作为当事人，他必须得想清楚。他毕竟还没有老到对什么都可以糊涂的那个份儿上。刘芬芬那里很好说，一个保姆，要保住自己的外快、钱包儿。罩栗的介入使她感受到了威胁，她生怕这个入室女弟子会用免费的服务把她的差事给"戗"了。而罩栗呢，罩栗可是主动找上门来的啊，她到湖边的小径上看自己写字，她又托赵埔说项，引见到自己这儿来读研究生，她可明明是在"盯"着他周先生啊。自己又有什么吸引了她？风度？才学？还是缅怀亡妻那优雅而伤感的形象打动了这女孩儿的心？罩栗有知识，还是念文学的，或许这样的姑娘偏偏特别欣赏老年人身上的魅力？学校里娶了年轻学生的老家伙是颇有几个的，这是活生生的例子，再引经据典一些，歌德不是在八十岁还有一个十八岁的情人吗……

这样一想，周先生的三魂六魄都荡漾了起来。此时罩栗正在他身边读着明先生的旧作呢，她歪着头，一条松散的辫子斜搭在肩上。小铲子固然还在，整个儿人也干巴了些，只不过在周先生这把年岁的人这儿，只要年轻，就足够所向披靡了。刘芬芬那样丰硕的肉感，他恐怕还消受不了呢。看着覃栗，周先生又不禁抬起眼皮，瞥了瞥明先生的照片，心里默默地说：多亏了你啊。

然而周先生并没有立刻行动起来。他又不是毛头小子，他懂得即使要试探一下覃栗，也是要等个契机的。而这契机并不需要他周先生去费神，覃栗和刘芬芬自己就会创造。

机会果然出现的时候，周先生还嫌它来得太快了些，而且也太猛烈了些。

事情还出在厨房里，隔了一个礼拜，是校庆纪念日，退休的老先生凭着工会发的票，可以到服务部去领一只鸡，两条黄鱼，一箱芋头，还有油、米若干。东西自然是刘芬芬领回来的，可是要做的时候，正在看书的覃栗忽然站起来："晚饭我来做吧，先生也换换口味。"

说完，她拉开双肩包，从里面拿出另一套东西来，分别是盐、糖、鸡精，还有大瓶的生抽酱油。自备调料，就不怕刘芬芬把家里的藏起来甚至一天换一个地方了。而覃栗这么做，则可被视为新的一轮猛烈攻势。她要夺取长期被刘芬芬霸占、割据的厨房，从而宣布对周先生家的全面统一。

这自然激起了刘芬芬的不满。她的脸似乎都鼓了一圈儿，看着周先生求援。而周先生此时却是支持覃栗的，他的首要目标是覃栗嘛。

"覃栗要做饭？那好，我们都给你打下手。"

当然，周先生的"打下手"是口头的，真正动手的还是刘芬芬。刘芬芬就只好照办，同时以一言不发的服从来表明自己的态度。覃栗安排她洗菜、削芋头，这一切她都阴着脸做了。

然而到芋头焖鸡下锅的时候，情况就失控了。掌勺的是覃栗，她等到刘芬芬把杂活做得差不多了，才慢悠悠地系上围裙，行使她今天对于厨房的控制权。怪也怪在她到底还是年轻，明明已经大获全胜，何必再说那许多话呢？她一边把自己带来的调料摞在桌上，一边说起年岁大的人，口味越淡越好，盐、糖都是大忌，清清淡淡最好。而不知怎么，又绕到她们亲戚家的一个保姆身上去了：

"一个星期的账单里，居然要开三包盐六瓶酱油。到用的时候，又总说没了，傻子都能看出来是在做假账。"

就是这句话把刘芬芬惹急了。她也没有当面发作，而是等到锅里的油都热了，把鸡块放进去的时候，才往厨房外面走去，擦身而过的一瞬间，用肩膀顶了覃栗的背一下。覃栗正在挥铲子，一个站不稳，差点把锅也给碰翻了。翻虽然没翻，几滴滚油却溅在了手臂上。

覃栗登时哭叫起来，其惨烈如丧考妣。周先生正在外屋看报，听到空袭警报，立刻飞马赶到。他首先诧异于一个娴静的女孩儿怎么会有如此激烈的表现，简直像变了一个人。随后他又想：可见覃栗和刘芬芬的梁子结得不浅。梁子越深，他老人家肩上的担子也就越重啊。

周先生就说："咳，怎么搞的！"没有主语，但明显是冲着刘芬芬去的。刘芬芬却昂然地扬起一张脸，以一种近乎野性的挑衅反观覃栗。她的意思很清楚：我就是故意的，怎么着吧？

覃栗就此失控了，她彻底忘掉了一个研究生、未来知识分子的风范，忘掉了古典文学和纳兰性德，她变成菜市场中可以和人动手的野丫头了。她竟然抄起开了瓶的生抽酱油，朝刘芬芬掷过去，而后也不管有没有命中目标，掉头就走。

覃栗呜咽着跑出了周先生家，周先生立刻追了出去。离开厨房的那一瞬间，他瞥到刘芬芬抬头挺胸地站着，身上是一片浓墨重彩的酱油。不知为何，周先生觉得她挺立如塑像的姿态倒像一件艺术品，定格在他脑子里了。

然而主要任务还是追覃栗。周先生腿脚慢，因此颇追了一会儿。不过他感到自己正在离某个隐约的、幸福的目标越来越近，双脚竟然格外有力，步履欢欣。这十来分钟，实在堪称周先生老年生涯的快乐顶峰。

他是在教工宿舍区的小花园里找到覃栗的。她斜坐在凉亭的藤萝架下，左手握着烫伤的右臂，仍在啜泣，然而仪态却回复到那个娴静的女研究生了。和刘芬芬那尊立体的"雕像"相比，覃栗则像是一幅油画。周先生便慢慢地走进画中，坐到覃栗身边，沉吟了一会儿，说："跟她那种人，置什么气。"

覃栗没说话。他又说："手烫着没有，我看看。"

覃栗便伸出清瘦的一条胳膊，倒不知展示给周先生的是烫伤还是胳膊本身了。周先生却两者并重，轻轻地握住胳膊，低头，用嘴去吹那上面被油烫出来的浅痕。

这一吹，覃栗就震颤了。她想要把胳膊抽回来，却被周先生牢牢地攥住。周先生尽兴地又吹了几下，然后才抬起眼来和覃栗对视。这已经不是老年人的眼神了，但也不年轻，洋溢着死灰复燃的温度。

但周先生没想到，他还没开口，覃栗就惊慌失措地告诉他："我不能对不起赵老师。"

覃栗的声音很大，近乎喊。这让周先生觉得她在刹那间离他很远。而"赵老师"三个字一出口，她离他也的确远了。

现在就轮到周先生震颤了："赵老师……赵埔？你们是——"

覃栗点点头。周先生仿佛借了方才内分泌上头的余勇，此刻脑子也不是老年人的脑子了，转得飞速，一瞬间就把前因后果都想清楚了。是啦，赵埔和覃栗要不是师生恋，他怎么会如此积极地专程把她推荐到自己这里呢？而且此举对于他们来说，一定还是一招周到而长远的妙棋呢：老头子最好说话，又不会出什么"事"，而且覃栗还可以从周先生这儿搞一份"参与整理明先生遗著"的推荐信，再从海外的基金会那儿申请资金，去美国和赵埔团聚呢……

那么说，当初她看自己写字，也是早计算好了的？周先生只恨自己忘了赵埔去年刚离婚。

这样电光石火地想了许多，等到周先生恍过神来，覃栗已经不在眼前了。是她跑掉了吗？不不不，是周先生自己跑掉了。他失魂落魄地走在回家的路上。也就是在这时候，周先生发现自己是多么不甘心老去啊。

于是就发生了那桩后来在学校里广为流传的丑闻：周先生回到了家，恰好撞到刘芬芬从卫生间走出来。她的头发、脖颈乃至膀子都湿漉漉的，散发着温热的气息。她还穿着周先生的一件纯棉睡袍，虽是男人的衣服女人穿，但因为周先生过于瘦小而刘芬芬过于饱满，她的身体反倒像个熟透了的桃子似的，果肉从毛茸茸的表皮下鼓胀出来，流着汁水。周先生几乎是想也没想，就像斗鸡一样伸出一双干枯的手，向那具刚刚洗掉酱油的身体抓了过去。

他这么做的时候，无疑是气急败坏的。同时他想：让苍老来得更猛烈些吧，赶紧让自己老死算了。顺便，去你妈的古诗词、无字书吧，去你妈的纳兰性德。

合　奏

那房间在二楼，昏暗但却温暖。十来平方米大的面积，只在朝北的方向开着一扇窗，窗子的左半边还蒙了块厚厚的塑料布，为的是封住漏风的缝隙。这就导致了原本不足的光线更加稀缺。当赵小提下午五点走进房间时，往往恍惚觉得夜晚已经来临了。摆在东边墙角的"星海"牌钢琴，钢琴上横卧的"山水"双卡录音机和靠门的那只实木五斗橱，都笼罩在阴影里，就连窗下暖气片旁立着的谱架也模糊不清，翻开的琴谱像被水泡过，黑乎乎的一团花。他需要拉一下塑料灯绳，引亮头顶那枚孤零零的四十瓦灯泡，才能看清屋里的景物。当然，也有天气格外好的时候——夕阳坠落得晚一些，将血红的光泽泼到水泥地面上。这时站在窗前，可以清晰地听见成群的鸽子响着哨音，掠过沉静得近乎忧愁的天空。那是一九九六年的北京的天空。

当时赵小提只有十七岁，但已经具有两位数的琴龄了。刚开始是在乐团担任小提琴手的母亲亲自教学，后来发现他资质过人，母亲便主动让贤，从家传改为遍访名师。带过他的老师里有国家乐团的首席，也有声名显赫的音乐学院教授。而随着琴技精进，母亲对他的期望越来越高，对他的态度也就越发严苛起来。从上高二开始，她便说服学校免去了他的家庭作业，又专门租下了这个筒子楼里的房间给他充当琴房，每晚练琴三个小时。这儿是乐团年轻职工的集体宿舍，那些人自己也要吹拉弹唱到很晚，因此不必担心打搅别人。

房间的主人是位年轻的指挥，才三十多岁就谢了顶，仅有的几缕头发又蓄得格外长，快步行走的时候总会造成彗星的效果。聪明的脑袋不长毛，这人的确很会算计，结婚之后就搬到了老丈人家里，把自己的小单间偷偷出租赚钱。虽然是同事，他跟赵小提的母亲要价时却毫不含糊，每天才用三个小时，一个月的租金就要五百。不过比起赵小提隔三岔五登门去接受"乐坛名宿"们教诲的费用，这点儿钱又算不了什么了，无非为母亲敦促他时增添些口实。

"钱倒都是小事儿，但时间可绝对浪费不起。"母亲说，"全国青少年大赛迫在眉睫，这对你能不能被招进'中央院'非常关键……"

带着这样的敦促，赵小提已经记不清在这里消耗了多少个傍晚。他只记得每天懵懵懂懂地走进房间，拉开灯，然后便按部就班地开始练琴：大顿特的练习曲、巴赫随想曲，此外还有莫扎特和柴可夫斯基……练到手指实在发酸，再也支撑不住，他就适时地奖励一下自己，从书包里翻出一盒万宝路香烟，点燃一支。这也是他在眼下这种生活里的唯一休闲了。他还猜测父母其实已经发现了他抽烟，但只是懒得点明而已。对于他们来说，他顺利地考进音乐学院，不要"浪费"掉已经投入的大量时间和钱才是正事儿，其他的只要无伤大雅，都可以宽容。

抽烟时，他常常靠在那半扇窗户前，看着筒子楼下甬道上的人们。矮胖壮实的男管乐手声如洪钟地谈笑，刚下演出的女弦乐手穿着黑天鹅一般的长裙匆匆掠过，奔向食堂去抢最后一屉包子。手里的香烟冒着扶摇盘旋的白雾，而赵小提却基本不拿嘴去吸。他只希望它烧得慢一点。在这种时候，他觉得自己孤独极了，那是旷日持久又机械重复的孤独，他连挣脱出去的力气都没有。

情况发生转变是在哪一天呢？赵小提也记不得了。

在他的印象里，当时是冬天吧。本就阴暗的房间显得格外阴暗，窗外的北风嗷嗷的，从学校走来的路上冻得他也嗷嗷的。不知第几遍拉完了帕格尼尼的《无穷动》，赵小提又翻出了烟。犹在亢奋状态的手指微微哆嗦，把那团烟搅成了古怪的抽象形状。暖气蒸得人头晕，屋子里闷得慌，他拨动窗闩，把窗子推开透气。一团橙色的光像火一样跳进他眼里。

居然是柿子，一共三个，并排摆在外面的水泥窗台上。路灯已经亮了，在光线下，柿子们晶莹剔透，简直像是活物一般。赵小提的第一反应竟然是不敢去摸它们，他觉得它们会动、会叫，甚至会说话。接下来，他才困惑起来：哪儿来的柿子呢？昨天分明没见过呀。也就是说，它们是在他走后才被人放上去的，也许是昨天夜里，也许是今天上午。

柿子们也是他在两个多小时里见到的第一抹亮色，瞬间把他的脑子激活了。他开始思索它们是怎么回事儿。绝不可能是以前的房主的，那个指挥就算回来，也是为了安置些用不着又舍不得扔的东西，比如西边墙角的那只压力锅。他没事儿闲的在这儿冻柿子干吗呀？哪儿还找不着一个窗台呢。那么只有一种可能，就是另外有人拥有这个房间的钥匙。而这还是要绕回指挥的身上：他可以在下午五点到八点这段时间把房间出租给赵小提，又何尝不能在别的时间段租给其他人呢？

至于"另一个人"租这房间的用途，多半也是做琴房吧。与人分时用房，一定不是住家，何况房间里也没有一张床可供睡觉。乐团院儿里兼职的老师多，来往的学生也多，有赵小提这种需求的学生估计少不了。想到这儿，他又开始饶有兴趣地思考：那么，柿子的主人是学哪种乐器的呢？不大可能是小提琴、大提琴之类，管乐也可以排除，因为那些都是需要用谱架的。而窗前的谱架上摆的，仍然是赵小提昨天用过的那一本琴谱。他一斜眼，往身边看过去，果然看见原本蒙着灰的钢琴被擦拭过了，面板散发着幽幽的乌光。

原来这位同屋的人，是个弹钢琴的。赵小提像个侦探一样笑了——虽然他破的这个案子可算不上什么高难度。而至于那人多大年纪、什么性别、从哪儿来的、琴弹得怎么样，这些疑问却再也没有线索可循。也就是说，假如赵小提把今天的意外发现当作练琴之余的一场游戏，那么游戏也该结束了。他叹了口气，把烟屁股扔出窗外，然后又拿起琴来。

仍然是帕格尼尼的《无穷动》。第无数遍加一遍。这是他在不久以后参加比赛的备战曲目，为了达到"惟手熟尔"的境界，练多少遍也不嫌多。可这一次只拉了一半，赵小提又停下了。

他的脑子里冒出一个新的念头，或者说，他发现了一个新的游戏：如果"另一个人"第二天来，发现柿子没了或者少了，他（她）会做何感想呢？

这么一想，赵小提便饿了。也是，每天下课就来这儿练琴，晚上八点才能回家吃饭，不饿才怪呢。他再次打开了窗户，侧身探手把三个柿子一一捞了进来。柿子光滑、坚硬、冰凉，一时半会儿还下不了嘴。不过这不构成困难，赵小提把它们放在了暖气上。

今天的《无穷动》练完，柿子早已软了。赵小提捧起一个，拿牙咬开一个小孔，吱吱有声地吸吮起来。味道还真甜。第一个飞快地扁下去，成了层皮儿，接着就是第二个。第二个也扁了。第三个却得以幸免——倒不是饱了，而是他意识到自己好像做得有点儿"过"。何必赶尽杀绝呢？给人家留一个吧。再说柿子还没化透，结着冰碴儿呢，吃多了怕拉肚子。

打了两个嗝儿，赵小提又叼上了一根烟，却没有点燃。他不想破坏嘴里芬芳的味道。临走前，他从书包里找出作业本，扯下半张纸，用钢笔在上面写道：不好意思，吃了你的柿子。他将最后一个柿子放回原处，下面压着这张纸条。

离开筒子楼后，赵小提还忍不住回头张望，寻找着窗台上的柿子。路灯把他的影子拉长又缩短，缩短又拉长，笑意却从他的嘴角边浮上来。回家之后又是千篇一律的夜晚：母亲问他今天练琴的心得与收获，提醒他周末去老师家上课万万不可迟到，看着他睡前用热水泡手……但是赵小提心里有种莫名其妙的惬意。他长久以来的孤独感突然消失了。

第二天下午，赵小提一走进房间，便警惕地留意屋里的变化。他把书包和琴匣轻轻放在地上，绕着小小的斗室走了一圈，两圈，三圈。他的鼻子情不自禁地像警犬一样抽动，但没有闻到生人的气味。屋子里的物件也原封不动，椅子仍与钢琴平行摆放，"山水"收录机的天线还那么歪歪斜斜地支愣着。

昨晚仅存的一个柿子也孤零零地摆在窗台上，隔着玻璃窗，在昏暗的暮色中像一盏柔软的灯。赵小提失落地嘘了一口气：看来没人来过。从他昨晚离去到今天开门进来，房间恒久地空着。他仍然是这里仅有的一个人。也许"另一个人"昨天有事没来练琴？再也许，人家刚好结束了在这间房子里的租期，而柿子正是送给赵小提的"留念"？

孤独感又不可遏制地涌上来，赵小提想要立刻就抽上一支"万宝路"，但却觉得被一只干枯的手扼住了喉咙，连呼吸都不畅了。他靠窗发了会儿呆，终于慢慢弯腰，打开琴匣，把小提琴的腮托顶在已经磨出一块厚厚的老茧的下巴上。时间是耽误不起的，尽管时间是如此的枯燥。

今天的《无穷动》练得很不顺利，几个关键的衔接被赵小堤处理得上气不接下气，一贯引以为傲的音准也出了问题。假如被母亲听见，她一定早已用指关节敲敲桌面，冷冷地怒视赵小提了。但赵小提也只能硬着头皮拉下去，他厌烦这支离破碎的琴声，却又生怕它停下。

天色彻底黑了，他才突然意识到自己忘了开灯。拉一下塑料灯绳，窗外的那只柿子又亮了起来，和头顶的灯泡呼应着。昨天留下的字条被它压在下面，在风里微微抖动。现在再看见柿子，赵小提就是一肚子的负气了，甚至还有几分没来由的委屈夹杂其中。同时，他又饿了。

第三只柿子终于也瘪了。吃的时候，赵小提用昨天留下的那张字条裹着它，过分用力地吸吮，把汁水都挤出来了。柿子是不速之客，把它们消灭干净，他就可以心平气和地练琴啦。赵小提泄愤般地想。然而就在把柿子皮随手抛出窗外，用揉皱的字条擦手的时候，他突然愣住了。

字条上，在他昨晚留下的那句话底下，多了一行陌生人的笔迹。字写得很瘦弱，带着弱不禁风的秀气，但口气却强硬得很。就三个字：你讨厌！还画了一个浓墨重彩的惊叹号。赵小提的第一反应，写字的人是个女孩，第二个反应，则是她并没有真的为那两个柿子生气，她的口气与其说是抗议，倒不如说是某种娇嗔。

就像学校里那些很受追捧的女生常用的口吻一样。当被欠招的男生扯辫子或者开了"过头"的玩笑时，她们往往绯红着脸怒斥：你讨厌！但声音往往伴着鼻腔，最后一个字被拖得略有些长，眼角还埋着风情——虽然尚且不能运用熟练，但已经足够令人心花怒放。然而在学校，赵小提可从来没有享受过这种待遇。常年的练琴和管教让他变得沉默寡言，沉默寡言又加剧了他的孤独和胆怯。他总觉得自己有满腔的话想说，但却没有合适的人说。

正因为这个原因，纸条上的三个字使赵小提兴奋莫名。在这隐秘的房间，通过隐秘的方式，他感到自己和外部世界发生了隐秘的联系。他反复看着那句"你讨厌"，设想着它变成声音会是什么样的效果。他攥着纸条在斗室里大踏步地踱来踱去，像电影里被灵感击中的狂喜的贝多芬。他不时狠狠地挠挠自己的脑袋，又点燃了一根烟，深吸一口，以轻浮的姿态"咻"地吐了出去。

　　如何让他们的联系继续下去，这是赵小提必须考虑的问题。帕格尼尼是怎样从第一段旋律演绎出《无穷动》的？其实也没有想象中的那么难。他胸有成竹地拿起琴来，继续今天的演奏。比起刚才，手指灵活了许多，每个音符都掷地有声，此后的练琴效果让赵小提自己都吃惊。

　　再一天下午，赵小提开门走进这个房间时，比平常晚了半个小时。他的手里除了琴匣，还拎着一只厚厚的塑料袋。他打开窗户，从袋子里拿出柿子来，码在寒冷的窗台上：一只，两只……远远超过了三只。放学回来的路上经过一个菜市场，在水果摊上，他挑了十只最大、最饱满的。价钱可不便宜，接下去的两个礼拜，他就抽不起"万宝路"了。柿子们互相摞着，形成了一个不规则的金字塔，此时被光一照，几乎像是一团橙色的火。赵小提便在跳动的火光里拉琴，同时陷入新的踌躇：他是否需要给"她"再留一张字条呢？比如向她道歉？比如请她吃这些更多的柿子——放心吃，痛快吃，不吃就是不给他面子。

　　当晚离开的时候，这个念头在最后一刻被打消了。年仅十七岁的赵小提已经懂得了言有尽而意无穷。他想：无论对方接受或不接受他的道歉，吃或不吃他的柿子，他们的"联系"都会被限制在这简单的礼尚往来之中。换一个说法，一旦有了明确的说辞，他们的"联系"不仅不会深入，反而会被终止。他想要的可不是这些。他应该让柿子们默默无言地摆在那里，留给对方猜测和想象的空间。如果对方也去猜，也去想，那么事情的含义就会真正地宽阔起来了。

　　走的时候，赵小提照例在楼下驻足片刻，仰望那些柿子。"火焰"在二楼的窗台上燃烧，他强迫自己记住它们的数量和码放的形状。而回到家里，他无论吃饭还是洗澡都变得迅速了，和父母说话的语速也快了。

　　母亲问他："有什么高兴的事儿？练琴时又啃下了两个硬骨头吗？"

　　赵小提不置可否。他不好意思告诉母亲，自己其实只是希望时间过得快一些，希望走进那间琴房的时刻早点来临。

　　再次走进房间时，赵小提直奔窗边。柿子们仍然一个摞一个地码放在那里，但形状已经发生了微妙的变化。他屏住呼吸数了数它们的数量：九个。再数一遍，还是九个。也就是说，另一个"她"吃掉了一个柿子。她的胃口和字迹一样秀气，只吃一个就够了。而除此之外，赵小提还能推测出什么信息呢？她看到卷土重来的柿子远远多于以前时，是惊愕还是莞尔一笑呢？如果她把赵小提的举动视为某种"表示"，那么她有没有新的"表示"呢？

四下略一打量，赵小提惊喜地发现，自己身处的地方已经焕然一新。不只是钢琴，窗台、谱架和五斗橱上的尘土都被擦拭干净，就连暖气片也用抹布细细地抹过了。打开灯，每样东西的表面都流动着细细的光，窗明几净的房间甚至显得比原来大了不少。这就是"她"的表示吗？她既然和赵小提分享了柿子，也就愿意和赵小提分享打扫卫生的成果吗？如果这还不够明显，那么另一样东西就更能说明问题了。在钢琴前方的木椅子上，还摆着一个烟灰缸。它是用一只空可乐罐子制作而成的，上半部分的铁皮被均匀地剪开，外翻，折成了一朵绽放的红花。"她"闻到过他遗留在屋里的烟味儿，那东西是"她"留给他的新礼物，而且是主动赠送的，和那天的三只柿子不是一个性质。

毫无疑问，在这间琴房里，他们已经结成了从未谋面的但却不言自明的"交情"。

那么，当今天练习《无穷动》时，赵小提所想的，就是新的问题了。"她"到底多大岁数？是胖是瘦？长什么样子？这些疑问像剪断了的串珠，不可遏制地从他的头脑深处蹦了出来。他还联想到了小时候听过的那个"田螺姑娘"的童话。"她"像田螺姑娘一样给他提供了食物和清洁，而他越是感受到那份关照，也就越发受到了好奇心的进一步折磨。他们应该见面吗？他们能够见面吗？

这一天，赵小提练完琴，像往常一样背上书包，拉灭电灯，关门出了房间。然而他犹豫再三，终于没有走下筒子楼的楼梯，而是又往上爬了半层，缩进楼道拐角的黑影里。他决定等"她"一等，时限是一个小时。如果这段时间内对方没来，他就只好回家去了。母亲对他的作息控制得很严，拖延得不太久，他还可以谎称在路上吃了顿快餐或者到操场锻炼了一下身体，假如超过了一个小时，则势必会引起疑心——偏偏赵小提自己也是心虚的。

楼道里并不安静。声乐演员穷极无聊地吊着嗓子，"咦咦啊啊"之声从洗澡间或卫生间忽高忽低地传来，裹挟着肉味儿和粪便味儿钻进赵小提的耳朵里。几个男人在三楼靠外的房间里打扑克，争论之声乍起复又消沉。冬天正是吃涮羊肉的季节，一个女人家门口的大白菜被邻居"顺"了两棵，她愤怒地、字正腔圆地公开指责持续了二十分钟之久。赵小提所埋伏的拐角里积存了大量杂物，有旧皮鞋、成麻袋的饮料瓶、一台单开门冰柜，甚至还有两只半米见高的酸菜缸。这些东西为他提供了足够的掩护，但味道着实不好闻，过了一会儿，他被迫点燃了一根烟，同时歪歪斜斜地靠在脱皮掉灰的墙壁上。一个穿开衫厚毛衣的男人从楼上下来，看到他嘴上明灭的烟头，不由得脚步一停，嗓子眼儿里"嗯"了一声，随后装作没看见似的快步离开。在人家的眼里，赵小提此时的形象就是一个守在人家门口等女孩儿的坏小子吧。他不禁觉得可笑，同时稍感荒唐。那种勾当他可从来没干过，眼下也不算。但他又算是在干什么呢？

随着在楼道里待的时间渐渐延长，新的惶惑也冒了出来：他怎么笃定"她"会在他之后的晚上来到琴房，而不是在第二天的上午呢？赵小提是学生，白天需要上学，但如果用自己的规律来揣测人家，那也太一厢情愿了吧。比惶惑更让他难受的，就是害怕了。越想着对方很可能在下一个瞬间出现在二楼的楼梯口，他的心就越发怦怦乱跳，像打鼓一样。他敢和人家打招呼吗？打了招呼之后又能说些什么？他还担心假如被对方"认"了出来，自己很可能会没出息地撒腿就跑。那可就是不折不扣的"见光死"了。赵小提突然醒悟到，他和"她"即使建立了心照不宣的联系，那联系也仅在不见面的情况下有效，如果他们在同一个时间出现在同一个地点，仍然算是陌生人。

这个残酷的发现让赵小提陷入沮丧。有那么两次，他几乎想要拔腿就跑，但总算压抑住了这个念头。再看看手上的"卡西欧"手表，已经七点五十了。等都等了这么久，为什么不凑足一个小时呢？那时再走，对自己也是个交代吧，起码睡前不会怪自己没用。

七点五十到八点，这十分钟很快也很慢，但终于就要流逝殆尽了。赵小提怅然却又如释重负地拧了下身子，让肩膀离开墙面。他准备离开。

也就是在这时候，一个女孩的脚步从一楼的楼梯上传来，渐强，越来越清晰。脚步声停止在二楼的走廊入口，她侧了下头，与站在高处离她几米的赵小提对视。

这是突如其来的相见。对于赵小提来说，他在此前一个小时内所做的心理准备全都白费。他像突然曝光的胶卷迎接女孩的目光，同时也看着她。女孩也是十六七岁的模样，穿一件对这个年龄的姑娘而言相当老气的棕色格子外套，马尾辫垂到外衣的毛领子上。她的脸不算白，颧骨上各有一块微微的糙红，她的眼睛明亮且极具穿透力，使赵小提感到自己关于她的想法全被一览无余。但赵小提只看到了她的上半张脸，鼻子以下的部分全被一只厚厚的医用口罩掩盖住了。她是感冒了，还是不适应近日干燥扬尘的天气？

赵小提半张着嘴，喉结紧张地发抖，发不出声音却又生怕自己有什么难听的声音。

好在这次见面仅仅是惊鸿一瞥。也是，人家也许只是路过时突然发现楼梯上有人，便下意识地驻足而已。她没有认出他来，赵小提歪歪斜斜地站着夹着烟的样子，也绝不像一个把《无穷动》拉得滚瓜烂熟的小提琴手。女孩的步伐轻快，转眼从赵小提的视野消失，随后传来了锁簧跳动的声音，随后是关门声，随后，钢琴的奏鸣从那间琴房里汩汩涌出。

赵小提对钢琴不熟，听不出女孩正在练的是什么曲目。但从速度和音阶的跨度判断，那曲子的难度极大，是专为演奏者炫技所写的一类作品。她和赵小提一样，也是备战即将举行的那个音乐大赛的选手吧？每年的这个时候，都有无数资深"琴童"从全国各地赶到北京，和家人租住在音乐学院与各大乐团附近的旅馆、招待所里，花大价钱去拜访名师，只为了把几年、十几年的功夫换作比赛场上的全力一搏。"琴童"们大多活得极其封闭，互相之间没有交往，就是在同一个老师门下学习的孩子，赵小提也一个都不认识。但在他心里，这些人却比其他同龄人熟悉得多，也亲近得多。他们都在忍受着同一种孤独。

赵小提在女孩的钢琴声中发愣，出神，时间又不知过了多久。直到一曲终了，楼道陡然空空荡荡，他才疾风一样跑下楼，逃也似的走了。

明天再来，窗台上的柿子又会少一个吧？他顶着寒风，一边往家里走着，一边这样想。

赵小提是在第二天早上才发现自己的琴不见了的。那天回家以后，他开门进屋，先看见餐厅桌上半凉的饭菜，接着便听见母亲的唠叨声从里屋传出来。

"今天怎么回来得那么晚？到哪儿瞎转去了？"母亲把菜往笼屉里放着，说，"这孩子，比赛还有半个月就开始了，怎么还是一副不着急不着慌的样子。你可得认清形势，如果得不上名次进不了'中央院'，这些年的功夫可就算白下了，你就得和普通学生一样参加高考，别的大学你考得上么……"

考不上其他大学，还不是因为你们为了让我练琴，削减了我的文化课和家庭作业。这赌注是你们替我下的。赵小提在心里回着嘴，嘴上却说：

"今天多练了一会儿。有几个音总觉得力道不够，又'抠了抠'。"

母亲的脸色立刻缓和了："那也别太晚，赛前过度劳累也不好……再说也别影响别人用房间。"

赵小提心里咯噔一下。看来琴房里有另一个人，母亲是知道的，只有自己长期蒙在鼓里。他默默地吃完饭，然后拿着跳绳去门外活动了下身体，再回来洗澡、用热水泡手，最后躺在床上，用CD机分别听了两遍海费茨和穆特演奏的《无穷动》。这些都是每晚的例行公事，他懵懵懂懂地进行着，并没有感到什么不对劲。

直到第二天到学校敷衍了几堂课，坐车回到家里取琴时，他才赫然看到自己房间的书架第二格是空的。每天晚上睡觉前，他都会顺手把小提琴的琴匣在这个地方放好，以便次日下午拎上就走。那柄德国进口的仿制"斯特拉迪瓦里"去哪儿了呢？赵小提只觉得两肩一紧，冷汗已经冒了出来。绞尽脑汁逆着时间一幕幕地回忆，他想起自己昨晚睡前就没看见过自己的琴，再往前，进家门的时候也没有拎着它，再往前，从筒子楼走回来的时候手居然是空的。而稍稍令人感到滑稽的是，整整一个晚上，不仅他自己没发现琴没了，就连母亲也视若无睹。小提琴这个当前对赵小提一家人最重要的东西，竟然成了他们眼中的盲点。

好在赵小提尚能理清思绪。他判断，自己极有可能把琴落在昨天"埋伏"过的那个楼道拐角了。昨晚失魂落魄，他只顾着闷头琢磨事儿，走的时候便忘了拿琴——就像战士丢了他的枪。这么想着，他撒腿就往两公里外的那个乐团家属院跑去，同时心里火烧火燎：筒子楼是个嘈杂的地方，每天进进出出的不知道是些什么人，一只做工精细的琴匣躺在地上，不可能没人留意。万一被谁家孩子捡走了呢？万一被收废品的顺手牵羊了呢？万一被哪个识货的人据为己有或者拿到琴行里去卖了呢？如果琴找不回来，他想象不出母亲会是什么反应。就算他家的经济情况还算宽裕，三万多块钱的琴价也不是小数啊！更重要的是，比赛迫在眉睫，一时半会儿到哪儿去找一把拉顺了手的琴呢？

街上稀稀拉拉的行人看着这个孩子张皇地奔跑。在冬天的下午，赵小提满头满脸都是汗，身体内部却越来越凉。当他跌撞着冲上二楼，往那堆杂乱的物件中间望去，心里的温度终于降到了冰点：琴不在那里。

他险些一屁股坐到地上。脑子里回响着某个幸灾乐祸的声音：让你不看好它，让你整天胡思乱想些没用的东西，现在好了吧，琴丢了。赵小提像长途跋涉的骆驼一样张大鼻孔呼吸，但只觉得氧气供给不到身上的器官。他眼前的一切都开始模糊，重病一般扶着墙，往那个琴房走过去。他需要一个封闭的地方静一静，仿佛正在躲避着巨大的危险。他也知道自己这么做是鸵鸟战术，对眼下的困境一点帮助也没有，但他就是管不住自己。他只想藏起来。

事情是在半分钟之后峰回路转的。当赵小提打开房门，赫然看见琴匣稳稳当当地摆放在钢琴上，和收录机呈四十五度角。他几乎不敢相信，使劲揉着眼睛。他的大脑因为狂喜而眩晕，却又像有了特异功能一般，脑海里浮现出昨天的情景，却是自己从未目睹过的情景：

依然是这个昏暗、狭窄的房间，屋里的人不是他而是那个女孩。她端坐在钢琴上，弹奏着那首高难度的练习曲。她的脖颈修长，腰背挺直。片刻，一曲终了，女孩却没有移动身体，两手仍悬在琴键上方，保持着"握着一个鸡蛋"的标准手形。她微微侧头，像在空气里捕捉仍未消失的音符。但赵小提知道，她是在听着门外的动静。她知道他还站在楼道里，听。而这时，自己那不争气的逃跑脚步响了起来，咚咚地踩着楼梯。站在事后的、旁观者的角度，赵小提觉得自己既莫名其妙又做贼心虚。跑什么呀？怕什么呀？他指责昨天的自己。

而女孩呢，居然立刻站了起来，开门追了出去。她竟然追他，她为什么追他呢？是要感谢他超额归还的柿子吗？还是想打听赵小提是否也是音乐比赛的选手吗？她也是渴望认识他的吗？她心里是否怀揣着和他同质的、稚嫩又沧桑的孤独感？

可是昨天的赵小提终究是跑掉了。今天的赵小提在脑海里追踪着女孩来到二楼的楼道口，往斜上方望着，看到了他落在那里的琴匣。他还看到女孩走上楼梯，轻轻把琴匣拎了起来，往琴房走回去。在这个过程中，女孩的嘴角上翘，露出的笑容堪称幸福。也不知是怎么搞的，赵小提只见过女孩戴着口罩的样子，但却能清晰、真实地勾勒出她整张脸的全貌。她秀气而又明媚，和她的眼睛很相称，也和他所期望的一模一样。

这一幕幕像放电影一样"过"完，赵小提就再也安静不住了。他意识到自己情窦初开，并像所有处于那种心境的男孩一样激动、浮躁。他特别想做点儿什么，但又实在想不清楚自己应该做点儿什么。他先是打开琴匣，把琴捧出来拉了一会儿，但却再也感受不到一点儿失而复得的珍贵。《无穷动》被胡乱处理，忽快忽慢，拖拖沓沓。他放下琴，又去数外面窗台上的柿子：一只，两只……七只，八只。女孩是每天吃一只，她不紧不慢，井然有序。她就算同样对赵小提抱有好奇和兴趣，也不会像他一样乱了方寸。想到这儿，赵小提毛手毛脚地抖出一根烟来，塞进嘴里，狠狠地抽起来。

抽完烟，他才终于弄明白自己到底想要做什么。他打开窗户放了放味儿，然后拎起琴匣走了出去。他再次来到昨天的那个楼道拐角，一屁股坐在台阶上。他决定继续等她，等来了又要怎么办呢？他不知道，但他不惜为此消耗掉大赛前夕的整个儿晚上。

决心已定，时间就快了。到了晚饭的时间，楼上楼下依旧充满嘈杂，但赵小提却像入化了一样纹丝不动。那些声音进了耳朵却进不了脑子，上上下下经过的路人看见了赵小提，赵小提却看不见他们。

七点钟终于到了，女孩如约而至。赵小提的目光越过污浊的水泥扶手，先看到了她晃动的马尾辫，接着看清了她戴口罩的脸。她是感冒了还是格外怕冷？

来不及多想，赵小提已经被自己的双腿弹了起来。他张开嘴，这才发现自己竟然没有设计好该说什么。下意识地，他抬起手，把琴匣拎高几寸晃了晃。

女孩的眼睛一弯，也没出声，对他点了点头。假如赵小提在为小提琴的事儿致谢，她的意思就是不客气吧。接着，俩人便僵立着，陷入被胶粘住一般的沉默。

赵小提真恨自己。多年以来，他已经习惯于用手指和琴弦发声，语言的能力仿佛高度退化了。班上那些男生是怎么跟女生搭讪的？电视和电影里那些油嘴滑舌的家伙是怎么打破僵局的？可现在临时抱佛脚又哪里管用啊。他的嘴再次张开，却只能发出吭吭叽叽的杂音。

女孩倒比他沉稳得多，她的眼睛又弯了一弯，然后抬起手来做了个拜拜的动作，就转身轻巧地往琴房走去了。赵小提愣了一会儿才跟上去，看见房间里的灯已经打开了，门缝犹豫地敞开几秒，最后轻轻关上。

那么，他今天的等待到此结束了吗？赵小提可不甘心。女孩认为他应该离开吗？赵小提也不这么认为。他预感到事情还没有完。门关了不等于故事结束。

果然，琴声从屋里传了出来——不是高难度的练习曲，而是极其简单但却因此而分外优美的旋律，德国人约翰·巴哈贝尔的《卡农D大调》。这是学乐器的人最早接触的一类曲子，也是在他们脑海里和指尖上留下了条件反射般的印象的曲子。尽管已经把《无穷动》练得烂熟，但赵小提在若有所思的时候，脑子里闪出的"背景音乐"总是那么简单的几首。

女孩的琴声果然也是若有所思的。《卡农D大调》被她弹得潦草随意，完全像是下意识地弄出的声响。她好像在感慨什么，又像在等待什么。

赵小提终于明白了女孩想要做什么。他打开琴匣，又一次把琴拿出来，隔着门，与她合奏起来。这支曲子有着各种演绎的版本，其中最经典的就是钢琴与小提琴的搭配，学这两种乐器的人没有不熟悉的。他的琴声一加入，女孩那边立刻有了响应，指尖上有了根也有了魂，呼应起赵小提来。曲调明朗清澈，合奏声在楼道里反弹着越传越远，两个住在隔壁的乐手被引了出来，却没有打断赵小提，而是微笑着为他打着拍子，好像在善意地面对一个傻子。

赵小提的确是个傻子了。那一瞬间，他觉得全世界都统摄在《卡农D大调》之中，而乐曲的另一半则是从门那边的另一个世界传来的。赵小提的眼睛明亮，掌心发热，心境清澄。他充满着无可言喻的自信心，并感叹自己此前的十几年活得是多么虚弱。合奏结束了，他的踌躇便也烟消云散。他要迈出那一步，和多年来的孤独一刀两断。

赵小提把小提琴放进琴匣，掏出钥匙，对了几次才对准锁眼，捅进去，轻轻往右拧着。当门锁发出清脆的咔拉一声，他不由得屏住了呼吸。但他没想到的是，屋里也发出了相应的声音，是椅子移位和脚踩地面的声音。女孩简直像把自己的身体抛起来，重重地顶在门上。赵小提觉得头顶的门沿都落灰了。

随即，形势变成了两人隔门角力，僵持。一个想要进去，一个力图阻止对方。赵小提下意识地使着劲儿，心里的惶惑像沸水一样冒着泡儿：她不想让他进去，不想和他近距离地坦诚相见吗？那么，她是讨厌他吗？讨厌他为什么流露出了那么多的善意——柿子、可乐罐烟缸、小提琴、《卡农D大调》？以上这些，都是他们切切实实地交往的证据。他们明明建立了联系，她为什么要在最后一刻把这些联系全部切断？她为什么要把窗户纸筑成石墙？

除了惶惑，赵小提心里泛上来的还有委屈，同时竟然还有愤怒。那些愤怒并不来自于隔门相拒的女孩，而是来自他生活里的一切，但归根结底还是汇聚到那女孩的身上了。他想起家人对他的管制和冷漠，想起在学校里没有一个朋友，仅仅因为一项特长而被同学们孤立，他还想起自己为了练琴所吃的苦楚，那些苦楚并非他自己的选择却被周围的人视为天经地义。他忍受了这么多年，今天终于遇到了一个自认为可以说一说的人，但人家却毫无理由地把他拒之门外。

愤怒让赵小提脸红心跳，眼泪都快迸出来了。他想哀求女孩开门，但却因为头脑发空而说不出一个字。耳边只剩下了嗡嗡回响，身体里只剩下了一股蛮力。他不假思索地把这蛮力用到了薄薄的门板上，仿佛推开它，就是推开令人窒息的生活，让天边露出一道光来。男孩的力气终究比女孩大得多，但赵小提却不觉得自己在恃强凌弱。他感到自己正在和什么无比巨大、险恶的东西抗争，必须全力以赴。他全身倾斜，肩膀顶在门上，从腿往腰再往肩膀上发力：一下，两下，三下。

门终于在默默无声中被推开了。赵小提的身体沐浴在电灯的光里。在光里，他首先看见了窗外燃烧的柿子，看见了敞开盖儿的钢琴，还看见了钢琴上折得整整齐齐的口罩。他总算意识到了女孩已经失去重心，像树叶一般往水泥地上摇曳着坠落下去；他捞了一把，离她挥舞的胳膊还有半米左右的距离，只能看着她一头栽倒；他还诧异于女孩并没发出惨叫，甚至连抱头含胸自我保护的条件反射也没有，她只是用力地扭着头，让她的脸向后，再向后，背离赵小提的视线。

但赵小提终究还是看到了。在绽开的马尾辫的乌云里，女孩面色格外煞白，她没戴口罩的脸像赵小提所幻想过的一样清洁、秀气，因而更把那道疤凸现了出来。疤长在嘴巴的上方，和完整的下嘴唇垂直，它一眼而知不是后天划开的，而是将先天的缺口缝合所致。也许将这道疤修复完整是一项烦琐的工程，眼下手术只进行了一半，也许它根本就没有可能修复，医生和女孩的父母只能心照不宣地敷衍了事。

女孩坐倒在地，后背重重地磕在暖气上。但她仍未出声，而是缓缓抬起一只手，按在自己的嘴上，把下半边脸遮住，才扭过头来直视赵小提。她的目光是平静的，却让赵小提感到刀锋一般的寒冷。那是历经岁月、用无数怨恨淬炼出来的彻骨寒。在女孩的注视下，赵小提清楚地认识到了自己的角色是一个施暴者。他还觉得自己正在无限地缩小，世界以更加巨大的重量压在了他的身上。

赵小提转过身去，把女孩和房间留在了背后。走的时候，他下意识地拎起了琴匣，但他知道，经历过那次合奏，自己怕是再也无法用小提琴拉出一个音符了。